Le Crime du golf

*Collection de romans d'aventures
créée par Albert Pigasse*

Agatha Christie

Le Crime du golf

Nouvelle traduction de Françoise Bouillot

ÉDITIONS DU MASQUE
17, rue Jacob, 75006 PARIS

Titre de l'édition originale :

MURDER ON THE LINKS

© 1923, BY DOOD MEAD & COMPANY INC.
© LIBRAIRIE DES CHAMPS-ÉLYSÉES, 1990, *pour la nouvelle traduction.*

*Tous droits de traduction, reproduction, adaptation,
représentation réservés pour tous pays.*

1

UNE COMPAGNE DE VOYAGE

Tout le monde connaît l'histoire de ce jeune écrivain qui, pour forcer l'attention du plus blasé des éditeurs, n'avait pas craint de commencer son roman par la réplique fameuse : « Nom de Dieu ! dit la duchesse. »

Mon histoire débute assez curieusement de la même façon, à ceci près que la jeune personne qui venait de lancer cette exclamation n'avait rien d'une duchesse.

Nous étions dans les premiers jours de juin. J'étais venu régler quelques affaires à Paris et j'avais pris l'express du matin pour retourner à Londres, où je partageais encore un appartement avec mon vieil ami Hercule Poirot, l'ex-inspecteur belge.

Le train était pratiquement vide et nous n'étions que deux voyageurs dans mon compartiment. Parti de l'hôtel assez précipitamment, j'étais, au moment où le convoi s'ébranla, encore occupé à vérifier que je n'avais rien oublié. Jusque-là, je n'avais pas prêté grande attention à ma compagne de voyage, mais elle se chargea soudain de me rappeler son existence. Bondissant en effet sur ses pieds, elle baissa la vitre, passa la tête au-dehors et la retira aussitôt avec un sonore :

— Nom de Dieu !

Je reconnais appartenir à la vieille école. J'estime

que la première qualité d'une dame est la féminité, et n'éprouve aucune sympathie pour les jeunes névrosées qui gesticulent du matin au soir sur des rythmes de jazz, fument comme des sapeurs et jurent comme des charretiers.

Comme je levais les yeux avec un froncement de sourcils quelque peu horrifié, je vis un joli visage effronté, encadré d'épaisses boucles noires et surmonté d'un petit chapeau rouge posé de façon fort désinvolte. Je ne donnai guère plus de dix-sept ans à la péronnelle, bien qu'elle eût les joues enfouies sous de la poudre et les lèvres peintes d'un rouge invraisemblable.

Elle me rendit mon regard sans montrer le moindre embarras, et me fit même une petite grimace.

— Oh là là, voilà que j'ai choqué ce bon monsieur ! lança-t-elle à l'adresse d'un public imaginaire. Veuillez excuser mes écarts de langage. Ils sont indignes d'une vraie dame, je ne vous le fais pas dire. Mais enfin, j'ai une bonne raison pour tempêter ! Savez-vous que j'ai perdu ma sœur unique ?

— Vraiment ? dis-je poliment. Vous m'en voyez navré.

— Mais c'est qu'il me réprouve ! fit remarquer la jeune personne. Il nous réprouve totalement, ma sœur et moi — ce qui est fort injuste pour ma sœur, qu'il n'a jamais vue !

Je fis mine de protester, mais elle prit les devants :

— N'ajoutez rien ! Personne ne m'aime ! Je vais aller me cacher et on ne me retrouvera plus jamais ! Bouuuh ! Je suis au désespoir !

Là-dessus, elle disparut derrière un immense journal satirique français ; mais au bout de quelques instants, elle me lança un regard furtif par-dessus les pages déployées. Je ne pus me retenir de sourire, et elle s'empressa de baisser son journal avec un grand éclat de rire.

— Je savais bien que vous n'étiez pas aussi tarte que vous en avez l'air ! s'écria-t-elle.

Elle avait un rire si contagieux que je ne pus m'empêcher de l'imiter, bien que je n'eusse apprécié qu'à moitié le qualificatif de « tarte ».

— Voilà ! Nous sommes amis, désormais ! déclara la jeune espiègle. Dites-moi que vous êtes désolé pour ma sœur !

— Je suis effondré !

— C'est bien, on fera quelque chose de vous.

— Laissez-moi finir. J'allais ajouter que, tout effondré que je sois, je peux fort bien me passer de sa présence.

J'accompagnai cette déclaration d'un petit salut. Mais cette demoiselle, déconcertante entre toutes, secoua la tête :

— Changez de disque. A choisir, je préfère encore le coup de la « digne réprobation ». Oh ! si vous aviez vu votre trombine ! « Elle n'est pas de notre monde », voilà ce qu'elle disait, votre binette. Sur ce point, vous aviez raison, bien que ce ne soit pas si facile à discerner, de nos jours : il n'est pas donné à tout le monde de distinguer une cocotte d'une duchesse. Allons bon ! voilà que je vous ai encore choqué ! Vous m'avez tout l'air de sortir de votre cambrousse. Ça ne me dérange pas, d'ailleurs. Des types dans votre genre, il en faudrait davantage. J'ai horreur des gens culottés. Ça me met en furie !

Elle accompagna ce petit discours d'un vigoureux hochement de tête.

— Et à quoi ressemblez-vous quand vous êtes en furie ? demandai-je avec un sourire.

— A un vrai démon ! Dans ces moments-là, je me fiche bien de ce que je dis ou de ce que je fais. J'ai failli descendre un type, une fois. C'est vrai ! Mais il faut avouer qu'il ne l'avait pas volé.

— Alors, je vous en prie, ne vous mettez pas en furie contre moi !

— Non, c'est promis. Vous m'avez plu dès la première minute. Mais vous aviez un air si écœuré que je n'aurais jamais pensé que nous pourrions devenir amis.

— Eh bien, c'est fait. Parlez-moi de vous maintenant.

— Je suis danseuse. Oh, non ! pas du genre auquel vous pensez. Je vis sur les planches depuis l'âge de six ans — je fais des sauts périlleux.

— Pardon ?

— Vous n'avez jamais vu d'enfants acrobates ?

— Ah ! Je comprends...

— Je suis née en Amérique, mais j'ai passé presque toute ma vie en Angleterre. Nous avons un spectacle en ce moment...

— Nous ?

— Ma sœur et moi. De la danse, des chansons, quelques acrobaties et un soupçon de boniment. L'idée est originale et ça marche à merveille. Il y a de l'argent à faire avec ça...

Ma nouvelle connaissance se pencha vers moi et se lança dans un discours volubile, truffé d'expressions énigmatiques. Pourtant, je ne pouvais m'empêcher de lui porter un intérêt croissant. Il y avait en elle un curieux mélange de femme et d'enfant. Bien qu'elle me parût tout à fait capable de se débrouiller seule — comme elle ne manqua pas de me le préciser —, son attitude résolue face à la vie et sa profonde détermination à « faire son chemin » avaient quelque chose de curieusement ingénu.

Comme nous traversions Amiens, une foule de souvenirs m'assaillit. Ma compagne parut deviner ce qui se passait en moi.

— Vous pensez à la guerre, n'est-ce pas ?

Je hochai la tête.

— Vous l'avez faite, je suppose ?

— Plutôt, oui ! J'ai été blessé une fois, et après la Somme ils m'ont rapatrié définitivement. Maintenant, je sers plus ou moins de secrétaire privé à un député.

— Oh ! C'est sûrement très calé, non ?

— Pas du tout. Je n'ai quasiment rien à faire. Tout au plus deux heures de travail par jour, et d'un travail très ennuyeux. En fait, je me demande ce que je deviendrais si je n'avais pas de quoi m'occuper par ailleurs.

— Ne me dites pas que vous collectionnez les insectes !

— Pas du tout, mais je partage l'appartement d'un homme passionnant. C'est un inspecteur belge à la retraite. Il s'est installé à Londres à titre privé, et il s'en sort remarquablement bien. C'est un petit bonhomme épatant. Il lui est arrivé bien souvent de voir juste, là où la police avait échoué.

Ma compagne m'écoutait en ouvrant de grands yeux.

— Alors ça, c'est passionnant ! Si, si ! J'adore les crimes. Je vais voir tous les films policiers, et quand il y a une affaire de meurtre, je dévore les journaux.

— Vous rappelez-vous l'affaire de Styles ? demandai-je.

— Voyons voir, ce n'était pas une histoire de vieille dame empoisonnée ? Quelque part dans le Sussex ?

Je confirmai d'un hochement de tête :

— La première grande affaire de Poirot. Sans lui, l'assassin s'en serait certainement tiré avec les honneurs. Un remarquable exemple de son talent de détective.

Pris par mon sujet, je lui décrivis les grandes lignes de l'affaire, jusqu'au dénouement imprévu qui avait consacré le triomphe de Poirot. Ma compagne de voyage m'écoutait, subjuguée. Nous étions si absorbés que nous ne nous étions même pas aperçus que le train entrait en gare de Calais.

Je fis signe à deux porteurs et nous descendîmes sur le quai. Ma compagne me tendit la main.

— Au revoir. Je tâcherai de surveiller mon langage, à l'avenir.

— Oh ! mais vous allez bien me permettre de vous tenir compagnie sur le bateau !

— Il faut d'abord que je m'assure que mon écervelée de sœur n'est pas quelque part dans le train. Merci quand même !

— Mais nous allons nous revoir, n'est-ce pas ? Vous ne voulez même pas me dire votre nom ? lui demandai-je comme elle tournait les talons.

— Cendrillon ! lança-t-elle par-dessus son épaule. Et elle se mit à rire.

J'étais loin de me douter alors des circonstances dans lesquelles j'allais être amené à revoir Cendrillon.

2

Un appel au secours

Il était 9 heures à peine passées, le lendemain matin, quand j'entrai dans notre salon commun pour le petit déjeuner. Mon ami Poirot, d'une scrupuleuse ponctualité comme à son habitude, cassait délicatement la coquille de son deuxième œuf.

Il m'accueillit avec un sourire radieux.

— Vous avez bien dormi ? Vous êtes remis de cette terrible traversée ? C'est extraordinaire, vous êtes presque à l'heure, ce matin. Ah ! Pardon, mais votre cravate est légèrement de travers. Laissez-moi vous arranger ça.

J'ai déjà décrit Hercule Poirot à maintes reprises. L'étonnant individu ! Un mètre soixante, une tête en forme d'œuf légèrement penchée de côté, des yeux brillant d'un éclat vert quand il est en proie à l'émotion, une moustache de style militaire et un air de parfaite dignité. D'apparence soignée, recherchée même, il éprouve pour l'ordre sous toutes ses formes une passion exclusive. Un bibelot posé de travers, le moindre grain de poussière, le plus léger désordre dans vos vêtements sont pour le cher homme une véritable torture. « L'Ordre » et « la Méthode » sont ses dieux. Il affecte un certain dédain pour les preuves tangibles, telles que les empreintes de pas ou les cendres de cigarette. Il prétend qu'en elles-mêmes, elles ne suffisent jamais au détective pour résoudre un problème. Puis il tapote non sans complaisance son crâne ovoïde et énonce d'un air de profonde satisfaction — et avec un accent effroyable qui ne saurait être transcrit dans un ouvrage qui se respecte :

— Le véritable travail s'accomplit à *l'intérieur. Les petites cellules grises,* n'oubliez jamais les petites cellules grises, mon bon ami.

Je me glissai à ma place tout en faisant négligemment remarquer à Poirot qu'une heure de traversée entre Calais et Douvres ne méritait guère l'épithète de « terrible ».

— Rien d'intéressant au courrier ? demandai-je.

Poirot secoua la tête d'un air mécontent :

— Je ne l'ai pas encore ouvert, mais il n'arrive plus rien d'intéressant, de nos jours. Il n'y a plus de grands criminels, de ces criminels qui avaient de la *méthode.*

Il avait l'air si abattu que je ne pus m'empêcher d'éclater de rire.

— Courage, Poirot, la chance va tourner ! Ouvrez donc vos lettres. Après tout, rien ne dit qu'une grande affaire ne se profile pas à l'horizon.

Poirot consentit à sourire et, s'emparant du charmant petit coupe-papier qui lui servait à ouvrir sa correspondance, il ouvrit soigneusement les enveloppes posées à côté de son assiette.

— Une facture. Encore une facture. Ah ! mais, c'est que je deviens dépensier, sur mes vieux jours. Tiens ! un mot de Japp.

— Ah oui ? dis-je en dressant l'oreille.

Japp, inspecteur à Scotland Yard, nous avait souvent amené des affaires intéressantes.

— Il me remercie, avec la simplicité qui le caractérise, d'avoir éclairé sa lanterne sur un détail de l'Affaire Aberystwyth. Je suis enchanté d'avoir pu lui rendre ce menu service.

Poirot continua à parcourir placidement sa correspondance.

— On me propose de donner une conférence pour les scouts du coin. La comtesse de Forfanock me serait très obligée de bien vouloir passer la voir. Encore une histoire de chien perdu, je suppose ! Et voici la dernière. Ah... !

Le changement de ton me fit aussitôt lever les yeux. Poirot était plongé dans une lecture attentive. Un instant plus tard, il me tendait une lettre ouverte.

— Voilà qui sort de l'ordinaire, mon ami. Lisez vous-même.

La lettre était rédigée d'une écriture hardie et très personnelle, sur un type de papier qu'on ne trouve guère en Angleterre.

Villa Geneviève
Merlinville-sur-mer
France

Monsieur,
Les services d'un détective privé me seraient nécessaires car, pour des raisons que je vous indiquerai plus tard, je ne désire pas avoir recours à la police officielle. J'ai entendu parler de vous à plusieurs reprises, et tous ces témoignages me portent à croire que vous êtes non seulement un homme d'une grande habileté, mais également un homme discret. Je préfère ne pas en confier les détails à la poste, mais, en un mot, je détiens un secret qui me fait craindre tous les jours pour ma vie. Convaincu de l'imminence du danger, je vous prie instamment de venir en France dans les délais les plus brefs. Si vous voulez bien me télégraphier l'heure de votre arrivée, j'enverrai une voiture vous chercher à Calais. Je vous serais fort obligé d'abandonner toutes vos affaires en cours pour vous consacrer à mes seuls intérêts. Je suis prêt à payer le dédommagement que vous demanderez. J'aurai sans

doute besoin de vos services pendant une longue période, puisqu'il vous faudra peut-être vous rendre à Santiago, où j'ai passé plusieurs années de ma vie. Vous voudrez bien fixer vous-même le montant de vos honoraires. En vous assurant une fois encore qu'il s'agit d'une affaire urgente, je vous prie d'agréer...

Paul Renauld

La signature était suivie d'un post-scriptum hâtivement griffonné, presque illisible : *Venez, pour l'amour du ciel !*

Mon pouls battait plus vite quand je rendis la lettre à Poirot.

— Enfin ! Voici quelque chose qui sort vraiment de l'ordinaire !

— En effet, dit pensivement Poirot.

— Vous irez, bien sûr ?

Plongé dans de profondes réflexions, Poirot hocha la tête. Finalement, il parut avoir pris un parti et jeta un coup d'œil à la pendule. Son visage était grave.

— Voyez-vous, mon bon ami, nous n'avons pas de temps à perdre. L'express continental part de Victoria Station à 11 heures. Ne vous affolez pas, nous pouvons quand même prendre dix minutes pour discuter de l'affaire. Vous m'accompagnez, n'est-ce pas ?

— Eh bien...

— Vous m'avez dit vous-même que votre employeur n'avait pas besoin de vos services dans les semaines à venir.

— Le problème n'est pas là. Mais M. Renauld insiste beaucoup sur le fait qu'il s'agit d'une question privée.

— Taratata. M. Renauld, j'en fais mon affaire. A propos, ce nom ne m'est pas inconnu... ?

— Il y a un millionnaire sud-américain qui s'appelle Renauld. C'est peut-être lui.

— Sans doute. Voilà pourquoi Santiago. Santiago est au Chili, et le Chili est en Amérique du Sud ! Ah

13

mais, nous progressons ! Vous avez remarqué le post-scriptum ? Qu'en dites-vous ?

Je pris un temps de réflexion.

— Il est clair qu'il a réussi à se maîtriser tant qu'il rédigeait sa lettre, mais vers la fin il n'a pu conserver son sang-froid et, sous l'impulsion du moment, il a tracé à la hâte ces quelques mots désespérés.

Mon ami secoua énergiquement la tête :

— Vous êtes dans l'erreur. Vous ne voyez pas que l'encre de la signature est presque noire, alors que celle du post-scriptum est toute pâle ?

— Eh bien ? dis-je, perplexe.

— Mon Dieu, mon bon ami, mais servez-vous donc de vos petites cellules grises ! N'est-ce pas l'évidence ? M. Renauld a écrit cette lettre. Il l'a relue attentivement sans en sécher l'encre. Puis, non pas sous le coup d'une impulsion mais de façon tout à fait délibérée, il a ajouté ces quelques mots qu'il a séchés aussitôt.

— Mais pourquoi ?

— Parbleu ! Pour qu'ils produisent sur moi l'effet qu'ils ont produit sur vous.

— Comment cela ?

— Mais pour être certain que je vienne ! Il a relu sa lettre et n'en a pas été satisfait. Elle n'était pas assez pressante !

Il fit une pause. Ses yeux brillaient d'un éclat vert, signe chez lui d'une agitation intense. Puis il ajouta doucement :

— Puisque ce post-scriptum a été ajouté de sang-froid, c'est que l'affaire est d'une extrême urgence. Nous devons nous mettre en rapport avec M. Renauld le plus vite possible.

— Merlinville, murmurai-je pensivement. Il me semble en avoir déjà entendu parler.

Poirot acquiesça :

— C'est une petite station balnéaire tranquille, mais élégante, à mi-chemin entre Boulogne et Calais. M. Renauld a une maison en Angleterre, je suppose ?

— Oui, à Rutland Gate, si ma mémoire est bonne. Il est aussi propriétaire campagnard, quelque part dans le Hertfordshire. Mais il n'est guère mondain et je sais très peu de chose sur son compte. Je crois qu'il gère de puissants intérêts sud-américains dans la City et qu'il a passé la majeure partie de sa vie au Chili et en Argentine.

— Eh bien, il nous donnera les détails nécessaires lui-même. Allons faire nos bagages. Une valise chacun, et en route pour la gare.

A 11 heures, le train s'ébranlait de Victoria Station et nous étions en route pour Douvres. Avant de partir, Poirot avait expédié à M. Renauld un télégramme lui indiquant l'heure de notre arrivée à Calais.

Pendant la traversée, je me gardai bien de troubler la solitude de mon ami. Le temps était splendide et la mer d'huile, aussi ne fus-je pas surpris de retrouver un Poirot tout sourire en débarquant à Calais. Une déception nous y attendait pourtant, car personne n'était venu nous chercher. Poirot mit ce fait sur le compte d'un retard dans la distribution du télégramme.

— Eh bien, allons louer une voiture ! dit-il d'un ton enjoué.

Quelques minutes plus tard, nous nous dirigions cahin-caha vers Merlinville, dans la guimbarde la plus déglinguée qui ait jamais aspiré au titre de voiture de louage.

J'étais de la meilleure humeur du monde, mais mon ami m'observait d'un air grave.

— Vous avez l'air comme envoûté, Hastings. Cela ne présage rien de bon.

— Sornettes ! En tout cas, vous ne partagez pas mes sentiments.

— Non, moi j'ai peur.

— Peur de quoi ?

— Je n'en sais rien. J'ai un pressentiment. Un je-ne-sais-quoi me turlupine.

Il parlait si sérieusement que j'en fus impressionné — et ce, en dépit des gallicismes qui dénaturaient les plus banales de ses phrases.

— J'ai le sentiment, dit-il lentement, que nous abordons une affaire d'importance, un problème long et compliqué qu'il ne sera pas facile de résoudre.

Je l'aurais volontiers questionné plus longuement, mais nous venions d'entrer dans la petite station de Merlinville. Nous ralentîmes pour demander le chemin de la villa Geneviève.

— Tout droit, monsieur. Vous traversez l'agglomération, et la villa Geneviève se trouve environ huit cents mètres plus loin. C'est une grande maison qui domine la mer, vous ne pouvez pas la manquer.

Nous le remerciâmes et, reprenant notre route, laissâmes Merlinville derrière nous. Bientôt une patte d'oie nous obligea à une seconde halte. Un paysan se dirigeait vers nous d'un pas lent. Il y avait une villa au bord de la route, mais trop modeste et trop délabrée pour être celle que nous cherchions. Soudain, la porte de la maison s'ouvrit et une jeune fille en sortit.

Le paysan nous avait rejoints. Le chauffeur se pencha par la portière pour s'informer auprès de lui du chemin à suivre.

— La villa Geneviève ? A quelques pas d'ici sur la droite, monsieur. S'il n'y avait pas le tournant, vous la verriez déjà.

Le chauffeur le remercia et nous repartîmes. J'étais fasciné par la jeune fille qui nous observait, immobile, une main sur la porte. Je suis un fervent admirateur de la beauté, et celle-ci en était une qu'on ne pouvait manquer de remarquer. Très grande, le corps d'une Vénus, des cheveux blonds resplendissant au soleil, c'était ma foi une des plus belles filles que j'eusse jamais vues. Comme nous nous engagions dans le tournant, je tournai la tête pour la regarder une fois encore.

— Bon sang, Poirot ! m'exclamai-je. Vous avez vu cette jeune déesse ?

Poirot haussa les sourcils.
— Ça commence ! murmura-t-il. Voilà que vous avez déjà vu une déesse !
— Mais enfin, bon sang ! n'en était-ce pas une ?
— C'est possible, je ne l'ai pas remarquée.
— Mais vous l'avez bien vue, tout de même !
— Mon ami, il est bien rare que deux personnes voient la même chose. Vous, par exemple, vous avez vu une déesse. Moi...
Il hésita.
— Eh bien ?
— Je n'ai vu qu'une jeune fille aux yeux inquiets, dit-il d'un ton grave.

Mais à ce moment précis la voiture freina devant un grand portail vert et une même exclamation nous échappa. La grille était gardée par un imposant sergent de ville qui nous barrait le chemin.
— On ne passe pas, messieurs.
— Mais nous voulons voir M. Renauld ! m'exclamai-je. Nous avons rendez-vous. C'est bien sa villa, n'est-ce pas ?
— En effet, monsieur, mais...
Poirot sortit la tête par la vitre baissée :
— Mais quoi ?
— M. Renauld a été assassiné ce matin !

3

LA VILLA GENEVIÈVE

Poirot bondit hors de la voiture, les yeux brillant d'un éclat vert.
— Vous dites ? Assassiné ? Quand ? Comment ?
Le sergent de ville se redressa avec dignité.
— Je ne peux répondre à aucune question, monsieur.

— C'est juste. Je comprends.
Poirot réfléchit un instant.
— Le commissaire est ici ?
— Oui, monsieur.
Poirot sortit une carte de son portefeuille et y griffonna quelques mots.
— Voilà ! Auriez-vous la bonté de lui faire passer cette carte au plus vite ?
L'agent la prit, tourna la tête et lança un coup de sifflet. Un de ses collègues apparut aussitôt et se chargea du message de Poirot. Au bout de quelques minutes d'attente, nous vîmes un petit bonhomme rondouillard et affublé d'une énorme moustache se hâter vers la grille. Le sergent de ville salua et s'effaça pour le laisser passer.
— Mon cher monsieur Poirot, s'écria le nouveau venu, quel plaisir de vous voir ! Laissez-moi vous dire que vous tombez à pic !
Le visage de Poirot s'éclaira.
— Monsieur Bex ! Tout le plaisir est pour moi ! Permettez-moi de faire les présentations : le capitaine Hastings, M. Lucien Bex.
J'échangeai avec le commissaire un salut cérémonieux, puis M. Bex se tourna de nouveau vers Poirot.
— Je ne vous ai pas revu depuis l'affaire d'Ostende, en 1909, mon vieux, vous vous rappelez ? Auriez-vous cette fois encore des éléments susceptibles d'éclairer notre lanterne ?
— Vous les avez peut-être aussi. Vous saviez qu'on avait fait appel à mes services ?
— Non. Qui vous a appelé ?
— Le mort en personne. Il semble avoir eu conscience qu'on en voulait à sa vie. Hélas ! il s'est décidé trop tard.
— Sacré tonnerre ! s'écria le Français. Alors comme ça, il avait prévu son propre meurtre. Voilà qui bouleverse toutes nos théories. Mais entrez donc, je vous en prie.
M. Bex nous ouvrit la grille et poursuivit :
— Il nous faut sans retard communiquer ce fait à

M. Hautet, le juge d'instruction. Il vient d'inspecter le théâtre du crime, et il s'apprête à commencer les interrogatoires.

— Quand le meurtre a-t-il été commis ? demanda Poirot.

— Le corps a été découvert ce matin vers 9 heures. Le témoignage de Mme Renauld et celui des médecins concordent : la mort a dû survenir vers 2 heures du matin... Après vous, je vous en prie.

Nous gravîmes les marches du perron et pénétrâmes dans le vestibule. Un autre sergent de ville se leva en voyant entrer le commissaire.

— Où est M. Hautet en ce moment ? demanda celui-ci.

— Dans le salon, monsieur.

M. Bex nous ouvrit une porte sur la gauche. Le magistrat et son greffier étaient assis à une grande table ronde. Le commissaire nous présenta et expliqua la raison de notre présence.

Le juge d'instruction était un homme grand et maigre, aux yeux sombres et inquisiteurs. Il portait une courte barbe grise, taillée avec soin, qu'il caressait machinalement en parlant. Il nous présenta à son tour un homme plus âgé, aux épaules légèrement voûtées, appuyé contre le manteau de la cheminée : le Dr Durand.

— Voilà qui est extraordinaire, commenta M. Hautet quand le commissaire lui eut relaté les faits. Avez-vous cette lettre sur vous, monsieur ?

Poirot la lui tendit.

— Hum ! Il fait mention d'un secret. Quel dommage qu'il n'ait pas été plus explicite. Nous avons une grande dette envers vous, monsieur Poirot, et j'aimerais que vous nous fassiez l'honneur de nous aider dans cette enquête. A moins que vos obligations ne vous rappellent d'urgence à Londres ?

— Monsieur le juge, je me proposais déjà de rester ici. Je suis arrivé trop tard pour prévenir l'assassinat de mon client, mais je me sens tenu par un devoir sacré de découvrir son meurtrier.

Le magistrat s'inclina gravement.

— Ce sont là des sentiments qui vous honorent, monsieur. Il ne fait aucun doute que Mme Renauld voudra à son tour s'attacher vos services. Nous attendons d'un moment à l'autre M. Giraud, de la Sûreté de Paris, avec qui vous pourrez sans doute collaborer de façon fructueuse. Est-il besoin d'ajouter que toutes les informations qui pourraient vous être utiles sont à votre entière disposition ?

— Je vous remercie, monsieur. Vous comprendrez aisément que je suis pour l'instant dans l'obscurité la plus complète. Je ne sais strictement rien.

M. Hautet fit un signe de tête au commissaire, qui reprit :

— En descendant prendre son service ce matin, Françoise, la vieille gouvernante, a trouvé la porte d'entrée entrouverte. Craignant tout d'abord une visite de cambrioleurs, elle a regardé dans la salle à manger. Quand elle a vu que l'argenterie était à sa place, elle ne s'est pas inquiétée davantage et en a conclu que son maître avait dû se lever tôt pour aller faire un petit tour.

— Veuillez excuser cette interruption, mais était-ce dans les habitudes de l'intéressé ?

— Non, pas du tout. Mais la vieille Françoise partage le préjugé commun concernant les Anglais — à savoir qu'ils sont tous un peu cinglés et capables de toutes les extravagances ! En allant réveiller sa maîtresse à l'heure habituelle, Léonie, la jeune femme de chambre, a eu l'affreuse surprise de la découvrir ligotée et bâillonnée. Presque au même moment, on apprenait que le corps de M. Renauld venait d'être découvert, un poignard fiché dans le dos.

— Où donc ?

— C'est là l'un des aspects les plus stupéfiants de cette affaire, monsieur Poirot. Le corps était couché face contre terre, dans une tombe ouverte.

— Quoi ?

— Parfaitement. La fosse était fraîchement creusée, à quelques mètres à peine des limites de la propriété.

— Il était mort depuis combien de temps ?

Le Dr Durand prit la parole.

— J'ai examiné le corps ce matin à 10 heures. La mort avait dû survenir au moins sept heures plus tôt, voire dix heures.

— Hum ! Ce qui situe l'heure du crime entre minuit et 3 heures du matin.

— Exactement. Le témoignage de Mme Renauld permet de la situer après 2 heures, ce qui réduit encore le champ des conjectures. La mort a dû être instantanée, et il ne peut naturellement s'agir d'un suicide.

Poirot approuva et le commissaire reprit :

— Mme Renauld a été rapidement libérée de ses liens par les servantes horrifiées. Elle était dans un état de faiblesse extrême, et la douleur causée par ses liens l'avait laissée à demi inconsciente. Deux hommes masqués avaient fait irruption dans la chambre, l'avaient ligotée et bâillonnée tandis qu'on enlevait son mari. Nous tenons cela des domestiques car Mme Renauld, en apprenant la tragique nouvelle, est tombée dans un état d'agitation alarmant. Le Dr Durand, alerté, a aussitôt prescrit un sédatif, et nous n'avons pas pu encore l'interroger. Sans doute va-t-elle se réveiller beaucoup plus calme et en état de répondre à nos questions.

Le commissaire fit une pause.

— Et les autres habitants de la maison, monsieur ?

— Il y a la vieille Françoise, la gouvernante, qui a longtemps été au service des précédents propriétaires de la villa Geneviève. Egalement deux jeunes filles, des sœurs, Denise et Léonie Oulard, qui sont d'une famille honorablement connue de Merlinville. Puis le chauffeur, que M. Renauld a ramené d'Angleterre, mais qui est actuellement en congé. Enfin Mme Renauld et son fils, M. Jack Renauld, qui est également absent de la maison pour l'instant.

Poirot hocha la tête.
— Marchaud ! appela M. Hautet.
Le sergent de ville apparut.
— Faites entrer la dénommée Françoise.
L'homme salua et disparut. Il revint quelques instants plus tard, escortant une Françoise pas trop rassurée.
— Vous vous appelez Françoise Arrichet ?
— Oui, monsieur.
— Vous servez depuis longtemps à la villa Geneviève ?
— J'ai passé onze ans au service de Mme la vicomtesse. Et puis, quand elle a vendu la villa au printemps dernier, j'ai accepté de rester avec le milord anglais. Je n'aurais jamais pensé...
Le juge d'instruction coupa court.
— Sans doute, sans doute. Mais pour l'instant, Françoise, voyons cette histoire de porte d'entrée : qui avait la charge de la fermer pour la nuit ?
— Moi, monsieur. J'y ai toujours veillé.
— Et la nuit dernière ?
— Je l'ai verrouillée comme d'habitude.
— Vous en êtes certaine ?
— Je le jure par tous les saints, monsieur.
— Quelle heure était-il ?
— Comme tous les soirs, monsieur, 10 heures et demie.
— Et où était le reste de la maisonnée ? Tout le monde était allé se coucher ?
— Madame s'était retirée depuis un petit moment. Denise et Léonie sont montées avec moi. Monsieur était encore dans son bureau.
— Donc, si quelqu'un a rouvert la porte ensuite, ce ne pouvait être que M. Renauld lui-même ?
Françoise haussa ses larges épaules.
— Pourquoi l'aurait-il fait ? Avec tous les voleurs et les assassins qui courent les routes ! Ah, la belle idée ! Monsieur n'était pas un imbécile. Ce n'est pas comme s'il avait eu à faire sortir la dame...
Le magistrat l'interrompit brusquement :

— La dame ? De quelle dame parlez-vous ?
— Eh bien, de celle qui venait le voir.
— Vous voulez dire qu'une dame est venue le voir ce soir-là ?
— Mais oui, monsieur — comme beaucoup d'autres soirs, d'ailleurs.
— Qui était-ce ? Vous la connaissiez ?

Une expression rusée passa sur le visage de la vieille femme.

— Comment pourrais-je savoir qui c'était ? grommela-t-elle. Je ne l'ai pas fait entrer hier soir.
— Ah ! gronda le magistrat en frappant du plat de la main sur la table. On se moque de la police, c'est ça ? J'exige à l'instant le nom de la femme qui venait voir M. Renauld le soir.
— La police, la police ! grommela Françoise. Je n'aurais jamais cru avoir un jour affaire à elle. Je sais très bien qui est cette dame : c'est Mme Daubreuil.

Le commissaire ne put retenir une exclamation et se pencha en avant, stupéfait.

— Mme Daubreuil, celle qui habite la villa Marguerite, juste après le tournant ?
— C'est bien ce que j'ai dit, monsieur. Oh ! c'est un numéro, celle-là !

La vieille femme eut un hochement de tête dédaigneux.

— Mme Daubreuil..., murmura le commissaire. C'est impossible.
— Voilà ! grommela Françoise. Voilà ce qu'on gagne à dire la vérité !
— Pas du tout, dit le juge d'instruction d'un ton apaisant. Cela nous étonne, voilà tout. Alors, Mme Daubreuil et M. Renauld étaient... (Il s'interrompit avec tact.) Hein ? c'est bien ça ?
— Qu'est-ce que j'en sais, moi ? Que voulez-vous, Monsieur était un lord anglais très riche, et Mme Daubreuil est pauvre, elle, mais quand même très élégante, bien qu'elle vive retirée avec sa fille. Aucun doute, c'est une femme qui a un passé ! Elle

n'est plus de la première jeunesse, mais ma foi, moi qui vous parle, j'ai vu des hommes se retourner sur son passage. D'ailleurs, ces derniers temps, elle avait beaucoup plus d'argent à dépenser — toute la ville le sait. Ah ! C'était bien fini, les économies de bout de chandelle !

Et Françoise hocha la tête d'un air entendu.

M. Hautet se caressait pensivement la barbe.

— Et Mme Renauld ? finit-il par dire. De quel œil voyait-elle cette... amitié ?

Françoise haussa les épaules.

— Bah ! elle était toujours bien polie, bien aimable. A croire qu'elle ne soupçonnait rien. Mais tout de même, monsieur, le cœur souffre, allez ! Jour après jour, j'ai vu Madame devenir plus pâle et plus maigre. Ce n'était plus la même femme que celle qui était arrivée ici il y a un mois. Monsieur avait bien changé, lui aussi. On voyait qu'il avait des soucis, il avait l'air au bord de la dépression nerveuse. Ça n'a rien d'étonnant, d'ailleurs, quand on mène une aventure de pareille façon ! Aucune retenue, aucune discrétion. Style anglais, sans doute !

Je sursautai d'indignation sur ma chaise, mais le juge d'instruction poursuivit son interrogatoire sans se laisser distraire par des considérations annexes.

— Vous dites que M. Renauld n'a pas eu besoin d'ouvrir la porte pour Mme Daubreuil. Pourquoi ? Elle était déjà partie ?

— Oui, monsieur. Je les ai entendus sortir du bureau et passer dans le vestibule. Monsieur lui a souhaité le bonsoir, et il a refermé la porte derrière elle.

— Quelle heure était-il ?

— Environ 10 h 25, monsieur.

— Savez-vous quand M. Renauld est allé se coucher ?

— Je l'ai entendu monter environ dix minutes après nous. Les marches craquent tellement, qu'on entend tout le monde monter et descendre.

— Et c'est tout ? Aucun bruit suspect au cours de la nuit ?

— Absolument rien, monsieur.

— Qui, parmi les domestiques, est descendue la première ce matin ?

— C'est moi, monsieur. Et j'ai vu tout de suite que la porte était ouverte.

— Toutes les fenêtres du rez-de-chaussée étaient verrouillées ?

— Toutes sans exception. Il n'y avait rien de bizarre ni de dérangé nulle part.

— C'est bon. Vous pouvez aller, Françoise.

La vieille femme se dirigea vers la porte d'un pas traînant. Sur le seuil, elle se retourna.

— Laissez-moi vous dire une chose, monsieur. Cette Mme Daubreuil, c'est une mauvaise ! Voyez-vous, les femmes se connaissent entre elles. Celle-ci est mauvaise, sachez-le.

Et tout en secouant la tête d'un air avisé, Françoise quitta la pièce.

— Léonie Oulard ! appela le magistrat.

Léonie apparut en larmes, au bord de la crise d'hystérie. M. Hautet l'interrogea avec beaucoup de doigté. Son témoignage portait sur la découverte de sa maîtresse ligotée et bâillonnée, dont elle fit un récit passablement grandiloquent. Tout comme Françoise, elle n'avait rien entendu.

Sa sœur, Denise, lui succéda. Elle confirma que son maître avait beaucoup changé ces derniers temps.

— Il était chaque jour plus morose. Il ne mangeait plus. Il était toujours déprimé.

Mais Denise avait sa propre théorie :

— A coup sûr, il était poursuivi par la Mafia. Deux hommes masqués — que voulez-vous que ce soit d'autre ? Ce sont des gens terribles ! Ceux-là !

— C'est une possibilité, bien sûr, déclara doucement le juge d'instruction. Mais dites-moi, ma fille, c'est vous qui avez fait entrer Mme Daubreuil hier soir ?

— Pas hier soir, monsieur, le soir avant.
— Mais Françoise vient de nous dire que Mme Daubreuil était ici hier soir ?
— Non, monsieur. Il y a bien une dame qui est venue voir M. Renauld hier soir, mais ce n'était pas Mme Daubreuil.

Surpris, le magistrat insista, mais la fille ne voulut pas en démordre. Elle savait fort bien à quoi ressemblait Mme Daubreuil. Cette dame aussi avait les cheveux noirs, mais elle était plus petite, et bien plus jeune. Rien ne put l'ébranler sur ce point.

— Aviez-vous déjà vu cette dame auparavant ?
— Jamais, monsieur. Mais je crois, ajouta-t-elle timidement, qu'elle était anglaise.
— Anglaise ?
— Oui, monsieur. Elle a demandé à voir M. Renauld en bon français, mais l'accent... même léger, on le sent. Et puis, quand ils sont sortis du bureau, ils parlaient anglais.
— Vous avez entendu ce qu'ils disaient ? Je veux dire, vous avez compris quelque chose ?
— Moi, je parle l'anglais très bien, déclara fièrement Denise. La dame parlait trop vite pour moi, mais j'ai entendu les derniers mots de Monsieur quand il lui a ouvert la porte.

Elle fit une pause, puis répéta laborieusement :
— « Yesse, yesse, beutte for Gaud'saïke gau, nao ! »
— Oui, oui, mais pour l'amour du ciel, partez, à présent ! traduisit le magistrat.

Il renvoya Denise puis, après quelques instants de réflexion, rappela Françoise. Il lui demanda si elle était certaine de ne pas s'être trompée au sujet de la visite de Mme Daubreuil. Mais Françoise fit preuve d'une obstination surprenante. Mme Daubreuil était venue le soir précédent. C'était bien elle, il n'y avait pas l'ombre d'un doute. Denise avait voulu faire l'intéressante, voilà tout ! C'est pour ça qu'elle avait inventé cette histoire de dame étrangère. Et elle voulait faire voir son anglais, aussi ! Sans doute Monsieur n'avait-il jamais prononcé cette phrase en anglais, et même s'il l'avait fait, ça ne prouvait rien du tout. Mme Daubreuil parlait parfaitement l'anglais, et utilisait souvent cette langue quand elle parlait à M. et Mme Renauld :

— Voyez-vous, M. Jack, le fils de Monsieur, habite le plus souvent ici, et il parle très mal le français.

Le magistrat n'insista pas. Il se renseigna sur le chauffeur et apprit ainsi que M. Renauld avait justement déclaré la veille qu'il n'avait pas besoin de la voiture pour le moment, et que Masters pouvait prendre un congé.

Je vis Poirot froncer les sourcils d'un air perplexe.

— Qu'y a-t-il ? chuchotai-je.

Il secoua la tête avec impatience et demanda :

— Excusez-moi, monsieur Bex, mais il arrivait sans doute à M. Renauld de conduire lui-même sa voiture ?

Le commissaire regarda Françoise, qui répondit vivement :

— Non, Monsieur ne conduisait jamais lui-même.

Les sourcils de Poirot se rapprochèrent encore.

— J'aimerais bien savoir ce qui vous inquiète, dis-je avec impatience.

— Vous ne voyez pas ? Dans sa lettre, M. Renauld propose de m'envoyer une voiture à Calais.

— Il voulait peut-être parler d'une voiture de louage, suggérai-je.

— Sans doute. Mais pourquoi louer une voiture quand on en a une ? Et pourquoi choisir la journée d'hier pour donner brusquement congé au chauffeur ? Aurait-il voulu par hasard se débarrasser de lui avant notre arrivée ?

4

LA LETTRE SIGNÉE BELLA

Françoise avait quitté la pièce. Le juge d'instruction tambourinait pensivement sur la table.

— Monsieur Bex, dit-il au bout d'un moment, nous avons ici deux témoignages totalement contradictoires. Qui devons-nous croire, Françoise ou Denise ?

— Denise, répondit le commissaire d'un ton ferme. C'est elle qui a fait entrer la visiteuse. Françoise est une vieille obstinée, et il est clair qu'elle ne porte pas Mme Daubreuil dans son cœur. Nous savons en outre qu'il y avait encore une autre femme dans la vie de Renauld.

— Tiens c'est vrai ! s'écria M. Hautet. Nous avons oublié d'en informer M. Poirot.

Après avoir fouillé parmi les papiers amoncelés sur la table, il finit par en extraire celui qu'il cherchait. Il le tendit à mon ami.

— Voilà, monsieur Poirot. Nous avons trouvé cette lettre dans la poche du pardessus du mort.

Poirot prit la lettre et l'ouvrit. Passablement chiffonnée et cornée, elle était rédigée en anglais, d'une main assez maladroite.

Mon amour, pourquoi ne m'as-tu pas écrit depuis si longtemps ? Tu m'aimes toujours, n'est-ce pas ? Le ton de tes dernières lettres était si différent, froid et lointain... Et à présent, ce long silence. Cela me fait peur. Si tu avais cessé de m'aimer ! Non, c'est impossible — quelle stupide gamine je fais, à m'imaginer sans arrêt des choses ! Mais si vraiment tu ne m'aimais plus, je ne sais ce que je ferais —, je me tuerais, peut-être ! Je ne pourrais pas vivre sans toi. Parfois, je me dis qu'il y a une autre femme dans ta vie. Alors, qu'elle prenne garde, et toi aussi ! Je te tuerai plutôt que de la laisser te prendre à moi ! Je parle sérieusement.

Oh ! À quoi bon ? Je n'écris que des bêtises. Tu m'aimes et je t'aime ! Oui, je t'aime, je t'aime !

À toi pour la vie, Bella

La lettre ne portait ni date ni adresse. Poirot la rendit au magistrat, le visage grave.

— Et vous en déduisez... ?

Le magistrat haussa les épaules.

— A l'évidence, M. Renauld poursuivait une intrigue avec cette Anglaise, Bella ! Il s'installe ici, rencontre Mme Daubreuil et entame une nouvelle aventure avec celle-ci. Ses sentiments pour l'autre se refroidissent, et Bella soupçonne aussitôt quelque chose. Cette lettre contient une menace non déguisée. A première vue, monsieur Poirot, l'affaire semblait fort simple : la jalousie ! Et le fait que M. Renauld ait été poignardé dans le dos semblait bien prouver que c'était l'œuvre d'une femme.

Poirot hocha la tête.

— Le coup dans le dos, oui, mais pas la tombe ! C'est un travail de force et, à parler franc, monsieur, je ne vois pas une femme en train de creuser une tombe. Ça, c'est du travail d'homme !

Le commissaire poussa une exclamation :

— Mais oui, vous avez tout à fait raison ! Nous n'y avions pas pensé.

— Comme je vous le disais, poursuivit M. Hautet, l'affaire paraissait claire, mais les hommes masqués et la lettre que vous a adressée M. Renauld viennent compliquer les choses. C'est comme si nous avions là deux séries d'événements distincts, sans relations entre eux. A propos de la lettre qu'il vous a envoyée, croyez-vous qu'il ait pu considérer cette « Bella » comme une menace ?

Poirot secoua la tête.

— J'en doute fort. Un homme comme M. Renauld, qui a mené une vie aventureuse dans des contrées lointaines, ne doit pas être de ceux qui appellent un détective à l'aide contre une femme.

Le juge d'instruction approuva avec énergie.

— C'est bien mon point de vue. Alors, il faut chercher l'explication de cette lettre...

— A Santiago, compléta le commissaire. Je vais câbler sans délai à la police de cette ville pour qu'elle nous fournisse des renseignements détaillés sur la vie qu'il a menée là-bas : ses intrigues amoureuses, ses relations d'affaires, ses amitiés, et surtout ses inimitiés ! Ce serait bien le diable si nous ne tirions pas de tout cela un indice qui nous mette sur la voie.

Le commissaire regarda autour de lui, quêtant une approbation.

— Excellent ! dit Poirot. Vous n'avez pas trouvé d'autres lettres de cette Bella parmi les effets de M. Renauld ? ajouta-t-il.

— Non. Notre premier soin a bien sûr été de fouiller dans sa correspondance privée, rangée dans le tiroir de ce bureau. Mais nous n'avons rien découvert qui présente un intérêt quelconque. Tout semblait parfaitement en ordre. Seul son testament sortait de l'ordinaire : le voici, d'ailleurs.

Poirot parcourut le document.

— Je vois. Un legs de mille livres à M. Stonor... et qui est ce M. Stonor ?

— Le secrétaire de M. Renauld. Il habite en Angleterre, mais il passe souvent le week-end ici.

— Tout le reste revient sans condition à sa femme bien-aimée, Eloïse. Un document formulé de façon simple, mais parfaitement légal. Les deux domestiques, Denise et Françoise, ont servi de témoins. Rien d'extraordinaire là-dedans, conclut-il en rendant le document au juge.

— Mais peut-être n'avez-vous pas remarqué...

— La date ? dit vivement Poirot. Mais si, je l'ai remarquée. Le document a été rédigé voici une quinzaine de jours. C'est à ce moment-là qu'il a dû pressentir le danger pour la première fois. Bien des hommes riches meurent intestat faute d'envisager qu'ils puissent mourir un jour. Mais il serait dangereux de tirer d'une simple date des conclusions prématurées. Quoi qu'il en soit, ce document nous prouve qu'il portait à sa femme une véritable affection, en dépit de ses intrigues amoureuses.

— Peut-être, dit M. Hautet d'un air de doute. Mais ce n'est pas très juste pour son fils, qu'il laisse ainsi sous l'entière dépendance de sa mère. Si elle se remariait, et que son second mari eût un fort ascendant sur elle, ce garçon pourrait bien ne jamais toucher un centime de la fortune paternelle.

Poirot haussa les épaules.

— L'homme est un animal vaniteux. Sans doute M. Renauld a-t-il pensé que sa veuve ne se remarierait jamais. Et quant au fils, c'était peut-être une sage précaution que de laisser tout l'argent entre les mains de sa mère. Ces gosses de riches sont souvent fort prodigues.

— Vous avez sans doute raison. Maintenant, monsieur Poirot, vous souhaitez sans doute inspecter le lieu du crime. Le corps a déjà été enlevé, vous m'en voyez désolé, mais il a été photographié sous tous les angles possibles et imaginables. Les clichés seront à votre disposition dès que nous les recevrons.

— Je vous remercie de votre obligeance.

Le commissaire se leva.

— Suivez-moi, messieurs.

Il ouvrit la porte et s'inclina cérémonieusement pour laisser passer Poirot. Ne voulant pas être en reste, celui-ci recula avec un petit salut.

— Monsieur...

Ils réussirent enfin à sortir dans le vestibule.

— Cette pièce-là, c'est le bureau, non ? demanda soudain Poirot en désignant de la tête la porte opposée.

— Oui. Vous aimeriez le voir ?

Le juge d'instruction l'ouvrit et nous y fit entrer.

La pièce que M. Renauld s'était réservée pour son usage personnel était petite, mais confortable et meublée avec goût. Un vaste bureau, aux tiroirs nombreux, était placé devant la fenêtre. Deux fauteuils de cuir faisaient face à la cheminée, séparés par une table ronde couverte de livres et de revues récentes.

Poirot resta un moment sur le seuil, flairant l'atmosphère. Puis il alla passer la main sur le dos des fauteuils, prit un magazine sur la table, et effleura d'un doigt circonspect la surface du buffet de chêne. Son visage exprimait une entière approbation.

— Pas de poussière ? demandai-je avec un sourire.

Il me sourit aussi, appréciant ma connaissance de ses petites manies.

— Pas une once, mon ami ! Et pour une fois, c'est peut-être grand dommage.

Ses petits yeux, vifs comme ceux d'un oiseau, se posaient çà et là dans la pièce.

— Ah ! dit-il soudain d'un air soulagé, la carpette est de travers.

Comme il se baissait pour la redresser, il poussa une petite exclamation. Quand il se releva, il tenait à la main un fragment de papier rose.

— Je vois qu'en France, comme en Angleterre, les domestiques omettent de passer le balai sous les tapis...

Bex s'empara du bout de papier et je m'approchai pour l'examiner à mon tour.

— Vous connaissez cela, hein, Hastings ?

Je secouai la tête, perplexe. Cette teinte particulière de rose m'était pourtant très familière.

Le cerveau du commissaire fonctionnait plus vite que le mien.

— C'est un fragment de chèque ! s'exclama-t-il.

Le petit bout de papier ne faisait guère plus de deux centimètres sur deux. On y voyait, tracé à la plume, le mot « Duveen ».

— Bon ! dit Bex. Ce chèque était à l'ordre de — ou tiré par — quelqu'un nommé Duveen.

— Plutôt à l'ordre de, dit Poirot. Si je ne m'abuse, l'écriture est celle de M. Renauld.

Ce point fut rapidement établi en comparant le fragment à une note qui traînait sur le bureau.

— Vraiment, murmura le commissaire, atterré, je me demande comment j'ai pu laisser passer ça.

Poirot se mit à rire.

— « Regardez toujours sous les tapis ! », voilà la morale de l'histoire. Mon ami Hastings ici présent vous dira que tout ce qui n'est pas symétrique est une véritable torture pour moi. Dès que j'ai vu la carpette de travers, je me suis dit : « Tiens ! Tiens ! Les pieds du fauteuil se sont pris dedans quand on l'a repoussé. Peut-être y a-t-il là-dessous quelque chose qui aura échappé à cette bonne Françoise.

— A Françoise ?

— Ou à Denise, ou à Léonie, enfin à celle des trois qui a fait cette pièce. S'il n'y a pas de poussière, c'est que quelqu'un est passé ici ce matin. Je reconstitue les faits de la façon suivante : hier, et peut-être même hier soir, M. Renauld a rédigé un chèque à l'ordre d'un dénommé Duveen. Après quoi, on a déchiré ce chèque et les morceaux ont été éparpillés sur le sol. Ce matin...

Mais M. Bex tirait déjà avec impatience sur le cordon de la sonnette.

Ce fut Françoise qui répondit. Oui, elle avait trouvé plein de petits bouts de papiers par terre. Ce qu'elle en avait fait ? Elle les avait jetés dans la cuisinière, bien sûr ! Qu'aurait-elle pu en faire d'autre ?

Bex la renvoya d'un geste las. Puis son visage s'éclaira et il courut vers le bureau. Un instant plus tard, il parcourait le carnet de chèques du mort, qu'il laissa bientôt retomber avec le même geste de lassitude : la dernière souche était vierge.

— Courage ! s'écria Poirot en lui tapotant le dos. Sans doute Mme Renauld sera-t-elle en mesure de nous renseigner sur la mystérieuse personne nommée Duveen.

Le commissaire se détendit :

— C'est juste. Poursuivons nos investigations.

Au moment de sortir de la pièce, Poirot remarqua incidemment :

— C'est bien ici que M. Renauld a reçu sa visiteuse hier soir, n'est-ce pas ?

— C'est ici... mais comment le savez-vous ?

— Grâce à ceci. Je l'ai trouvé au fond du fauteuil de cuir, dit-il en nous montrant ce qu'il tenait entre le pouce et l'index : un long cheveu noir, un cheveu de femme !

M. Bex nous mena ensuite jusqu'à une petite remise adossée à l'arrière de la maison. Il sortit une clé de sa poche et ouvrit la porte.

— Le corps est ici. Nous l'y avons transporté juste avant votre arrivée, dès que les photographes en ont eu fini avec lui.

Nous pénétrâmes dans la remise. L'homme assassiné était étendu sur le sol, recouvert d'un drap que M. Bex releva d'un geste expert. Renauld était un homme de taille moyenne, élancé et souple, qui paraissait environ cinquante ans ; ses cheveux bruns étaient parsemés de gris. Il avait le visage glabre, un long nez fin, les yeux assez rapprochés et la peau très bronzée d'un homme qui a passé la majeure partie de sa vie sous les tropiques. Ses lèvres retroussées découvraient ses dents, et ses traits livides étaient figés dans une expression de stupéfaction et de terreur absolues.

— On voit à son faciès qu'il a été frappé dans le dos, remarqua Poirot.

Il retourna très doucement le cadavre. Là, juste entre les deux omoplates, une tache ronde et sombre maculait le léger pardessus beige, et l'étoffe était fendue en son milieu. Poirot l'examina attentivement.

— Vous avez une idée de l'arme dont on s'est servi ?

— Bien sûr. Elle était restée fichée dans la blessure.

Le commissaire se saisit d'un grand bocal en verre. L'objet qu'il contenait avait plutôt l'aspect d'un coupe-papier, avec un manche noir et une lame fine et brillante. Le tout ne faisait pas plus de vingt-cinq centimètres de long. Avec précaution, Poirot éprouva la pointe du doigt.

— Ma foi, plutôt tranchante ! Joli petit instrument de mort !

— Malheureusement, nous n'y avons pas trouvé traces d'empreintes digitales, dit M. Bex d'un ton de regret. Le meurtrier devait porter des gants.

— Evidemment, dit Poirot d'un air dégoûté. Même à Santiago ils doivent savoir ça. Tout amateur de romans policiers le sait, grâce à la publicité que la presse a faite à la méthode Bertillon. De toute façon, je trouve bien utile de savoir qu'il n'y avait pas d'empreintes du tout. C'est si facile de laisser les empreintes de quelqu'un d'autre ! Avec ça, la police est contente. (Il secoua la tête.) J'ai bien peur que notre criminel ne soit guère méthodique — ou alors, il était pressé par le temps. Enfin, nous verrons bien.

Il laissa retomber le corps dans sa position première.

— Je vois qu'il ne portait que ses sous-vêtements sous son pardessus.

— Oui. Le juge d'instruction trouve d'ailleurs cela assez bizarre.

On frappa à la porte. Bex alla ouvrir. Françoise se tenait sur le seuil et s'efforçait de percer l'obscurité de la remise avec une avide curiosité.

— Oui, qu'y a-t-il ? demanda Bex avec impatience.

— C'est Madame. Elle vous fait dire qu'elle se sent beaucoup mieux et qu'elle est prête à recevoir le juge d'instruction.

— Bien, dit vivement M. Bex. Avertissez M. Hautet que nous serons là dans un instant.

Poirot resta un moment à traîner et à contempler le cadavre. Je crus un instant qu'il allait l'apostropher, lui jurer qu'il n'aurait ni trêve ni repos tant qu'il n'aurait pas découvert son meurtrier. Mais quand il ouvrit enfin la bouche, ce fut pour lâcher un commentaire ridicule et déplacé, à cet instant solennel :

— Il portait un pardessus bien long ! remarqua-t-il.

5

LE RÉCIT DE MME RENAULD

M. Hautet nous attendait dans le vestibule. Nous gravîmes l'escalier de concert, précédés de Françoise qui nous montrait le chemin. Poirot montait en zigzag, ce qui ne laissa pas de m'intriguer, jusqu'à ce qu'il me glissât à l'oreille avec une grimace complice :

— Pas étonnant que les domestiques aient entendu M. Renauld monter : toutes les marches craquent à réveiller les morts !

En haut de l'escalier, un corridor étroit bifurquait.

— Il mène aux chambres des domestiques, expliqua M. Bex.

Nous nous engageâmes dans un autre couloir à la suite de Françoise, qui alla frapper à la dernière porte sur la droite.

Une voix éteinte nous pria d'entrer. Nous pénétrâmes dans une vaste pièce ensoleillée donnant sur la mer qu'on apercevait au loin, miroitante et bleue.

Une femme d'une grande beauté était étendue sur un canapé, soutenue par quantité de coussins, à son chevet se tenait le Dr Durand. Elle approchait sans doute de la cinquantaine, et sa chevelure jadis noire était maintenant presque entièrement argentée. Mais il émanait d'elle une intense vitalité, une force indomptable. On se sentait immédiatement en présence de ce que les Français appellent une « maîtresse femme ».

Elle nous accueillit d'un léger signe de tête plein de dignité.

— Veuillez vous asseoir, messieurs.

Nous obtempérâmes à cette aimable invitation, et le greffier alla s'installer à une autre petite table ronde.

— J'espère, madame, ne pas abuser de vos forces en vous demandant de nous raconter ce qui s'est passé cette nuit ?

— Pas du tout, monsieur. Je sais combien votre temps est précieux si vous voulez confondre et punir ces odieux assassins.

— Fort bien, madame. Je crois que toute cette procédure sera moins éprouvante pour vous si vous vous bornez à répondre aux questions que je vais vous poser. A quelle heure vous êtes-vous couchée hier soir ?

— A 9 heures et demie. J'étais très lasse.

— Et votre mari ?

— Environ une heure plus tard, me semble-t-il.

— Avait-il l'air troublé ou inquiet ?

— Non. Pas plus que d'habitude.

— Que s'est-il passé ensuite ?

— Nous nous sommes endormis. J'ai été réveillée par une main qu'on pressait sur ma bouche. J'ai voulu crier, mais la main m'en a empêchée. Il y avait deux hommes dans la chambre, et tous les deux portaient des masques.

— Pouvez-vous nous en donner une description, madame ?

— L'un d'eux était très grand, avec une longue barbe noire, et l'autre petit et trapu, avec une barbe rousse. Ils portaient chacun un chapeau enfoncé sur les yeux.

— Hum ! dit le magistrat d'un air pensif. Un peu trop de barbes, à mon avis.

— Vous voulez dire qu'elles étaient fausses ?

— Oui, madame. Mais poursuivez votre récit.

— C'était le petit qui me tenait. Il m'a enfoncé un bâillon dans la bouche, puis il m'a ligoté les pieds et les mains à l'aide d'une corde. L'autre se tenait au-dessus de mon mari. Il s'était emparé de mon coupe-papier, un petit poignard que je laisse habituellement sur la coiffeuse, et il en pressait la pointe contre son cœur. Quand le petit homme trapu en a eu fini avec moi, il a rejoint le grand, et ils ont alors contraint mon mari à se lever et à les suivre dans le cabinet de toilette, juste à côté. J'étais presque évanouie de terreur, mais je m'efforçais désespérément d'entendre ce qu'ils disaient. Ils parlaient trop bas pour que je puisse saisir leurs paroles, mais j'ai bien reconnu la langue : un espagnol mêlé de mots indiens, que l'on parle dans certaines contrées d'Amérique du Sud.

» Ils semblaient exiger quelque chose de mon mari et, à un moment donné, la colère leur a fait hausser un peu la voix. Je crois que c'était le grand qui parlait. « Vous savez ce que nous voulons, disait-il. Le secret ! Où est-il ? » Je n'ai pas entendu la réponse de mon mari, mais l'autre a répliqué d'un ton féroce : « Vous mentez ! Nous savons que vous l'avez. Où sont vos clés ? » Et puis j'ai entendu des bruits de tiroirs qu'on ouvrait. Le coffre-fort encastré dans le mur du cabinet de toilette de mon mari contient toujours une somme assez importante en argent liquide. Léonie m'a dit que ce coffre-fort avait été forcé et que l'argent avait disparu, mais visiblement, ce qu'ils cherchaient n'était pas dedans. En effet, j'ai bientôt entendu le plus grand des deux pousser un juron et ordonner à mon mari de s'habiller. Ils ont dû être dérangés par un bruit quelconque, parce qu'ils sont entrés en hâte dans ma chambre, poussant mon mari à demi vêtu.

— Pardon, interrompit Poirot, mais n'y a-t-il pas une autre issue à ce cabinet de toilette ?

— Non, monsieur. Il n'y a que la porte qui communique avec ma chambre. Ils ont poussé mon mari à l'intérieur : le petit le précédait, et le plus grand fermait la marche, tenant toujours le poignard à la main. Paul a essayé de leur échapper pour venir à moi. Je lisais l'angoisse dans ses yeux. Il s'est retourné vers ses agresseurs en disant : « Il faut que je parle à ma femme. » Puis, il s'est approché du lit et s'est penché sur moi : « Ce n'est rien, Eloïse. N'aie pas peur. Je serai de retour avant l'aube. » Mais il avait beau s'efforcer de parler d'un ton ferme, je lisais la terreur dans ses yeux. Puis ils l'ont entraîné vers la porte en disant : « Vous êtes prévenu : un mot, un geste, et vous êtes mort ! » Après, poursuivit Mme Renauld, j'ai dû m'évanouir. Tout ce que je me rappelle, c'est Léonie en train de me frotter les poignets et de me faire avaler du cognac.

— Madame Renauld, dit le magistrat, avez-vous une idée de ce que les assassins pouvaient bien chercher ?

— Aucune, monsieur.

— Saviez-vous que votre mari redoutait quelque chose ?

— Oui. J'avais remarqué qu'il avait changé.

— Depuis combien de temps ?

Mme Renauld réfléchit.

— Une dizaine de jours, peut-être.

— Pas plus ?

— Peut-être plus. Mais je ne m'en étais pas aperçue auparavant.

— Avez-vous interrogé votre mari sur les causes de ce changement ?

— Une seule fois, et il s'est montré évasif. Je sentais bien qu'il se rongeait d'inquiétude, mais comme il semblait vouloir à tout prix m'en dissimuler la cause, j'ai essayé de faire comme si je n'avais rien vu.

— Saviez-vous qu'il avait fait appel aux services d'un détective ?

— Un détective ? s'exclama Mme Renauld d'un ton fort surpris.

— Oui, ce monsieur ici présent — M. Hercule

Poirot. (Poirot s'inclina.) Il est arrivé aujourd'hui même, répondant à une lettre que lui avait adressée votre mari.

Il sortit de sa poche la lettre de M. Renauld et la tendit à sa veuve.

Elle la lut avec une stupéfaction qui paraissait sincère.

— Je n'étais pas au courant de cette lettre. Il semble avoir été tout à fait conscient du danger qui le menaçait.

— A présent, madame, je vais vous demander de me répondre en toute franchise. S'est-il produit dans la vie de votre mari en Amérique du Sud un incident susceptible de jeter quelque lumière sur son assassinat ?

Mme Renauld réfléchit profondément, puis secoua la tête.

— Je ne vois rien de ce genre. Mon mari avait certes de nombreux ennemis, des gens sur qui il l'avait emporté dans diverses circonstances, mais je ne puis me souvenir d'un cas précis, ou d'un incident particulier. Je ne dis pas qu'un tel incident ne se soit pas produit : simplement, je n'en ai pas eu connaissance.

Le juge d'instruction se caressa la barbe d'un air découragé.

— Et pouvez-vous nous indiquer l'heure de l'agression ?

— Oui, je me souviens d'avoir entendu sonner 2 heures à la pendule de la cheminée.

Elle désigna une pendulette de voyage dans un écrin de cuir, posée au beau milieu de la tablette de la cheminée.

Poirot se leva, alla examiner la petite pendule avec soin et hocha la tête d'un air satisfait.

— Ici aussi, s'écria soudain M. Bex, il y a une montre-bracelet ! Les assassins ont dû la faire tomber de la coiffeuse par mégarde, et elle s'est brisée en mille morceaux. Ils ne devaient guère se douter qu'elle servirait de pièce à conviction contre eux.

Il ramassa avec précaution les fragments de verre brisé. Soudain, son visage exprima la plus profonde stupéfaction.

— Mon Dieu ! s'exclama-t-il.
— Qu'y a-t-il ?
— Les aiguilles indiquent 7 heures !
— Quoi ? s'écria le juge d'instruction.

Poirot, avec sa vivacité habituelle, prit le bijou cassé des mains du commissaire et le porta à son oreille. Puis il eut un sourire :

— Le verre est brisé, mais la montre fonctionne toujours.

L'explication de ce mystère fut accueillie avec des soupirs de soulagement. Pourtant une autre question surgit aussitôt à l'esprit du juge d'instruction :

— Mais il n'est pas encore 7 heures ?
— Non, dit doucement Poirot. Il est 5 heures passées de quelques minutes. Sans doute votre montre avance-t-elle, madame ?

Mme Renauld fronça les sourcils, l'air perplexe.

— Elle avance, c'est vrai, reconnut-elle. Mais jamais à ce point !

Avec un geste d'impatience, le juge d'instruction écarta ce problème et reprit son interrogatoire.

— Madame, on a trouvé la porte d'entrée entrebâillée. Il semble pratiquement établi que les meurtriers se sont introduits par là, sans qu'il y ait pourtant la moindre trace d'effraction. Avez-vous une explication à nous suggérer ?

— Mon mari est peut-être allé faire un petit tour avant de monter se coucher et il aura oublié de la verrouiller en rentrant.

— Cela pouvait lui arriver ?
— Oh ! certainement. Mon mari était un homme d'une rare distraction.

Elle fronça légèrement les sourcils, comme si ce trait de caractère du mort l'avait souvent agacée.

— Je crois que nous pouvons tirer au moins une déduction de ce récit, dit tout à coup le commissaire. Si ces hommes ont tellement insisté pour que

M. Renauld s'habille, c'est que l'endroit où ils voulaient l'emmener, l'endroit où était caché « le secret » se trouvait à une certaine distance.

Le juge d'instruction approuva de la tête.

— Une certaine distance, mais pas trop loin quand même, puisqu'il pensait être de retour ce matin.

— A quelle heure le dernier train passe-t-il à Merlinville ? demanda Poirot.

— Dans un sens à 23 h 50, et dans l'autre à 0 h 17. Mais il est plus probable qu'une voiture les attendait.

— Bien sûr, reconnut Poirot.

— D'ailleurs, ce pourrait être un bon moyen de les retrouver, poursuivit le magistrat, plein d'espoir. Une voiture avec deux étrangers a des chances de se faire remarquer. Voilà un bon point d'acquis, monsieur Bex.

Il eut un sourire satisfait, puis reprit son air grave pour s'adresser à Mme Renauld :

— Une question, encore. Connaissez-vous quelqu'un du nom de Duveen ?

— Duveen ? répéta Mme Renauld en réfléchissant. Non, pour l'instant, cela ne me revient pas.

— Vous n'avez jamais entendu votre mari mentionner ce nom ?

— Jamais.

— Connaissez-vous quelqu'un dont le prénom est Bella ?

Il regarda attentivement Mme Renauld, cherchant à surprendre le moindre signe de colère ou de trouble, mais elle se borna à secouer la tête d'un air très naturel. Il poursuivit son interrogatoire.

— Saviez-vous que votre mari avait reçu une visite hier soir ?

Cette fois il vit une légère rougeur lui monter aux joues, mais elle répondit d'un ton calme :

— Non, qui était-ce ?
— Une dame.
— Vraiment ?

Pour le moment, le juge d'instruction n'en dit pas davantage. Mme Daubreuil n'avait sans doute rien à voir avec le crime, et il était soucieux de ne pas troubler Mme Renauld plus que nécessaire.

Il fit signe au commissaire, qui répondit par un hochement de tête. Il s'en alla et revint avec le bocal en verre que nous avions vu dans la remise. Il en sortit le poignard.

— Madame, reconnaissez-vous ceci ? demanda-t-il doucement.

Elle jeta un cri.

— Mais oui, c'est mon coupe-papier.

Puis elle aperçut la tache sur la pointe, et elle recula, les yeux agrandis par l'horreur.

— C'est... du sang ?

— Oui, madame. C'est avec cette arme qu'on a tué votre mari.

Il l'escamota rapidement.

— Etes-vous certaine que c'est bien celle qui se trouvait hier sur votre coiffeuse ?

— Oh, oui ! C'est un cadeau de mon fils. Il était dans l'aviation pendant la guerre. Il a devancé l'appel en trichant sur son âge, ajouta-t-elle avec une note d'orgueil maternel dans la voix. Ce coupe-papier a été fabriqué à partir d'un fragment de fuselage d'avion, et il me l'a donné comme un souvenir de guerre.

— Je comprends, madame. Cela nous amène à une autre question. Où se trouve votre fils en ce moment ? Nous devons lui télégraphier sans perdre une minute.

— Jack ? Il est en route pour Buenos Aires.

— Comment ?

— Oui, mon mari lui a télégraphié hier. Il l'avait envoyé à Paris pour affaires, mais il s'est brusquement aperçu que Jack devait s'embarquer d'urgence pour l'Amérique du Sud. Il lui a donc envoyé une dépêche lui enjoignant de prendre le bateau qui partait hier soir de Cherbourg à destination de Buenos Aires.

43

— Connaissez-vous la nature des affaires qu'il s'en allait traiter là-bas ?

— Non, monsieur. Je l'ignore, mais je sais que Buenos Aires n'était pas sa destination finale : de là, Jack devait prendre un avion pour Santiago.

Le juge d'instruction et le commissaire s'exclamèrent d'une seule voix :

— Santiago ! Encore Santiago !

Ce fut alors qu'au milieu de la stupeur générale, Poirot s'approcha de Mme Renauld. Jusque-là, il s'était tenu près de la fenêtre, comme plongé dans de profondes pensées ; je doutais même qu'il eût pleinement conscience de ce qui se disait. Il s'inclina et demanda :

— Pardon, madame, pourrais-je examiner vos poignets ?

Quoique légèrement surprise, Mme Renauld les lui tendit. Ils portaient chacun une profonde marque rouge à l'endroit où la corde avait entamé la chair. Tandis qu'il procédait à cet examen, je crus voir s'éteindre la brève lueur d'excitation qui avait brillé dans ses yeux un instant.

— Ces marques doivent être fort douloureuses, observa-t-il, l'air de nouveau perplexe.

Le juge d'instruction se mit à parler avec volubilité.

— Nous devons câbler à M. Renauld fils sans perdre un instant. Il est essentiel pour l'enquête qu'il nous communique tout ce qu'il sait de cette expédition à Santiago.

Puis, se tournant vers Mme Renauld, il ajouta d'un ton hésitant :

— J'espérais qu'il se trouverait dans les parages, ce qui nous aurait permis de vous épargner une bien pénible épreuve, madame.

Il se tut, sans oser en ajouter davantage.

— Vous pensez à... l'identification du corps de mon mari ? dit-elle très bas.

Le magistrat hocha la tête.

— Je suis très forte, monsieur, et capable de supporter tout ce que vous me demanderez. Je suis prête. Allons-y.

— Oh ! mais cela peut attendre demain, je vous assure...

— J'aimerais autant en finir tout de suite, reprit-elle d'une voix sourde, avec un rictus douloureux. Si vous voulez avoir la bonté de me donner le bras, docteur ?

Le médecin se hâta de lui poser une cape sur les épaules, et nous redescendîmes l'escalier en une lente procession. M. Bex nous précéda pour aller ouvrir l'appentis. Mme Renauld parut quelques minutes plus tard, pâle, mais résolue. Elle prit son visage dans ses mains.

— Un instant, je vous prie, messieurs, laissez-moi rassembler mes forces.

Puis elle découvrit son visage et regarda le mort. Alors, l'extraordinaire sang-froid qui l'avait soutenue jusque-là l'abandonna brusquement.

— Paul ! cria-t-elle. Mon mari ! Oh, Seigneur !

Elle s'affaissa soudain et tomba inanimée sur le sol. En une seconde, Poirot avait bondi et s'était accroupi près d'elle ; il lui souleva la paupière, tâta son pouls. Quand il se fut convaincu qu'elle était bel et bien évanouie, il recula et me prit le bras.

— Je ne suis qu'un pauvre imbécile, mon ami ! Si j'ai jamais entendu de l'amour et du désespoir dans la voix d'une femme, c'était bien celle-là ! Ma petite idée était complètement fausse. Eh bien ! Je n'ai plus qu'à tout reprendre à zéro !

6

LE THÉÂTRE DU CRIME

Le médecin et le magistrat transportèrent Mme Renauld inanimée jusqu'à la maison. Le commissaire les suivit des yeux en hochant la tête.

— Pauvre femme ! murmura-t-il. Le choc a été trop grand pour elle. Enfin, nous n'y pouvons rien. A présent, monsieur Poirot, si vous voulez examiner le lieu du crime... ?

— Mais très volontiers, monsieur Bex.

Nous traversâmes le rez-de-chaussée et ressortîmes par la porte d'entrée. En passant, Poirot avait jeté un regard à l'escalier tout en secouant la tête d'un air perplexe.

— Je trouve incroyable que les domestiques n'aient rien entendu. Le craquement de ces marches, surtout si trois personnes les descendaient, aurait suffi à réveiller un mort !

— N'oubliez pas que c'était au beau milieu de la nuit, et qu'à cette heure-là, toute la maisonnée devait être profondément endormie.

Mais Poirot continua de secouer la tête, comme si l'explication ne le satisfaisait pas. En tournant le coin de l'allée, il s'arrêta pour contempler la villa.

— Qu'est-ce qui a pu les pousser à essayer d'abord la porte d'entrée ? Les chances de la trouver ouverte étaient bien minces. Il eût été plus logique d'essayer de forcer une fenêtre.

— Toutes les fenêtres du rez-de-chaussée sont protégées par des volets métalliques, objecta le commissaire.

Poirot en désigna une au premier étage.

— C'est bien celle de la chambre d'où nous sortons, n'est-ce pas ? Regardez cet arbre, ses branches la touchent presque. C'eût été un jeu d'enfant de l'escalader.

— Possible, admit l'autre. Mais dans ce cas, ils

auraient laissé leurs empreintes dans le massif de fleurs.

Je reconnus la justesse de cette objection. Le perron qui menait à la porte d'entrée était flanqué de deux massifs de forme ovale, plantés de géraniums rouges. L'arbre en question plongeait ses racines derrière l'un des massifs, et il eût été impossible de tenter l'escalade sans le piétiner.

— Avec la sécheresse que nous subissons depuis quelque temps, poursuivit le commissaire, les allées ne conservent aucune empreinte. Mais sur le terreau régulièrement arrosé des massifs, c'eût été une autre histoire.

Poirot s'approcha du massif et l'examina avec attention. Comme l'avait dit M. Bex, le terreau en était parfaitement lisse. Il ne portait pas la moindre trace de pas ou de râteau.

Poirot hocha la tête, apparemment convaincu, et nous nous apprêtions à repartir quand il fit soudain volte-face et se mit en devoir d'examiner le second massif.

— Venez voir monsieur Bex ! Il y a plein d'empreintes pour vous, ici !

Le commissaire le rejoignit et sourit.

— Mon cher monsieur Poirot, ce sont sans doute les empreintes laissées par les gros brodequins ferrés du jardinier. De toute façon, elles n'offrent aucun intérêt, puisqu'il n'y a pas d'arbre de ce côté, et donc aucun moyen d'atteindre la fenêtre du premier étage.

— C'est juste, reconnut Poirot, l'oreille basse. Vous pensez donc que ces empreintes n'ont aucune importance ?

— Absolument aucune, croyez-moi.

A ma grande stupéfaction, Poirot répliqua :

— Je ne suis pas d'accord avec vous. A mon avis, ces empreintes sont les indices les plus importants que nous ayons relevés jusqu'ici.

M. Bex se contenta de hausser légèrement les

épaules, sans répondre. Il était bien trop courtois pour formuler tout haut sa véritable opinion.

— Nous pourrions peut-être continuer ? suggéra-t-il.

— Certainement. Je m'occuperai de ces empreintes plus tard, dit Poirot avec bonne humeur.

Au lieu de suivre l'allée jusqu'à la grille, M. Bex emprunta un sentier qui tournait à angle droit. Légèrement en pente et bordé de chaque côté d'une haie exubérante, il contournait la maison sur la droite et débouchait sur une clairière qui donnait sur la mer. On avait placé un banc à cet endroit, non loin d'une petite remise, sorte de cabane à outils passablement délabrée. A quelques mètres de là, une rangée de buissons soigneusement taillés marquait la limite de la propriété. M. Bex s'y fraya un passage, et nous nous retrouvâmes sur une vaste étendue à découvert. Je regardai autour de moi et, non sans quelque étonnement, finis par comprendre où nous étions.

— Mais c'est un terrain de golf ! m'écriai-je.

Bex hocha la tête.

— Les links ne sont pas encore terminés, expliqua-t-il. On compte les ouvrir au public le mois prochain. C'est un terrassier qui a découvert le corps, aux premières heures de la matinée.

Je poussai une exclamation. Jusque-là, je n'avais pas prêté attention à ce qui se trouvait sur ma gauche ; mais cette fois, je vis une fosse longue et étroite, au bord de laquelle gisait, face contre terre, le corps d'un homme ! Mon cœur bondit dans ma poitrine, et j'eus l'affreux pressentiment que la tragédie de la veille venait de se répéter. Le commissaire dissipa cette illusion en exprimant son mécontentement :

— Mais que font donc mes agents ? Ils avaient reçu l'ordre formel d'interdire l'accès à toute personne qui ne serait pas munie d'un sauf-conduit !

L'homme allongé sur le sol tourna la tête :

— Mais j'ai un sauf-conduit ! dit-il en se relevant avec précaution.

— Mon cher monsieur Giraud ! s'écria le commissaire. J'ignorais votre arrivée. Le juge d'instruction est impatient de vous voir.

J'examinai le nouveau venu avec la plus vive curiosité. Je connaissais de nom ce fameux inspecteur de la Sûreté de Paris, mais je ne l'avais encore jamais vu en chair et en os. De très haute taille, les cheveux roux, la moustache rousse et le maintien militaire, il devait avoir une trentaine d'années. A la pointe d'arrogance qui perçait dans ses manières, on sentait qu'il avait conscience de son importance. Bex nous présenta, en ajoutant que Poirot était un de ses collègues. Une lueur d'intérêt s'alluma dans les yeux du policier.

— Je vous connais de nom, monsieur Poirot. Vous étiez un personnage, autrefois, n'est-ce pas ? Mais à présent, les méthodes ont beaucoup changé.

— Pourtant, les crimes continuent de se ressembler singulièrement, fit remarquer Poirot avec douceur.

Je compris aussitôt que Giraud lui était hostile. Il supportait mal sa présence, et j'eus l'impression que s'il tombait sur un indice de quelque importance, il aurait soin de le garder pour lui.

— Le juge d'instruction..., reprit Bex.

Giraud l'interrompit brutalement :

— Au diable le juge d'instruction ! Le plus important, c'est la lumière et nous n'y verrons plus rien d'ici une demi-heure. Je connais tous les détails de l'affaire, et les gens de la maison peuvent attendre jusqu'à demain. Mais si nous voulons trouver une piste, c'est ici et nulle part ailleurs que nous la découvrirons. Ce sont vos agents qui ont tout piétiné ? Je les croyais un peu plus évolués, de nos jours !

— Et ils le sont, en effet. Les empreintes dont vous vous plaignez sont celles des terrassiers qui ont découvert le corps.

L'autre poussa un grognement dégoûté.

— J'ai trouvé l'endroit où les trois hommes ont franchi la haie, bien que les meurtriers aient pris grand soin d'effacer leurs traces. On voit que les empreintes au centre sont celles de M. Renauld, mais les autres, de chaque côté, ont été brouillées à dessein. Oh ! on ne risquait guère de relever quoi que ce soit sur un sol aussi sec, mais ils ont voulu mettre toutes les chances de leur côté.

— L'indice matériel, hein ? dit Poirot. C'est cela que vous cherchez ?

L'autre le dévisagea.

— Evidemment !

Poirot esquissa un très léger sourire. Il parut sur le point de parler, mais il se ravisa. Puis il remarqua une bêche qui traînait par terre.

— On peut supposer, sans grand risque de se tromper, que la tombe a été creusée avec ça, dit Giraud. Mais vous n'en tirerez rien. C'est la bêche de Renauld, et l'homme qui l'a utilisée portait des gants. Les voici, ajouta-t-il en poussant du pied deux gants maculés de terre. Ils appartiennent aussi à Renauld, ou tout au moins à son jardinier. Croyez-moi, ceux qui ont concocté ce crime n'ont pas pris de risques. L'homme a été tué avec son propre poignard et on a creusé sa tombe avec sa propre bêche. Ainsi on ne laissait pas le moindre indice... Mais je les aurai ! Il y a toujours quelque chose ! Et ce quelque chose, je le trouverai !

Poirot semblait à présent s'intéresser à un petit bout de tuyau de plomb qu'il avait trouvé par terre, à côté de la bêche. Il l'effleura du doigt.

— Selon vous, cette chose appartenait aussi au mort ? demanda-t-il sur un ton où je crus discerner une subtile nuance d'ironie.

Giraud haussa les épaules pour signifier qu'il l'ignorait et ne s'en souciait guère.

— Elle traîne peut-être là depuis des semaines. De toute façon, ce bout de tuyau ne m'intéresse pas.

— Moi, au contraire, je le trouve du plus grand intérêt, répliqua Poirot d'un ton suave.

J'eus l'impression qu'il cherchait surtout à agacer l'inspecteur parisien et, si c'était le cas, il y réussit à merveille. L'autre lui tourna ostensiblement le dos en déclarant qu'il n'avait pas de temps à perdre. Puis, les yeux braqués de nouveau vers le sol, il reprit sa minutieuse inspection.

Comme frappé par une inspiration subite, Poirot franchit la haie et alla essayer d'ouvrir la porte de la remise. Giraud tourna la tête :

— Elle est verrouillée, dit-il. Ce n'est qu'une vieille remise, et seul le jardinier s'en sert. La bêche ne vient pas de là mais de la cabane à outils située près de la maison.

— Merveilleux, me souffla M. Bex d'un air extatique. Ça ne fait pas une demi-heure qu'il est là, et il est déjà au courant de tout ! Quel homme ! Giraud est sans conteste le plus grand limier de son époque.

Bien que le limier en question me déplût souverainement, il m'impressionnait malgré moi. C'était l'efficacité en personne. Je ne pouvais m'empêcher de penser que Poirot ne s'était guère distingué jusqu'alors, et j'en ressentis un certain dépit. Il semblait fixer son attention sur toutes sortes de puérilités qui n'avaient rien à voir avec l'affaire. Et de fait, il demanda brusquement :

— Monsieur Bex, auriez-vous l'obligeance de me dire à quoi correspond cette ligne tracée à la craie autour de la tombe ? Est-ce l'œuvre de la police ?

— Non, monsieur Poirot, cette ligne a été tracée pour le parcours de golf. Elle sert à indiquer l'emplacement d'un futur « bunker ».

Poirot se tourna vers moi :

— Un « bunker » ? C'est un trou irrégulier rempli de sable avec un remblai sur le côté, n'est-ce pas ?

Je confirmai.

— M. Renauld jouait sans doute au golf ?

— Oui, et fort bien. C'est d'ailleurs grâce à sa générosité que l'on a pu poursuivre les travaux. Il avait même participé en personne à l'élaboration du projet.

Poirot hocha la tête et fit remarquer :

— Ils n'ont pas fait un très bon choix — je parle de l'endroit où enterrer le cadavre. Les terrassiers ne pouvaient manquer de le découvrir dès qu'ils commenceraient à creuser.

— Exactement ! s'écria Giraud triomphant. C'est bien ce qui prouve que c'étaient des étrangers ! Voilà un parfait exemple de preuve indirecte.

— Oui, dit Poirot d'un air de doute. Quiconque était au courant de ces travaux aurait enterré le corps ailleurs — à moins d'avoir voulu qu'on le découvre... Mais ça, ce serait franchement absurde, n'est-ce pas ?

Giraud ne se donna même pas la peine de répondre.

— Oui, dit Poirot d'un ton plutôt mécontent, oui, sans aucun doute, c'est absurde !

7

LA MYSTÉRIEUSE MME DAUBREUIL

Comme nous retournions à la maison, M. Bex nous pria de l'excuser : il lui fallait informer sans tarder le juge d'instruction de l'arrivée de l'inspecteur Giraud. Ce dernier, de son côté, n'avait pas caché sa satisfaction quand Poirot avait déclaré avoir vu tout ce qu'il voulait voir. La dernière image que nous emportâmes de Giraud était celle d'un homme à quatre pattes, poursuivant ses recherches avec une méticulosité que je ne pus m'empêcher d'admirer. Poirot dut lire dans mes pensées, car dès que nous fûmes seuls il me glissa avec ironie :

— Eh bien, vous venez de voir en action le genre

de détective que vous admirez, le chien de chasse humain ! Ai-je tort, mon bon ami ?

— Lui, au moins, il fait quelque chose, rétorquai-je sans mâcher mes mots. S'il y a quelque chose à trouver, on peut être sûr qu'il le trouvera. Tandis que vous...

— Eh bien ! J'ai trouvé quelque chose, moi aussi ! Un bout de tuyau de plomb.

— Vous voulez rire, Poirot ! Vous savez fort bien qu'il n'a rien à voir avec l'affaire. Je parlais de ces choses minuscules, ces traces infimes qui mènent infailliblement aux coupables.

— Mon bon ami, un indice de soixante centimètres de long n'a pas moins de valeur qu'un indice de deux millimètres ! Mais votre incorrigible penchant pour le romanesque vous porte à croire qu'un véritable indice se doit d'être lilliputien. Et quant à l'importance de ce tuyau de plomb, vous ne faites que répéter les paroles de Giraud. Non ! dit-il en écartant d'un geste la question que je m'apprêtais à lui poser, je n'ajouterai pas un mot. Laissez Giraud à ses recherches, et moi à mes petites idées. L'affaire paraît assez simple à première vue, et pourtant... Pourtant, mon bon ami, je ne suis pas satisfait ! Et savez-vous pourquoi ? À cause de la montre-bracelet qui avance de deux heures. Il reste en outre quelques curieux petits détails qui n'ont pas l'air de vouloir s'accorder. Tenez, par exemple : si la vengeance était le véritable mobile du crime, pourquoi les meurtriers n'ont-ils pas tout simplement poignardé Renauld dans son sommeil ?

Poirot s'était exprimé dans l'étrange sabir qui lui est coutumier et que, par charité, j'éviterai de reproduire ici, préférant accorder indûment au grand homme le bénéfice d'un anglais certes confus mais à tout le moins correct.

— Mais vos meurtriers, ils voulaient aussi « le secret », lui rappelai-je.

D'un air vaguement dégoûté, Poirot ôta d'une pichenette un grain de poussière sur sa manche.

53

— Eh bien, où est-il donc, ce fameux « secret » ? Sans doute à quelque distance d'ici, puisqu'ils lui ont ordonné de s'habiller. Et pourtant, on le retrouve assassiné à une portée de fusil de sa maison. En outre, il est pour le moins troublant qu'ils aient eu ainsi sous la main, traînant par hasard sur le meuble, une arme aussi efficace que ce petit poignard.

Puis après un instant de réflexion, il ajouta :

— Enfin, pourquoi les domestiques n'ont-ils rien entendu ? Ont-ils été drogués ? Y avait-il un complice dans la maison, et ce complice s'est-il chargé de laisser la porte ouverte ? Je me demande...

Dans l'allée qui menait à la maison, il s'arrêta net et se tourna vers moi.

— Mon ami, ce que je vais vous dire va vous surprendre et vous faire plaisir. J'ai pris vos reproches très à cœur et nous allons examiner sans délai certaines empreintes de pas !

— Où cela ?

— Là-bas, dans le massif de fleurs situé à droite de la porte. M. Bex dit que le jardinier y a laissé ses empreintes. Allons vérifier si c'est bien vrai. Regardez, le voilà justement qui arrive avec sa brouette.

En effet, un homme âgé traversait l'allée, poussant une brouette pleine de jeunes plants. Lorsque Poirot l'eut appelé, il la posa là et vint vers nous en clopinant.

— Vous voulez lui demander de vous prêter un de ses brodequins pour comparer les empreintes ? lui soufflai-je.

J'avais retrouvé un peu de ma foi en Poirot. S'il affirmait que les empreintes laissées dans le massif de droite avaient de l'importance, c'est à coup sûr qu'elles en avaient.

— C'est exactement ce que je vais faire, confirma Poirot.

— Mais il ne va pas trouver ça un peu bizarre ?

— Il ne va rien trouver du tout.

Je n'eus pas le loisir de poser d'autres questions : le vieux nous avait rejoints.

— Vous vouliez me voir, monsieur ?

— Oui. Vous êtes dans la maison depuis longtemps, n'est-ce pas ?

— Depuis vingt-quatre ans, monsieur.

— Et vous vous appelez... ?

— Auguste, monsieur.

— J'étais en train d'admirer ces magnifiques géraniums. Ils sont vraiment splendides. Cela fait longtemps que vous les avez plantés ?

— Déjà un bon petit moment. Mais bien sûr, si on veut avoir des beaux massifs, il faut les entretenir régulièrement : on est toujours à repiquer de nouvelles pousses et à arracher les mauvaises herbes.

— Je vois que vous en avez repiqué hier, n'est-ce pas ? Celles-là, là-bas, au milieu. Et j'en vois aussi dans l'autre massif.

— Ah ! on peut dire que Monsieur a l'œil ! Il faut toujours un jour ou deux pour qu'elles reprennent bien. Oui, j'ai mis dix nouveaux plants dans chaque massif hier soir. Comme Monsieur le sait certainement, il ne faut jamais repiquer les plantes en plein soleil.

Ravi de l'intérêt que Poirot manifestait pour ses plantations, Auguste était tout disposé à se montrer bavard.

— J'en vois là-bas un splendide spécimen, poursuivit Poirot en désignant une fleur. Pourriez-vous m'en donner une bouture ?

— Mais certainement, monsieur.

Le vieux posa un pied sur la plate-bande et coupa soigneusement une bouture de la fleur que Poirot désirait.

Celui-ci le remercia avec effusion, et Auguste alla reprendre sa brouette.

— Vous voyez ? dit Poirot avec un sourire, tout en examinant l'empreinte laissée par le brodequin du jardinier. C'est d'une simplicité désarmante.

— Je n'avais pas compris...

55

— Qu'il y avait un pied dans le brodequin ? Mon bon ami, vous n'exercez pas assez vos remarquables facultés mentales. Alors, que pensez-vous de ces empreintes ?

J'examinai la terre meuble avec attention.

— Elles ont toutes été laissées par les mêmes semelles, déclarai-je au terme d'un examen scrupuleux.

— C'est votre avis ? Eh bien, je suis d'accord avec vous sur ce point, répondit machinalement Poirot, comme s'il pensait à autre chose.

— En tout cas, fis-je remarquer, vous voilà enfin débarrassé d'une marotte.

— Ce qui signifie ?

— Que désormais, vous n'aurez plus à vous préoccuper de ces empreintes.

A ma grande surprise, Poirot secoua la tête.

— Mais si, mon bon ami. Je tiens enfin la bonne piste. Je suis encore dans le noir, mais comme je l'ai laissé entendre tout à l'heure à M. Bex, ces empreintes sont ce qu'il y a de plus important et de plus significatif dans cette affaire. Ce pauvre Giraud... Cela ne m'étonnerait pas qu'il n'y ait prêté aucune attention.

A ce moment, la porte d'entrée s'ouvrit et M. Hautet, flanqué du commissaire, descendit les marches du perron.

— Ah ! monsieur Poirot, dit le juge d'instruction, nous vous cherchions justement. Bien qu'il se fasse tard, je souhaiterais rendre visite à Mme Daubreuil. La mort de M. Renauld a dû la bouleverser, et nous aurons peut-être la chance de tirer d'elle quelque chose. Ce fameux secret qu'il n'a pas voulu dire à sa femme, esclave de l'amour, il peut l'avoir confié à une maîtresse. Nous savons tous par où pèchent nos Samson !

Poirot ne répondit rien, mais emboîta le pas au magistrat. Je suivais un peu en retrait, avec le commissaire.

— Il ne fait aucun doute que le récit de Françoise

est en gros conforme à la vérité, me glissa ce dernier sur le ton de la confidence. J'ai passé un certain nombre de coups de téléphone, d'où il ressort qu'au cours des six dernières semaines — c'est-à-dire depuis l'arrivée de M. Renauld à Merlinville — de fortes sommes en liquide ont été déposées par trois fois sur le compte de Mme Daubreuil. La somme totale atteint deux cent mille francs !

— Soit quatre mille livres, dis-je pensivement. C'est considérable !

— Oui. Il devait en être très épris. Mais il nous reste encore à vérifier s'il lui a confié son secret. Le juge d'instruction se montre optimiste sur ce point, mais je suis loin de partager ses vues.

Tout en devisant, nous parvînmes à une bifurcation. C'était là que nous avions demandé notre chemin en arrivant. Je compris que la villa Marguerite, où demeurait la mystérieuse Mme Daubreuil, était justement la petite maison d'où avait surgi la ravissante jeune fille.

— Mme Daubreuil habite ici depuis des années, dit le commissaire. Elle mène une vie très calme, très retirée, et elle ne semble pas avoir d'autres amis que les quelques relations qu'elle s'est faites à Merlinville. Elle ne parle jamais de son passé, ni de son mari. En fait, on ne sait même pas s'il est mort ou vivant ! Il plane un certain mystère autour d'elle.

Je sentais mon intérêt pour la villa Marguerite s'accroître de minute en minute.

— Et... sa fille ? hasardai-je.

— Une fort belle jeune fille, modeste, pieuse, la perfection même. On la plaint, pourtant, car si elle ne connaît rien de son passé, l'homme qui viendra demander sa main voudra sans doute en savoir plus, et alors...

Le commissaire eut un haussement d'épaules cynique.

— Mais elle n'y est pour rien ! m'écriai-je avec indignation.

— Sans doute. Mais que voulez-vous ? Les

hommes sont chatouilleux sur les antécédents de leur femme.

Nous étions arrivés à la porte de la villa, ce qui coupa court à la discussion. M. Hautet tira sur la sonnette. Au bout de quelques minutes, nous entendîmes un bruit de pas, et la porte s'ouvrit. Sur le seuil se tenait ma jeune déesse de l'après-midi. Elle devint pâle comme la mort en nous voyant, et ouvrit de grands yeux inquiets. Aucun doute, cette jeune fille avait peur !

— Mademoiselle Daubreuil, dit M. Hautet en ôtant son chapeau, nous sommes confus de vous déranger, mais la Loi a ses exigences... Si vous vouliez présenter mes respects à Madame votre mère et lui demander de nous accorder quelques minutes d'entretien... ?

La jeune fille resta quelques instants immobile. Elle pressait sa main contre sa poitrine, comme pour calmer la soudaine agitation de son cœur. Mais elle se reprit rapidement et dit à voix basse :

— Je vais voir. Veuillez entrer, je vous prie.

Elle disparut à gauche du vestibule, dans une pièce d'où nous parvint bientôt le murmure de sa voix. Puis une autre voix, au timbre presque semblable, mais avec une inflexion plus dure derrière son apparente douceur, répondit :

— Mais certainement. Fais-les entrer.

Un instant plus tard, nous étions en face de la mystérieuse Mme Daubreuil. Elle était nettement plus petite que sa fille, et ses formes pleines avaient toute la grâce de la maturité. A la différence de sa fille, elle avait des cheveux noirs, séparés en deux bandeaux, à la façon d'une madone, et ses lourdes paupières dissimulaient à demi ses yeux bleus. Bien qu'admirablement conservée, elle n'était sans doute plus très jeune. Mais le charme qui se dégageait d'elle était de ceux qui résistent aux années.

— Vous désirez me voir, monsieur ? demanda-t-elle.

— Oui, madame. (M. Hautet s'éclaircit la gorge.)

Je suis chargé de l'enquête sur la mort de M. Renauld. Sans doute en avez-vous entendu parler ?

Elle inclina la tête en silence. L'expression de son visage demeura impénétrable.

— Nous sommes venus vous demander si vous seriez en mesure de... de nous éclairer sur les circonstances de cette mort ?

— Moi ? dit-elle sur un ton de surprise parfaite.

— Oui, madame. Nous avons des raisons de croire que vous aviez l'habitude d'aller rendre visite le soir à M. Renauld. C'est exact ?

Les joues pâles de la dame se colorèrent, mais elle répondit avec calme :

— Vous n'avez pas le droit de me poser cette question.

— Madame, nous enquêtons sur un meurtre.

— Et alors ? Je n'ai rien à voir avec ce crime.

— Oh ! madame, je ne prétends rien de tel. Mais vous connaissiez bien le défunt. Vous avait-il jamais confié qu'un danger le menaçait ?

— Jamais.

— A-t-il jamais fait allusion devant vous à sa vie à Santiago, ou aux ennemis qu'il aurait pu se faire là-bas ?

— Non.

— Vous ne pouvez nous être d'aucun secours ?

— Hélas non. D'ailleurs, je ne comprends vraiment pas pourquoi vous êtes venus me voir. Sa femme ne peut pas vous dire ce que vous désirez savoir ?

Il y avait une légère trace d'ironie dans sa voix.

— Mme Renauld nous a confié tout ce qu'elle savait.

— Ah... ! dit Mme Daubreuil. Je me demande...

— Quoi donc, madame ?

— Rien.

Le juge d'instruction la regarda droit dans les yeux. Il avait conscience d'être engagé dans un duel et d'avoir devant lui un adversaire redoutable.

— Vous persistez à déclarer que M. Renauld ne s'est jamais confié à vous ?

— Mais qu'est-ce qui vous incite à penser qu'il aurait pu le faire ?

— Un homme, madame, raconte souvent à sa maîtresse ce qu'il ne confie pas à sa femme, répliqua le juge avec une brutalité voulue.

Mme Daubreuil bondit, et ses yeux lancèrent des éclairs :

— Vous m'insultez, monsieur ! Et devant ma fille ! Je n'ai rien à vous dire, et je vous prierai de sortir de chez moi.

Sans conteste, elle s'en tirait avec les honneurs de la guerre. Nous quittâmes la villa Marguerite comme une bande d'écoliers pris en faute. Le juge d'instruction grommelait dans sa barbe. Poirot semblait perdu dans ses pensées. Il sortit soudain de sa rêverie pour demander à M. Hautet s'il connaissait un bon hôtel à proximité.

— Mais oui, vous avez l'*Hôtel des Bains*, un petit établissement à quelques centaines de mètres d'ici. Vous serez à pied d'œuvre pour poursuivre votre enquête. Nous nous reverrons demain matin, sans doute ?

— A la première heure. Je vous remercie pour tout, monsieur Hautet.

Nous nous séparâmes après les politesses d'usage. Nous reprîmes, Poirot et moi, le chemin de Merlinville. Les autres se dirigèrent vers la villa Geneviève.

— La police française est remarquablement organisée, dit Poirot en les regardant s'éloigner. C'est extraordinaire les renseignements qu'elle possède sur la vie de chacun. M. Renauld n'a passé ici qu'un peu plus de six semaines, et elle connaît déjà ses moindres faits et gestes. Quant à Mme Daubreuil, en un clin d'œil cette même police peut produire tous les renseignements sur son compte en banque et les sommes qu'elle y a déposées depuis peu ! Ah ! on ne dira pas le contraire, le « dossier » est une belle institution. Mais qu'y a-t-il ?

Il se retourna brusquement. Une jeune femme dévalait la route pour nous rattraper. C'était Marthe Daubreuil.

— Excusez-moi ! s'écria-t-elle en arrivant, tout essoufflée. Je sais que je ne devrais pas faire ça. Je vous en prie, ne le dites pas à ma mère. C'est vrai ce qu'on raconte ? Que M. Renauld aurait fait appel à un détective juste avant sa mort — et que ce détective, ce serait vous ?

— Mais oui, mademoiselle, dit doucement Poirot. C'est la pure vérité. Comment l'avez-vous appris ?

— C'est Françoise qui l'a dit à Amélie, notre domestique, dit Marthe en rougissant.

Poirot fit une petite grimace.

— La discrétion est impossible dans une affaire de ce genre, n'est-ce pas ? C'est sans importance, d'ailleurs. Eh bien, mademoiselle, que désirez-vous savoir ?

La jeune fille hésitait, comme partagée entre la peur et l'envie de parler. Enfin, elle demanda dans un souffle :

— Soupçonne-t-on quelqu'un ?

Poirot eut un de ses regards perçants, mais c'est sur un ton évasif qu'il répondit :

— La suspicion est dans l'air, mademoiselle.

— Je... je sais, mais soupçonne-t-on quelqu'un en particulier ?

— Pourquoi voulez-vous le savoir ?

La jeune fille parut terrifiée et il me revint soudain en mémoire que cet après-midi, Poirot l'avait appelée « la jeune fille aux yeux inquiets ».

— M. Renauld a toujours été très bon pour moi, finit-elle par dire. Il est normal que je m'intéresse à sa mort.

— Je vois, dit Poirot. Eh bien, mademoiselle, les soupçons se portent actuellement sur deux personnes.

— Deux ?

J'aurais juré avoir perçu une note de surprise et de soulagement dans sa voix.

— Nous ne connaissons pas leurs noms, mais on présume qu'il s'agit de deux Chiliens de Santiago. Ah ! vous voyez, mademoiselle, ce que c'est qu'être jeune et belle ! Je viens de trahir pour vous un secret professionnel !

La jeune fille eut un petit rire et remercia timidement Poirot.

— Il faut que je retourne à la maison. Maman va se demander où je suis passée.

Là-dessus, elle tourna les talons et, comme Atalante, repartit en courant. Je la suivis des yeux.

— Mon ami, dit Poirot d'un ton de douce ironie, allons-nous rester plantés là toute la nuit pour la seule raison qu'une belle jeune fille vous a tourné la tête ?

— Mais elle est vraiment très belle, Poirot, dis-je en riant. J'ai des excuses, elle tournerait la tête à n'importe qui !

À ma surprise, Poirot répliqua avec beaucoup de sérieux :

— Ah ! mon ami, ne donnez pas votre cœur à Marthe Daubreuil. Elle n'est pas pour vous ! Faites confiance à votre vieux papa Poirot.

— Comment ! m'exclamai-je. Le commissaire m'a assuré qu'elle était aussi bonne que belle ! Un ange !

— Certains des plus grands criminels que j'ai rencontrés avaient des visages d'ange, répondit Poirot avec sérénité. Une malformation des cellules grises n'est pas incompatible avec des traits de madone.

— Poirot ! m'écriai-je, horrifié. Vous n'allez pas me dire que vous soupçonnez cette enfant innocente ?

— Taratata ! Ne vous emballez pas comme ça ! Je n'ai pas dit que je la soupçonnais. Mais reconnaissez que son inquiétude et sa curiosité ont quelque chose de louche.

— Pour une fois, rétorquai-je, c'est moi qui vois

plus loin que vous. Ce n'est pas pour elle-même qu'elle a peur, c'est pour sa mère.

— Mon ami, répondit Poirot, vous ne voyez rien du tout, comme d'habitude. Mme Daubreuil est parfaitement capable de se défendre toute seule. C'est vrai que je vous taquine, mais je ne retire pas un mot de ce que je viens de dire. Ne vous emballez pas, cette fille n'est pas pour vous ! Moi, Hercule Poirot, je le sais. Mais bon sang ! Si je pouvais me rappeler où j'ai déjà vu ce visage.

— Lequel ? Celui de la fille ?

— Non, celui de la mère... Mais oui, c'est comme ça ! ajouta-t-il comme j'avais l'air surpris. C'était il y a très longtemps, quand j'appartenais encore à la police belge. En fait, je n'ai jamais vu cette femme, mais j'ai vu son portrait — à propos d'une certaine affaire. Et j'ai bien l'impression...

— Oui ?

— Je peux me tromper, mais je crois bien qu'il s'agissait d'une affaire de meurtre !

8

UNE RENCONTRE INATTENDUE

Le lendemain, nous étions de retour à la villa aux premières heures de la matinée. Cette fois, l'agent de service ne nous barra pas la porte : il nous salua respectueusement, s'écarta, et nous pénétrâmes dans la maison. Léonie, la femme de chambre, descendait justement l'escalier, tout à fait disposée à bavarder un peu.

Poirot s'enquit de la santé de Mme Renauld, et Léonie répondit en hochant la tête :

— Elle est terriblement bouleversée, la pauvre dame. Elle ne mange rien — pas ça ! Et elle est pâle comme une morte. Ça nous brise le cœur. Ah ! ce n'est pas moi qui me mettrais dans des états pareils pour un homme qui m'aurait trompée avec une autre.

Poirot acquiesça avec sympathie.

— Vous avez raison, mais que voulez-vous ? Une femme amoureuse pardonne bien des choses. N'empêche, ils ont dû avoir des scènes fréquentes, tous les deux, au cours de ces derniers mois.

— Jamais, monsieur. Je n'ai jamais entendu Madame lui adresser un seul mot de reproche ! elle avait un caractère d'ange — pas comme celui de Monsieur.

— M. Renauld n'avait pas bon caractère ?

— C'est le moins qu'on puisse dire ! Quand il piquait une colère, toute la maison était au courant. Le jour où il s'est disputé avec monsieur Jack, tenez ! On a dû les entendre jusqu'au village, ma foi, tellement ils criaient fort !

— Vraiment ? dit Poirot. Et quand se sont-ils disputés ainsi ?

— Juste avant que monsieur Jack s'en aille à Paris. Il a failli manquer son train. Il est sorti comme un diable de la bibliothèque et il a attrapé son sac, qu'il avait laissé dans le vestibule. L'auto était en réparation, et il fallait encore qu'il coure jusqu'à la gare. Je faisais la poussière dans le salon, et je l'ai vu passer : il avait la figure blanche — mais blanche ! — avec deux taches rouges sur les joues. Ah ! mais, c'est qu'il était dans une de ces colères !

Léonie se délectait de son récit.

— Et ils se disputaient à propos de quoi ?

— Ah ! ça, je ne sais pas, avoua-t-elle. Ils criaient si fort et ils parlaient tellement vite qu'il aurait fallu connaître très bien l'anglais pour comprendre ce qu'ils disaient. Ce qui est sûr, c'est qu'après ça, Monsieur n'a pas été à prendre avec des pincettes de toute la journée. Il trouvait à redire à tout.

Le bruit d'une porte se refermant au premier étage coupa court à la loquacité de Léonie.

— Et Françoise qui doit m'attendre ! s'exclama-t-elle, soudain rappelée à ses devoirs. Elle est toujours après moi, celle-là.

— Un instant, mademoiselle. Savez-vous où est le juge d'instruction ?

— Ils sont sortis pour aller voir l'auto dans le jardin. Monsieur le commissaire se demandait si elle n'avait pas servi le soir du crime.

— Quelle idée ! murmura Poirot, tandis que Léonie s'éclipsait.

— Voulez-vous que nous allions les rejoindre ?

— Non, je vais attendre leur retour au salon. Il y fait plus frais que dans le jardin.

Cette passivité ne me convenait guère.

— Si vous n'y voyez pas d'inconvénient, dis-je d'un ton hésitant, je...

— Faites donc... Vous voulez mener votre propre enquête,

— Eh bien... J'aimeras savoir ce que fait Giraud. Si jamais il avait découvert quelque chose...

— Ah ! le chien de chasse humain, murmura Poirot en se calant confortablement dans son fauteuil et en fermant les yeux. Faites, mon ami, faites. Au revoir.

Je me hâtai vers la porte d'entrée et repris sous un soleil accablant le sentier que nous avions suivi la veille. J'avais l'intention d'examiner par moi-même le lieu du crime. Mais, plutôt que d'y aller directement, je longeai un moment la haie, de façon à déboucher sur les links une centaine de mètres plus à droite. Les buissons étaient beaucoup plus denses à cet endroit, et j'eus du mal à m'y frayer un chemin. Je me retrouvai sur le terrain de golf presque par surprise, et si brusquement que je me cognai contre une jeune fille adossée à la haie.

Elle poussa un cri bien compréhensible, mais je m'exclamai à mon tour : la jeune dame n'était autre que ma compagne de voyage. Cendrillon !

— Vous !

La surprise était réciproque. La jeune fille fut la première à se reprendre.

— Ça alors ! s'écria-t-elle. Qu'est-ce que vous faites ici ?

— Et vous-même ? lui rétorquai-je.

— La dernière fois que je vous ai vu, vous étiez en route pour l'Angleterre, comme un petit garçon bien sage.

— Et la dernière fois que je vous ai vue, vous retourniez à la maison avec votre sœur, comme une petite fille bien comme il faut. A propos, comment va votre sœur ?

— Comme c'est gentil à vous de me le demander, répondit-elle en me gratifiant d'un sourire éblouissant. Ma sœur se porte à merveille, je vous remercie.

— Elle est avec vous ?

— Elle est restée en ville, dit la petite espiègle d'un ton très digne.

— Je doute fort que vous ayez une sœur, répondis-je en riant. Ou alors, elle doit avoir de la moustache et s'appeler Harry.

— Vous vous souvenez de mon nom à moi ? demanda-t-elle d'un air mutin.

— Cendrillon. Mais cette fois, j'espère bien que vous allez me dire votre vrai nom !

Elle secoua la tête avec un regard malicieux.

— Et vous n'allez même pas me dire ce que vous faites ici ?

— Oh, ça ! On a dû vous apprendre que même les danseuses se reposent, de temps en temps ?

— Dans des stations balnéaires françaises qui coûtent les yeux de la tête ?

— Qui sont très bon marché si on sait où aller.

Je la dévisageai longuement.

— Pourtant, vous n'aviez pas l'intention de venir ici quand je vous ai rencontrée, il y a deux jours ?

— On ne sait pas toujours ce qu'on veut, dans la vie, répliqua Cendrillon d'un ton sentencieux. Voilà, vous savez maintenant tout ce que vous avez besoin de savoir. Les petits garçons ne doivent pas se mon-

trer trop curieux. Et vous ? Vous ne m'avez pas encore dit ce que vous faisiez ici.
— Vous vous rappelez cet ami détective dont je vous ai parlé ?
— Eh bien ?
— Eh bien, peut-être avez-vous entendu parler de ce crime à la villa Geneviève ?
Elle écarquilla les yeux.
— Vous n'allez pas me dire que vous travaillez là-dessus ?
Je confirmai cette supposition, conscient que je venais de marquer un point. Elle me considéra en silence pendant quelques secondes encore, avec une émotion visible.
— Vous, alors, vous tombez à pic ! Allez, faites-moi faire le grand tour. Je veux voir toutes les horreurs.
— Qu'entendez-vous par là ?
— Ce que j'ai dit. Ne vous ai-je pas expliqué que j'adorais les crimes ? Je suis là à fureter partout depuis des heures, et j'ai la chance folle de tomber sur vous. Venez, montrez-moi tout.
— Mais... Hé là ! un instant. C'est impossible. Personne n'a le droit de passer. Ils sont très stricts là-dessus.
— Mais vous n'êtes pas les grands manitous, vous et votre ami ?
Je n'avais guère envie de renoncer à cette auréole de gloire.
— Pourquoi y tenez-vous à ce point ? demandai-je, soudain moins catégorique. Et que voulez-vous voir, au juste ?
— Oh, mais tout ! L'endroit où ça s'est passé, l'arme, le corps, les empreintes digitales, enfin bref, toutes les choses intéressantes ! Je n'ai encore jamais vu un crime de près. C'est l'occasion de ma vie !
Je me détournai, écœuré. Où en étaient arrivées les femmes, aujourd'hui ? L'excitation avide de cette fille me donnait la nausée.

— Allez, quittez vos grands airs, dit-elle soudain. Quand on vous a appelé pour faire ce boulot, vous n'avez pas répondu d'un air dégoûté que c'était une sale histoire et que vous ne vouliez pas y être mêlé ?

— Non, certes, mais...

— Si vous étiez en vacances ici, vous ne seriez pas en train de fureter comme moi, peut-être ? Bien sûr que si.

— Oui, mais moi je suis un homme, et vous êtes une femme.

— Et pour vous, une femme est quelqu'un qui grimpe sur une chaise en poussant des cris dès qu'elle aperçoit une souris ? Vous sortez tout droit du paléolithique, vous ! Mais vous allez tout me montrer quand même, n'est-ce pas ? Ça pourrait être très important pour moi.

— En quoi ?

— On refoule systématiquement tous les journalistes, et ça pourrait me faire un vrai scoop ! Vous n'imaginez pas combien on paye pour quelques informations de première main !

J'hésitais encore. Elle glissa une douce petite main dans la mienne.

— Je vous en prie. Soyez gentil.

Je capitulai, sentant à part moi que ce rôle de guide me déplaisait moins que je ne voulais l'avouer.

Nous commençâmes par l'endroit où l'on avait trouvé le corps. Le policier de garde me connaissait de vue et me salua avec respect, sans poser de questions sur ma compagne. Sans doute devait-il estimer que je répondais d'elle. J'expliquai à Cendrillon dans quelles conditions le corps avait été découvert, et elle m'écouta attentivement, posant ici et là quelques questions fort pertinentes. Puis nous revînmes sur nos pas en direction de la villa. J'avançais avec prudence, car pour tout dire, je ne tenais guère à rencontrer quelqu'un. J'entraînai la jeune fille dans le sous-bois derrière la maison, où nous marchâmes à couvert jusqu'à la remise. Je me souvenais que la veille au soir, après avoir refermé la porte, M. Bex en avait confié la clé au sergent de ville Marchaud, « au cas où M. Giraud en aurait besoin pendant que nous interrogeons Mme Renauld ». Après avoir inspecté les lieux, le policier avait dû la rendre à Marchaud. Laissant la jeune fille dissimulée dans le sous-bois, je pénétrai dans la maison. Marchaud était de garde à l'entrée du salon, et j'entendis un murmure de voix venant de l'intérieur de la pièce.

— Monsieur cherche M. Hautet ? Il est dans le salon, en train d'interroger à nouveau Françoise.

— Non, dis-je vivement, mais j'aimerais beaucoup avoir la clé de la remise, si aucun règlement ne s'y oppose.

— Certainement, monsieur, la voilà, dit Marchaud en me la tendant. M. Hautet a donné des ordres pour que toutes facilités vous soient données dans la poursuite de votre enquête. Simplement, vous voudrez bien me la rendre quand vous aurez fini.

— Bien entendu.

Un frisson de satisfaction me parcourut l'échine à l'idée que pour Marchaud, j'avais la même importance que Poirot. Je rejoignis la jeune fille, qui jeta une exclamation de plaisir en voyant la clé dans ma main.

— Alors, ils vous l'ont donnée ?

— Bien sûr, dis-je d'un ton dégagé. Tout de même, tout cela est très irrégulier, vous savez !

— Vous êtes un amour, et je m'en souviendrai. Venez. On ne peut pas nous voir de la maison, n'est-ce pas ?

— Attendez une minute.

Je l'arrêtai alors qu'elle commençait déjà à dévaler le sentier.

— Si vous tenez absolument à entrer là-bas, je n'ai pas l'intention de vous en empêcher. Mais êtes-vous certaine de le désirer vraiment ? Vous avez vu la tombe, le lieu du crime, et vous connaissez tous les détails de l'affaire. Cela ne vous suffit pas ? Le spectacle qui vous attend est plutôt macabre.

Elle me considéra un moment avec une expression que je ne pus pas bien déchiffrer. Puis elle se mit à rire.

— J'adore les horreurs ! Allons, venez.

Nous parvînmes en silence à la porte de la remise. J'introduisis la clé dans la serrure, et nous entrâmes. Je me dirigeai vers le corps et soulevai doucement le drap, comme l'avait fait Bex la veille. Une exclamation étouffée jaillit des lèvres de la jeune fille. Je me retournai pour la regarder. Son visage exprimait l'horreur. Elle avait perdu son air bravache. Elle n'avait pas voulu écouter mes conseils, et elle s'en trouvait bien punie. Mais je ne lui ferais grâce de rien. Puisqu'elle l'avait voulu, elle devrait aller jusqu'au bout. Je retournai doucement le corps.

— Vous voyez, dis-je, il a été poignardé dans le dos.

— Avec quoi ? demanda-t-elle d'une voix sans timbre.

Je désignai le bocal en verre.

— Ce petit poignard.

Soudain, la jeune fille chancela et s'affaissa. Je me précipitai vers elle.

— Vous vous trouvez mal. Sortons d'ici. L'épreuve était trop dure pour vous.

— De l'eau, murmura-t-elle. Vite, de l'eau.

Je la laissai pour me ruer dans la maison. Grâce au ciel, je ne croisai personne et je pus, sans être vu, remplir un verre d'eau dans lequel j'ajoutai quelques gouttes de cognac. Tout cela ne m'avait pris que quelques minutes. Je retrouvai la jeune fille dans l'état où je l'avais laissée, mais ces quelques gorgées d'eau additionnée de cognac la ranimèrent aussitôt. Elle s'écria en frissonnant :

— Faites-moi sortir d'ici — vite, vite !

En la soutenant, je l'amenai dehors, à l'air. Elle tira la porte derrière elle et prit une longue inspiration.

— Je me sens mieux. Ah, c'était horrible ! Pourquoi m'avez-vous laissée entrer là-dedans ?

Cette réflexion me parut si bien refléter la nature féminine que je ne pus m'empêcher de sourire. Au fond, je n'étais pas mécontent qu'elle se fût évanouie. C'était la preuve qu'elle était plus sensible que je ne le croyais. Après tout, c'était encore presque une enfant, et sa curiosité était sans doute le fruit de l'inconscience.

— Vous reconnaîtrez que j'ai fait tout ce que j'ai pu pour vous en empêcher, dis-je doucement.

— Sans doute. Eh bien, au revoir.

— Je ne peux pas vous laisser partir toute seule, comme ça. Vous n'êtes pas encore d'aplomb. J'insiste pour vous raccompagner à Merlinville.

— Vous voulez rire. Je me sens parfaitement bien.

— Et si vous aviez un nouveau malaise en route ? Non, je viens avec vous.

Mais elle combattit ma proposition avec la dernière énergie. A force d'insistance, je finis par obtenir de l'accompagner jusqu'aux abords de la ville. Nous revînmes sur nos pas, repassâmes devant la tombe et fîmes un détour pour rejoindre la route. Quand nous parvînmes aux premières boutiques de la ville, elle s'arrêta et me tendit la main.

— Au revoir, et merci. J'espère que vous n'aurez pas d'ennuis pour m'avoir montré tout cela !

J'écartai ce risque d'un geste insouciant.

— Eh bien, adieu !

— Au revoir, m'empressai-je de corriger. Si vous restez encore un peu, nous nous reverrons.

Elle me fit un sourire.

— C'est juste. Au revoir, donc.

— Une minute, vous ne m'avez pas donné votre adresse.

— Oh, je suis descendue à l'*Hôtel du Phare*. C'est modeste, mais tout à fait décent. Venez donc me voir demain.

— Je viendrai, dis-je avec un empressement excessif.

Je la suivis du regard tandis qu'elle s'éloignait, puis je tournai les talons et retournai à la villa. Je me souvins tout à coup que j'avais oublié de refermer la remise à clé. Fort heureusement, personne n'avait remarqué ma négligence. Je fis tourner la clé dans la serrure et j'allai la remettre au sergent de ville. Ce faisant, je songeai que si Cendrillon m'avait donné son adresse, en revanche je ne savais toujours pas son nom.

9

GIRAUD TROUVE DES INDICES

Je trouvai le juge d'instruction au salon, fort occupé à questionner Auguste, le vieux jardinier. Poirot et le commissaire assistaient à l'interrogatoire et saluèrent mon entrée l'un d'un sourire, l'autre d'un signe poli. Je me glissai discrètement sur une chaise. M. Hautet, malgré tous ses efforts, n'arrivait pas à tirer d'Auguste la moindre indication décisive.

Auguste avait reconnu sans difficulté que les gants de jardinage lui appartenaient. Il s'en servait quand il lui fallait manier une certaine variété de primevère vénéneuse. Non, il ne se souvenait plus quand il les avait portés pour la dernière fois. En tout cas, il ne s'était pas aperçu de leur disparition. Où il les rangeait ? Eh bien, pas toujours au même endroit. Il mettait généralement la bêche dans la petite cabane à outils. Cette cabane était-elle fermée à clé ? Bien entendu. Et où gardait-on la clé ? Mais sur la serrure, parbleu ! Il n'y avait rien à voler, dans cette cabane. Et puis, qui aurait pu s'attendre à voir débarquer des bandits ou des assassins ? Ces choses-là n'arrivaient pas du temps de Mme la vicomtesse.

M. Hautet lui ayant fait signe qu'il en avait fini avec lui, le vieil homme se retira en grommelant. Je me souvenais de la curieuse insistance de Poirot au sujet des empreintes laissées dans les deux massifs, et j'avais scruté attentivement le visage du jardinier pendant sa déposition. Soit il n'avait rien à voir avec le crime, soit c'était un acteur consommé. Mais au moment où il franchissait la porte, une idée soudaine me frappa.

— Pardon, M. Hautet, m'écriai-je, m'autorisez-vous à lui poser une question ?

— Certainement, monsieur.

Ainsi encouragé, je me tournai vers Auguste :

— Où mettez-vous vos brodequins, habituellement ?

— A mes pieds, grommela le vieil homme. Où voulez-vous que je les mette ?

— Mais quand vous vous couchez, le soir ?

— Sous mon lit.

— Et qui les nettoie ?

— Personne. Est-ce qu'ils ont besoin d'être nettoyés ? Vous me voyez paradant sur la promenade comme un jeune homme ? Le dimanche, je ne dis pas, j'ai mes chaussures du dimanche. Mais pour le reste...

Il haussa les épaules et je secouai la tête, découragé.

— C'est bon, c'est bon, fit le magistrat. Nous ne sommes guère plus avancés. Je crains que nous ne soyons bloqués tant que Santiago n'aura pas répondu à notre dépêche. Quelqu'un a-t-il vu Giraud ? Vraiment, ce n'est pas la politesse qui l'étouffe, celui-là. J'ai bonne envie de l'envoyer chercher !

— Vous n'aurez pas besoin d'aller le chercher très loin, dit une voix douce.

Nous sursautâmes. Giraud était dehors et nous

regardait par la fenêtre ouverte. Il entra d'un bond léger et s'avança vers la table.

— Je suis à votre disposition. Et veuillez m'excuser de ne pas m'être présenté plus tôt.

— Je vous en prie, ce n'est rien, dit le juge d'instruction, assez confus.

— Bien sûr, enchaîna l'autre, je ne suis qu'un policier et je ne connais rien en matière d'interrogatoires. Mais si je devais en mener un, j'inclinerais à le faire toutes fenêtres fermées. N'importe qui peut entendre au-dehors ce qui se dit ici. Enfin, passons.

M. Hautet rougit de colère. A l'évidence, les rapports entre le juge d'instruction et l'inspecteur chargé de l'affaire manquaient de chaleur : les deux hommes s'étaient déplu dès leur première rencontre. Mais peut-être en eût-il été ainsi de toute façon : pour Giraud, tous les juges d'instruction étaient de vieilles badernes, et M. Hautet, qui prenait sa fonction très au sérieux, ne pouvait que se sentir offensé des manières désinvoltes de l'inspecteur parisien.

— Eh bien, monsieur Giraud, dit le magistrat d'un ton sec, vous avez sans nul doute bien employé votre temps ? Je suppose que vous nous apportez le nom des assassins, ainsi que l'endroit exact où ils se trouvent en ce moment ?

Sans s'émouvoir, M. Giraud répliqua :

— Je sais au moins d'où ils sont venus.

Il sortit de sa poche deux menus objets qu'il posa délicatement sur la table. Nous nous agglutinâmes autour. C'étaient des objets très simples : un mégot et une allumette qui n'avait pas servi. L'inspecteur se tourna vers Poirot :

— Que voyez-vous là ? demanda-t-il.

La note de brutalité que je perçus dans sa voix me fit rougir, mais Poirot ne parut même pas s'en apercevoir ; il se contenta de hausser les épaules.

— Un mégot et une allumette.

— Et que vous apprennent-ils ?

Poirot écarta les bras dans un geste d'impuissance :

— Ils ne m'apprennent... strictement rien !

— Ah ! fit Giraud d'un air satisfait. Il est vrai que vous n'avez guère étudié ces choses-là. Eh bien, il ne s'agit pas d'une allumette ordinaire — en tout cas en France. En revanche c'est un modèle très courant en Amérique du Sud. Heureusement qu'elle n'a pas servi, sans quoi j'aurais eu du mal à l'identifier. Il est clair qu'un des hommes a jeté sa cigarette et en a allumé une autre. Ce faisant, il a laissé tomber par mégarde une allumette de sa boîte.

— Et l'autre allumette ? demanda Poirot.

— Quelle allumette ?

— Celle qui a servi à allumer la cigarette. Vous l'avez trouvée, elle aussi ?

— Non.

— Peut-être n'avez-vous pas cherché avec assez de soin ?

— Pas assez de soin... !

Je crus un instant que l'inspecteur allait exploser, mais il parvint à se contenir.

— Je vois que vous aimez plaisanter, monsieur Poirot. Mais de toute façon, allumette consumée ou pas, ce mégot nous suffit amplement. C'est une cigarette sud-américaine fabriquée avec du papier pectoral à goût de réglisse.

Poirot s'inclina. Le juge d'instruction reprit la parole :

— Le mégot et l'allumette pouvaient appartenir à M. Renauld. Songez qu'il n'est revenu d'Amérique du Sud que depuis deux ans.

— Non, rétorqua l'autre avec assurance. J'ai déjà examiné les effets de M. Renauld. Il ne fumait pas ce genre de cigarettes et n'utilisait pas ce type d'allumettes.

— Vous ne trouvez pas un peu curieux, intervint Poirot, que ces étrangers soient arrivés sans armes, sans gants et sans bêche, et que tous ces objets leur soient tombés sous la main aussi commodément ?

Giraud eut un sourire de supériorité.

— C'est étrange, en effet. Je dirais même que sans la théorie que j'ai élaborée, ce serait franchement inexplicable.

— Tiens, tiens ! fit M. Hautet. Un complice dans la maison ?

— Ou à l'extérieur, dit Giraud avec un sourire.

— Mais il a bien fallu que quelqu'un les fasse entrer. Nous ne pouvons admettre que par un surcroît de bonne fortune, ils aient trouvé la porte entrouverte, comme ça, par hasard !

— On leur a ouvert, c'est certain. Mais quelqu'un a fort bien pu les faire entrer de l'extérieur — si ce quelqu'un possédait une clé !

— Et qui donc possédait une clé ?

Giraud haussa les épaules.

— Ça ! Nul ne va venir s'en vanter. Mais plusieurs personnes sont susceptibles d'en avoir une. M. Jack Renauld, par exemple. C'est vrai qu'il est en route pour l'Amérique du Sud, mais il a pu perdre sa clé ou se la faire voler. Il y a aussi le jardinier, qui habite ici depuis des années. Une des jeunes domestiques peut fort bien avoir un amoureux, et rien n'est plus facile que de prendre l'empreinte d'une clé pour en faire un double. Il existe bien d'autres possibilités. Enfin, si je ne m'abuse, il y a encore quelqu'un qui pourrait en posséder une...

— Qui donc ?

— Mme Daubreuil, déclara l'inspecteur.

— Ah ! fit le juge d'instruction. Alors, vous êtes au courant de cette histoire ?

— Je suis au courant de tout, dit le policier d'un ton sentencieux.

— Je suis certain que vous ignorez au moins une chose, dit M. Hautet, sautant sur l'occasion pour lui montrer qu'il en savait plus long que lui.

Et il se mit à raconter par le menu l'histoire de la mystérieuse visiteuse du soir précédent. Il parla également du chèque établi au nom de Duveen et, pour finir, tendit à Giraud la lettre signée « Bella ».

— Tout cela est fort intéressant. Mais cela ne change rien à ma théorie.

— Et quelle est votre théorie ?

— Je préfère n'en rien dévoiler pour le moment. N'oubliez pas que je n'en suis qu'au tout début de mon enquête.

— Dites-moi une chose, monsieur Giraud, intervint soudain Poirot. Selon votre théorie, on a ouvert la porte aux assassins. Mais pourquoi l'a-t-on ensuite laissée ouverte ? N'aurait-il pas été plus naturel de la refermer en partant ? Si un sergent de ville était monté jusqu'à la villa, comme ils le font parfois au cours de leurs rondes, les bandits risquaient d'être découverts et arrêtés aussitôt.

— Bah ! ils auront oublié de le faire. Une erreur de leur part, je vous l'accorde.

Alors, à ma grande surprise, Poirot répéta presque mot pour mot ce qu'il avait déclaré à Bex le soir précédent :

— Je ne suis pas d'accord avec vous. Laisser la porte ouverte fait partie d'un plan, ou a été dicté par la nécessité, et toute théorie qui ne prend pas ce fait en compte est nulle et non avenue.

Tous les regards convergèrent vers lui. Je l'avais cru humilié par l'aveu d'ignorance que lui avait extorqué Giraud à propos du mégot et de l'allumette ; mais il avait l'air aussi satisfait de lui-même qu'à l'accoutumée, et il tenait tête à Giraud sans sourciller. L'inspecteur tortilla sa moustache en le fixant d'un air peu amène.

— Vous n'êtes pas d'accord, hein ? Eh bien, qu'est-ce qui vous frappe, vous, dans cette affaire ? Donnez-nous votre point de vue.

— Il y a une chose qui me paraît significative. Dites-moi, monsieur Giraud, cette affaire ne vous évoque-t-elle pas quelque chose ? Elle ne vous rappelle rien de familier ?

— De familier ? J'aurais du mal à répondre comme ça, à brûle-pourpoint. Pourtant non, je ne pense pas.

— Vous vous trompez, dit tranquillement Poirot. Un crime presque similaire a déjà été commis.

— Quand ? Où ?

— Hélas ! Je n'arrive pas à m'en souvenir pour l'instant, mais ça me reviendra. J'espérais que vous pourriez m'y aider.

Giraud eut un grognement incrédule.

— Nous avons eu beaucoup d'affaires d'hommes masqués. Je ne peux pas me rappeler chacune d'elles en détail. Les crimes se ressemblent tous plus ou moins.

— Chacun porte pourtant ce que j'appelle sa marque individuelle, dit Poirot qui avait pris soudain son ton de conférencier et s'adressait à toute l'assistance. Je veux parler de l'aspect psychologique du crime. L'inspecteur Giraud sait fort bien que chaque criminel a sa méthode propre ; ainsi, quand la police est appelée à enquêter sur un cambriolage, par exemple, le simple examen de la méthode utilisée peut suffire à la mettre sur la piste des auteurs du délit. Japp vous dirait la même chose, Hastings. L'homme est un animal d'habitudes. Il a ses habitudes dans la légalité, dans la respectabilité de sa vie quotidienne, mais il en a tout autant dans l'illégalité et dans le crime. Si un homme commet un meurtre, tous ceux qu'il pourra commettre ensuite ressembleront singulièrement au premier. Ce criminel anglais qui s'est débarrassé de ses femmes successives en les noyant dans sa baignoire illustre parfaitement cette loi. S'il avait changé de méthode, peut-être courrait-il encore à l'heure qu'il est. Mais il a obéi à ce que lui commandait la nature humaine, qui croit bien à tort que ce qui a réussi une fois réussira toujours. Ce qu'il a payé, c'est son manque d'originalité.

— Et où tout cela nous mène-t-il ? ricana Giraud.

— A ceci : lorsque vous avez deux crimes similaires, tant dans le dessein que dans l'exécution, vous trouverez derrière le même cerveau à l'œuvre. C'est ce cerveau que je cherche, monsieur Giraud, et je le trouverai. Nous disposons ici d'un véritable indice — un indice psychologique. Vous êtes peut-être spécialiste des mégots et des bouts d'allumettes, mais moi, Hercule Poirot, je suis spécialiste de la nature humaine.

Giraud ne parut guère s'émouvoir de ce discours.

— Pour votre gouverne, poursuivit Poirot, je tiens à vous signaler un fait que vous ignorez sans doute. La montre-bracelet de Mme Renauld, le jour qui a suivi la tragédie, avait pris deux heures d'avance.

Giraud le toisa.

— Elle avançait peut-être régulièrement ?
— C'est en effet ce qu'on m'a dit.
— Eh bien, alors... !
— Tout de même, deux heures, c'est beaucoup, dit doucement Poirot. Et puis, il y a cette histoire d'empreintes dans le massif de fleurs.

Il désigna la fenêtre ouverte. Giraud l'atteignit en deux enjambées et regarda dehors.

— Je ne vois aucune empreinte.
— Non, dit Poirot en remettant d'aplomb une pile de livres sur la table. Il n'y en a pas.

Un instant, le visage de Giraud exprima une fureur meurtrière. Il fit un pas vers son tortionnaire, mais à ce moment précis la porte du salon s'ouvrit, et Marchaud annonça :

— M. Stonor, le secrétaire de M. Renauld, arrive d'Angleterre à l'instant. Dois-je le faire entrer ?

10

GABRIEL STONOR

L'homme qui pénétra dans la pièce était remarquable à tous égards. De très haute taille, le corps souple et athlétique et le visage hâlé, il dominait nettement l'assemblée. Giraud lui-même paraissait rabougri à côté de lui. Lorsque je le connus mieux, je compris combien la personnalité de Gabriel Stonor sortait de l'ordinaire. Anglais de naissance, il avait roulé sa bosse un peu partout dans le monde. Il avait chassé le grand fauve en Afrique, voyagé en Corée, possédé un ranch en Californie, et fait du négoce dans les îles des mers du Sud.

Il posa sur M. Hautet un regard franc.

— Vous êtes sans doute le juge d'instruction chargé de l'affaire ? Enchanté de vous rencontrer, monsieur. Comment se porte Mme Renauld ? Se remet-elle un peu de cette épreuve ? Ce drame a dû lui causer un choc épouvantable.

— Terrible, en effet, dit M. Hautet. Permettez-moi de vous présenter M. Bex, notre commissaire de police, et M. Giraud, de la Sûreté de Paris. Voici également M. Hercule Poirot, que M. Renauld avait appelé à son secours mais qui est arrivé trop tard pour prévenir la tragédie. Enfin, le capitaine Hastings, qui est un ami de M. Poirot.

Stonor regarda Poirot sans dissimuler son intérêt.

— Il avait sollicité votre aide, c'est bien ça ?

— Vous ignoriez donc que M. Renauld avait l'intention de faire appel aux services d'un détective ? intervint M. Bex.

— Oui, je l'ignorais. Mais je n'en suis pas surpris.

— Pourquoi ?

— Parce que le vieux était très inquiet. Je ne sais pas à quel propos, car nous n'étions pas assez intimes pour qu'il me fasse des confidences. Mais pour ce qui est d'être inquiet — il l'était, et pas qu'un peu !

— Hum ! fit M. Hautet. Et vous n'avez aucune idée des raisons de cette inquiétude ?

— C'est ce que je viens de vous dire, monsieur.

— Veuillez m'excuser, monsieur Stonor, mais il nous faut commencer par les formalités d'usage. Votre nom ?

— Gabriel Stonor.

— Depuis combien de temps êtes-vous au service de M. Renauld ?

— Depuis son retour d'Amérique du Sud, il y a environ deux ans. Nous nous sommes rencontrés grâce à un ami commun, et il m'a offert ce poste de secrétaire. Je dois dire que c'était un patron du tonnerre.

— Vous a-t-il beaucoup parlé de sa vie en Amérique du Sud ?

— Pas mal, oui.

— Savez-vous s'il est jamais allé à Santiago ?

— Oui, plusieurs fois, à ce qu'il me semble.

— Il n'a jamais parlé d'un incident qui se serait produit là-bas, quelque chose qui aurait pu appeler une vengeance ?

— Non, jamais.

— Vous a-t-il parlé d'un secret qui serait tombé entre ses mains au cours de son séjour là-bas ?

— Pas que je me souvienne. Mais il y avait un mystère dans sa vie, c'est certain. Je ne l'ai jamais entendu parler de son enfance, par exemple, ni faire mention d'aucune anecdote précédant son arrivée en Amérique du Sud. Il était canadien français, me semble-t-il, mais il ne parlait jamais de sa vie au Canada. Il pouvait rester fermé comme une huître, quand il le voulait.

— A votre connaissance, donc, il n'avait pas d'ennemis, et vous ne pouvez nous fournir aucun indice sur un secret qu'il aurait eu en sa possession et qui aurait justifié son assassinat ?

— C'est bien cela.

— Monsieur Stonor, avez-vous jamais entendu prononcer le nom de Duveen dans l'entourage de M. Renauld ?

— Duveen... Voyons... (Il répéta le nom à plusieurs reprises, d'un air pensif.) Je ne crois pas. Et pourtant, cela me dit quelque chose...

— Connaissez-vous une dame, une amie de M. Renauld, qui aurait pour prénom Bella ?

Gabriel Stonor secoua de nouveau la tête.

— Bella Duveen ? C'est son nom ? C'est curieux, je suis sûr de l'avoir déjà entendu. Mais pour le moment, je suis incapable de vous le situer.

Le juge d'instruction toussota.

— Voyez-vous, monsieur Stonor, vous ne devez rien nous cacher. Vous pourriez, par délicatesse envers Mme Renauld — pour qui vous avez, j'imagine, beaucoup d'estime et d'affection — être tenté de... Enfin, bref ! conclut M. Hautet, emberlificoté dans sa phrase, il faut tout nous dire, tout !

Stonor le considéra avec stupeur, puis une lueur de compréhension passa dans ses yeux.

— Je ne vous suis pas tout à fait, dit-il doucement. Qu'a donc à voir Mme Renauld avec tout ceci ? J'ai pour cette dame beaucoup d'affection et un immense respect ; c'est une femme charmante et tout à fait remarquable de surcroît. Mais je ne vois pas en quoi elle pourrait être affectée par mes réserves ou mon indiscrétion ?

— Et s'il s'avérait que Bella Duveen était pour son mari un peu plus qu'une simple amie ?

— Ah ! dit Stonor, je vois où vous voulez en venir. Mais je suis prêt à parier ma chemise que vous faites fausse route. Le vieux ne regardait jamais un jupon ! Il était profondément amoureux de sa femme. Ils formaient le couple le plus uni que j'aie jamais rencontré.

M. Hautet secoua gentiment la tête.

— Monsieur Stonor, nous avons la preuve absolue du contraire : une lettre d'amour écrite par cette Bella à M. Renauld, où elle l'accuse de s'être lassé d'elle. De plus, nous avons la preuve qu'au moment de sa mort, il était engagé dans une autre aventure, avec une Française cette fois, une certaine Mme Daubreuil qui loue la villa voisine.

Le secrétaire plissa le front.

— Un instant, monsieur. Vous êtes lancé sur une fausse piste. Je connaissais bien Paul Renauld. Ce que vous venez de dire est tout à fait impossible. Il faut qu'il y ait une autre explication.

— Quelle autre explication pourrait-il y avoir ? grommela le juge d'instruction en haussant les épaules.

— Et d'abord, qu'est-ce qui vous fait croire à une intrigue amoureuse ?

— Mme Daubreuil avait l'habitude de venir lui rendre visite le soir. En outre, depuis que M. Renauld s'est installé à la villa Geneviève, de grosses sommes ont été déposées en liquide sur son compte, pour un montant total équivalant à quatre mille livres anglaises.

— C'est bien cela, en effet, dit tranquillement Stonor. Je lui ai moi-même remis cet argent, en liquide comme elle le demandait. Mais il ne s'agissait pas d'une intrigue amoureuse.

— Et de quoi, alors ?

— De chantage ! dit sèchement Stonor en frappant du poing sur la table. Voilà ce que c'était !

— Comment ! s'écria le magistrat, incapable de dissimuler son émotion.

— Du chantage, répéta Stonor. Le vieux était saigné à blanc, et à bonne allure, encore ! Quatre mille livres en deux mois, vous vous rendez compte ? Je vous ai dit tout à l'heure qu'il y avait un mystère autour de lui. Il est clair que cette Mme Daubreuil en savait assez long pour lui mettre le couteau sur la gorge.

— C'est possible, au fond ! s'exclama le commissaire d'une voix troublée. Oui, c'est tout à fait possible !

— Possible ? gronda Stonor. C'est certain, oui. Dites-moi, avez-vous parlé à Mme Renauld de cette histoire d'intrigue amoureuse ?

— Non, monsieur. Nous ne voulions pas lui infliger une peine supplémentaire si nous pouvions la lui épargner.

— De la peine ? Mais elle vous rirait au nez ! Je vous affirme qu'elle et Renauld formaient un couple modèle.

— Ah ! cela me rappelle autre chose, dit soudain

M. Hautet. M. Renauld vous a-t-il jamais fait part de ses dispositions testamentaires ?

— Oui, je suis au courant. J'ai porté moi-même le testament à ses avoués après qu'il l'eut rédigé. Je peux vous donner le nom de leur étude, si vous désirez entrer en contact avec eux. Ce testament est très simple : la moitié de sa fortune revient à sa femme qui en a l'usufruit, et l'autre moitié à son fils, sans compter quelques menus legs. Je crois qu'il m'a laissé mille livres.

— Quand ce testament a-t-il été rédigé ?

— Il y a un an et demi environ.

— Seriez-vous très surpris, monsieur Stonor, d'apprendre que M. Renauld a fait un autre testament voici une quinzaine de jours ?

Stonor était à l'évidence extrêmement surpris.

— Je n'en avais aucune idée. Quels en sont les termes ?

— L'intégralité de son immense fortune revient à sa femme. Il n'est fait aucune mention de son fils.

Gabriel Stonor laissa échapper un long sifflement.

— Voilà qui me paraît dur pour le garçon. Sa mère l'adore, bien sûr, mais tout le monde verra là un manque de confiance de la part de son père. Sa fierté risque d'en souffrir. En tout cas, cela ne fait que confirmer ce que je vous disais : Renauld et sa femme étaient dans les meilleurs termes.

— Certes, certes, dit M. Hautet. Il n'est pas exclu qu'il nous faille réviser notre jugement sur certains points. Nous avons envoyé une dépêche à Santiago, et nous attendons une réponse d'une minute à l'autre. Il y a de fortes chances pour que nous soyons alors fixés. Par ailleurs, si votre hypothèse de chantage se révélait exacte, Mme Daubreuil devrait être en mesure de nous fournir quelques renseignements d'importance.

Poirot posa une question :

— Masters, le chauffeur anglais, était-il depuis longtemps au service de M. Renauld, monsieur Stonor ?

— Un peu plus d'un an.

— Savez-vous par hasard s'il s'est jamais rendu en Amérique du Sud ?

— Je suis certain qu'il n'y a jamais mis les pieds. Avant d'être au service de M. Renauld, il est resté des années chez une famille du Gloucestershire que je connais très bien.

— En clair, vous pouvez garantir qu'il est au-dessus de tout soupçon ?

— Tout à fait.

Poirot semblait assez déconfit.

Entre-temps, le juge d'instruction avait fait appeler Marchaud.

— Allez présenter mes respects à Mme Renauld et dites-lui que j'aimerais avoir avec elle quelques minutes d'entretien. Dites-lui aussi qu'elle ne se donne pas la peine de venir. Je monterai la voir.

Marchaud salua et disparut.

Nous attendîmes quelques minutes, puis la porte s'ouvrit et, à notre grande surprise, Mme Renauld entra, pâle comme la mort et en grand deuil.

M. Hautet lui avança une chaise en protestant vigoureusement, et elle le remercia d'un sourire. Stonor retint une de ses mains dans les siennes avec toutes les marques d'une profonde sympathie. On sentait bien que les mots lui manquaient. Mme Renauld se tourna vers M. Hautet.

— Vous vouliez me demander quelque chose ?

— Si vous le permettez, madame. Je crois comprendre que votre mari était né au Canada français. Pouvez-vous me dire quelque chose sur son enfance ou sa jeunesse ?

Elle secoua la tête.

— Mon mari parlait fort peu de lui-même, monsieur. Je sais qu'il était du Nord-Ouest, mais je présume qu'il a eu une enfance assez malheureuse, car il n'aimait guère évoquer cette période de son existence. Nous vivions entièrement dans le présent et dans l'avenir...

— Son passé recelait-il un mystère ?

Mme Renauld eut un léger sourire.

— Rien de bien romanesque, à mon avis.

M. Hautet sourit à son tour.

— C'est juste, évitons de sombrer dans le mélodrame. Il y a encore une chose...

Le juge hésitait. Stonor intervint avec impétuosité :

— Ils se sont mis en tête une idée bien extravagante, Mme Renauld. Ils s'imaginent que M. Renauld menait une intrigue amoureuse avec une Mme Daubreuil qui habite, paraît-il, la villa voisine.

Les joues de Mme Renauld s'enflammèrent. Elle redressa brusquement la tête et se mordit la lèvre, bouleversée. Stonor la regardait avec stupéfaction, tandis que M. Bex se penchait vers elle et disait doucement :

— Nous sommes désolés de vous causer de la peine, madame, mais avez-vous quelque raison de croire que Mme Daubreuil était la maîtresse de votre mari ?

Avec un sanglot, Mme Renauld enfouit son visage dans ses mains. Finalement, elle releva la tête et dit d'une voix brisée :

— Elle l'a peut-être été !

Jamais, de toute ma vie, je n'avais vu stupeur aussi grande que celle qui se peignit alors sur le visage de Stonor. A l'évidence, il n'en croyait pas ses oreilles.

11

Jack Renauld

Je ne saurais dire quel tour aurait pris la conversation, si à ce moment précis la porte ne s'était ouverte à la volée. Un grand jeune homme fit irruption dans la pièce.

Un court instant, j'eus l'irréelle sensation que le mort était revenu à la vie. Puis je m'aperçus qu'aucun fil gris ne striait cette chevelure brune, que c'était presque un gamin qui venait de nous tomber dessus avec aussi peu de cérémonie. Il alla droit à Mme Renauld sans se soucier de nous.

— Mère !

— Jack ! Mon chéri ! s'écria-t-elle en l'entourant de ses bras. Que fais-tu ici ? Ne devais-tu pas embarquer avant-hier à Cherbourg, sur l'*Anzora* ?

Puis, se rappelant soudain notre présence, elle se tourna vers nous d'un air digne :

— Mon fils, messieurs.

— Ah ! fit M. Hautet en saluant le jeune homme d'un signe de tête. Alors, vous n'avez pas embarqué sur l'*Anzora* ?

— Non, monsieur. Comme je m'apprêtais à l'expliquer à ma mère, l'*Anzora* a été retenu à quai pendant vingt-quatre heures à cause d'une avarie. J'aurais dû monter à bord hier soir, mais il se trouve que j'ai acheté par hasard un journal, et j'y ai lu le compte rendu de... de l'horrible tragédie qui vient de nous frapper...

Sa voix se brisa et ses yeux se remplirent de larmes.

— Mon pauvre père. Mon Dieu, mon pauvre père !

Tout en continuant de le fixer comme une apparition, Mme Renauld répéta :

— Mais alors, tu n'as pas embarqué ?

Puis, avec un geste d'extrême lassitude, elle murmura comme pour elle-même :

— Après tout, cela n'a plus d'importance, à présent.

— Asseyez-vous, je vous en prie, dit M. Hautet en lui présentant une chaise. Laissez-moi vous exprimer ma profonde sympathie. Ce doit être un choc terrible d'apprendre de cette façon une nouvelle aussi affreuse. Il est néanmoins fort heureux que vous ayez été empêché d'embarquer. J'ose espérer que vous serez à même de nous fournir les indications qui nous manquent pour éclaircir ce mystère.

— Je suis à votre entière disposition, monsieur. Posez-moi toutes les questions que vous voudrez.

— Tout d'abord, j'ai cru comprendre que vous entrepreniez ce voyage à la demande de votre père ?

— C'est exact, monsieur. Il m'a envoyé un télégramme me priant de me rendre sans délai à Buenos Aires, puis de là à Valparaiso via les Andes, et enfin à Santiago.

— Ah ! Et le but de ce voyage... ?

— Je n'en ai pas la moindre idée.

— Comment ?

— Non. Tenez, voici le télégramme que j'ai reçu.

Le juge d'instruction s'en empara et lut à haute voix :

— « Va immédiatement à Cherbourg. Embarque sur l'*Anzora* qui part ce soir pour Buenos Aires. Destination finale Santiago. Autres instructions t'attendront à Buenos Aires. Je compte sur toi. Affaire de la plus haute importance. RENAULD. » Et vous n'aviez échangé aucune correspondance préalable ?

— Non. Ce sont les seules instructions que j'ai reçues. Je savais bien sûr qu'après y avoir vécu aussi longtemps, mon père conservait de nombreux intérêts en Amérique du Sud. Mais jusqu'à présent, il n'avait jamais parlé de m'envoyer là-bas.

— Vous aussi, monsieur Renauld, vous avez dû vivre assez longtemps en Amérique du Sud ?

— Oui, quand j'étais enfant. Puis on m'a envoyé au collège en Angleterre, et j'ai passé la plupart de mes vacances ici, de sorte que je connais beaucoup moins bien l'Amérique du Sud que vous ne pourriez le croire. Voyez-vous, j'avais dix-sept ans quand la guerre a éclaté.

— Vous avez servi dans l'aviation, n'est-ce pas ?

— Oui, monsieur.

S'étant fait confirmer ce détail, M. Hautet poursuivit son interrogatoire suivant un scénario désormais classique. A ses questions, Jack Renauld répondit fermement qu'il ne connaissait aucun des ennemis qu'aurait pu se faire son père à Santiago ou ailleurs sur le continent sud-américain, qu'il n'avait remarqué aucun changement dans l'attitude de son père ces derniers temps, et qu'il ne l'avait jamais entendu parler d'un quelconque secret. Il avait cru que sa mission en Amérique du Sud concernait des transactions commerciales.

M. Hautet marqua une pause, et l'on entendit la voix tranquille de Giraud :

— J'aimerais poser moi-même quelques questions à M. Renauld, monsieur le juge.

— Je vous en prie, monsieur Giraud, faites donc, répondit froidement le magistrat.

Giraud rapprocha un peu sa chaise de la table.

— Etiez-vous en bons termes avec votre père, monsieur Renauld ?

— Bien sûr, répliqua le jeune homme avec hauteur.

— Vous l'affirmez ?

— Oui.

— Jamais de petites querelles ?

Jack haussa les épaules.

— Il arrive à tout le monde d'avoir des divergences d'opinion de temps à autre.

— Sans doute, sans doute. Mais si quelqu'un affirmait que vous avez eu une violente dispute avec lui juste avant de partir pour Paris, pourriez-vous certifier que cette personne ment ?

Je ne pus m'empêcher d'admirer le savoir-faire de Giraud. « Je suis au courant de tout ! » avait-il jeté au magistrat, et il ne s'était pas vanté : Jack Renauld avait été visiblement décontenancé par sa question.

— Nous... Nous avons eu des mots en effet, admit-il enfin.

— Ah, des mots ! Et au cours de cet échange de mots, avez-vous, oui ou non, prononcé cette phrase :

« Quand vous serez mort, je pourrai faire ce qu'il me plaira ! »

— C'est possible, murmura le jeune homme. Je ne sais plus.

— Et votre père vous a-t-il répondu : « Mais je ne suis pas encore mort ! » A quoi vous auriez rétorqué : « Si seulement vous l'étiez ! »

Le garçon ne répondit rien. Il paraissait nerveux et tripotait les objets posés sur la table devant lui.

— Je dois vous prier de me donner une réponse, monsieur Renauld, dit sèchement Giraud.

Avec une exclamation de colère, le jeune homme balaya de la main un lourd coupe-papier qui tomba sur le sol.

— Qu'est-ce que ça peut bien vous faire ? Oh ! autant vous le dire, à présent ! Oui, je me suis disputé avec mon père. Il est possible que j'aie prononcé ces mots — j'étais tellement en colère que je ne me souviens même plus de ce que j'ai dit ! J'étais fou de rage, et je l'aurais tué, sur le moment ! Voilà, tirez-en les conclusions qu'il vous plaira.

Il se redressa et s'appuya sur son dossier, le visage empourpré et les yeux pleins de défi. Giraud sourit, recula un peu sa chaise et conclut :

— C'est tout. Vous préférez sans doute reprendre vous-même l'interrogatoire, monsieur Hautet.

— En effet, confirma le magistrat. Et quel était l'objet de cette dispute ?

— Je refuse de vous le dire.

M. Hautet se redressa.

— Monsieur Renauld, s'exclama-t-il, vous n'avez pas le droit d'entraver le cours de la justice ! Encore une fois, quel était l'objet de cette dispute ?

Le jeune Renauld resta silencieux, son visage enfantin tout gonflé de colère. Mais une voix s'éleva, imperturbable, la voix d'Hercule Poirot.

— Je vais vous le dire, moi, si vous le désirez.

— Vous le savez ?

— Certainement. L'objet de cette dispute était Mlle Marthe Daubreuil.

Le jeune Renauld sursauta, stupéfait. Le juge d'instruction se pencha vers lui.

— Est-ce vrai, monsieur ?

Jack Renauld confirma d'un signe de tête.

— Oui, admit-il. J'aime Mlle Daubreuil et je souhaite l'épouser. Quand j'ai fait part de mes intentions à mon père, il est entré dans une violente colère. Bien sûr, je n'ai pas pu supporter d'entendre insulter la jeune fille que j'aimais, et la colère m'a gagné à mon tour.

M. Hautet regarda Mme Renauld.

— Etiez-vous au courant de cette... inclination, madame ?

— Je la redoutais, répondit-elle simplement.

— Comment, mère ? s'écria le jeune homme. Toi aussi ? Marthe est aussi bonne que belle. Qu'avez-vous contre elle ?

— Je n'ai absolument rien contre Mlle Daubreuil. Mais j'aimerais mieux te voir épouser une Anglaise, et s'il faut que ce soit une Française, pas une jeune fille dont la mère a des antécédents douteux !

Sa voix exprimait toute sa rancœur, et j'imaginais fort bien ce qu'elle avait pu ressentir en voyant son fils s'éprendre de la fille de sa rivale.

Mme Renauld poursuivit, tournée vers le juge d'instruction :

— J'aurais peut-être dû toucher un mot à mon mari de cette histoire, mais j'espérais que ce n'était qu'un flirt sans conséquence qui s'interrompait de lui-même si on ne lui prêtait pas une attention exagérée. Je m'en veux aujourd'hui de ce silence, mais, comme je vous l'ai dit, mon mari semblait préoccupé, différent de ce qu'il était d'habitude, et j'étais surtout soucieuse de ne pas lui donner de nouveaux sujets d'inquiétude.

M. Hautet approuva du chef.

— Quand vous avez informé votre père de vos intentions à l'égard de Mlle Daubreuil, reprit-il, vous a-t-il paru étonné ?

— Il a eu l'air bouleversé. Puis il m'a dit d'un ton

péremptoire qu'il était inutile d'y songer, qu'il ne donnerait jamais son consentement à ce mariage. Stupéfait, je lui ai demandé ce qu'il avait contre Mlle Daubreuil. Il n'a rien trouvé à me répondre, mais il a fait des allusions désobligeantes au mystère qui entourait la mère et la fille. Je lui ai répondu que j'épousais Marthe et non son passé, mais il a refusé tout net de continuer à discuter sur ce sujet. Il fallait renoncer à ce mariage, point final. Cette injustice et cet abus d'autorité m'ont rendu fou furieux, d'autant plus que lui-même se mettait en quatre pour les Daubreuil et insistait toujours pour qu'on les invitât à la maison. J'ai perdu la tête et nous nous sommes terriblement disputés. Mon père m'a rappelé que je dépendais entièrement de lui, et c'est là que j'ai dû répondre que s'il mourait, je n'en ferais qu'à ma tête...

— Vous connaissiez donc les dispositions testamentaires de votre père ? demanda Poirot.

— Je savais qu'il m'avait laissé la moitié de sa fortune, et que l'autre moitié, laissée en usufruit à ma mère, me reviendrait à la mort de celle-ci.

— Poursuivez votre récit, dit le juge.

— Après cela, nous avons continué à crier à tue-tête jusqu'à ce que je m'aperçoive que j'allais manquer le train de Paris. J'ai couru à la gare, toujours dans une colère folle. Mais une fois dans le train, je me suis calmé. J'ai écrit à Marthe pour lui raconter ce qui s'était passé, et sa réponse m'a totalement apaisé. Elle m'a conseillé de m'armer de patience, en ajoutant que l'opposition de mes parents céderait tôt ou tard devant notre détermination. Nous devions avoir le courage de mettre nos sentiments à l'épreuve, et quand mes parents comprendraient qu'il ne s'agissait pas d'une simple toquade, leur attitude changerait. Bien sûr, je ne lui avais pas parlé de la principale objection de mon père. Mais j'ai compris que la violence ne me mènerait à rien.

— Passons à autre chose : avez-vous parmi vos

relations quelqu'un du nom de Duveen, monsieur Renauld ?

— Duveen ? répéta Jack.

Il se pencha pour ramasser le coupe-papier qu'il avait fait tomber quelques instants plus tôt. Quand il releva la tête, son regard croisa celui de Giraud, qui l'observait avec attention.

— Duveen ? Non, je ne vois pas.

— Voulez-vous lire cette lettre, et me dire si vous avez une idée de l'identité de la personne qui l'a adressée à votre père ?

Jack Renauld prit la lettre que lui tendait le juge ; à mesure qu'il la parcourait, le rouge lui montait au front.

— Adressée à mon père ? s'exclama-t-il d'un ton où perçait une indignation émue.

— Oui, nous l'avons trouvée dans la poche de son pardessus.

— L'avez-vous montrée à... ?

Il s'interrompit, jetant un coup d'œil rapide à sa mère. Le magistrat comprit.

— Non, pas encore. Pouvez-vous nous fournir un quelconque indice sur son auteur ?

— Je n'en ai pas la moindre idée.

M. Hautet poussa un soupir.

— Voilà décidément une affaire fort mystérieuse. Bien, je crois que nous pouvons laisser cette lettre de côté pour le moment. Voyons, où en étions-nous ? Ah oui, l'arme du crime. Je crains que cela ne vous affecte beaucoup, monsieur Renauld. J'ai cru comprendre que c'était un souvenir que vous aviez offert à votre mère... Cela n'en rend que plus tragique...

S'il avait rougi en lisant la lettre signée Bella, Jack Renauld était à présent d'une pâleur de craie.

— Comment ! Vous voulez dire... c'est avec le coupe-papier découpé dans le fuselage d'un avion que mon père... Mais c'est impossible ! Un si petit objet !

— Hélas, monsieur Renauld, ce n'est que trop

vrai ! Je crains que ce ne soit justement l'arme idéale : très pointue et facile à manier.

— Où est-il ? Puis-je le voir ? Il est resté dans... le corps ?

— Non, non, il est ici. Désirez-vous vous assurer qu'il s'agit bien du vôtre ? Ce serait préférable, bien que votre mère l'ait déjà identifié... Monsieur Bex, puis-je vous prier...

— Mais certainement. Je vais le chercher tout de suite.

— Ne vaudrait-il pas mieux mener M. Renauld à l'appentis ? suggéra Giraud d'une voix douce. Ce jeune homme voudra sans doute voir le corps de son père.

Jack Renauld fit un geste éperdu de dénégation, et le juge d'instruction, toujours prêt à contredire le policier, répliqua :

— Mais non, voyons, pas maintenant. M. Bex va avoir la bonté de nous apporter l'arme ici.

Comme le commissaire quittait la pièce, Stonor se dirigea vers Jack et lui serra la main. Poirot s'était levé pour redresser une paire de chandeliers. Le juge relisait une fois encore la mystérieuse lettre d'amour, s'accrochant avec l'énergie du désespoir à sa première théorie d'un drame de la jalousie s'achevant par un coup de poignard dans le dos.

Tout à coup, la porte s'ouvrit et le commissaire entra, hors d'haleine.

— Monsieur le juge ! Monsieur le juge !

— Oui. Qu'y a-t-il ?

— Le poignard ! Il n'est plus là !

— Comment ça, plus là ?

— Envolé, disparu ! Le bocal où il se trouvait est vide !

— Comment ? m'écriai-je. Mais c'est impossible ! Je l'ai encore vu ce matin...

Je me mordis la langue, mais trop tard. Tous les regards s'étaient portés sur moi.

— Que dites-vous ? s'exclama le commissaire. Ce matin ?

— Je l'ai vu ce matin, dis-je d'une voix ferme. Il y a environ une heure et demie, pour être plus précis.

— Vous êtes allé à la remise ? Comment avez-vous obtenu la clé ?

— Je l'ai demandée au sergent de ville.

— Et pourquoi êtes-vous allé là-bas ?

Je balançai un moment, puis je me résolus à soulager ma conscience.

— Monsieur Hautet, dis-je, j'ai commis une faute grave pour laquelle je dois solliciter votre indulgence.

— Poursuivez, monsieur.

— Le fait est, monsieur, repris-je en souhaitant être à dix pieds sous terre, que j'ai rencontré une jeune femme de mes amies. Elle m'a exprimé son désir de jeter un coup d'œil sur tout ce qu'il était possible de voir, et je... enfin... bref, j'ai pris la clé pour lui montrer le corps.

— Ah ! s'écria le juge d'instruction, indigné. C'est là une faute très grave, capitaine Hastings. Vous n'auriez jamais dû vous autoriser cette folie.

— Je sais, répondis-je humblement. Rien de ce que vous pourrez dire ne sera trop dur pour qualifier ce que j'ai fait.

— Vous n'avez pas invité cette personne à venir ici ?

— Bien sûr que non. Je l'ai rencontrée par hasard. C'est une jeune Anglaise qui séjourne actuellement à Merlinville mais j'ignorais tout de sa présence ici.

— Je vois, je vois, dit le magistrat en s'adoucissant. C'était on ne peut plus irrégulier, mais la jeune personne est sans doute très jolie. Ce que c'est que d'être jeune !

Il soupira, attendri. Le commissaire, moins romantique et plus terre à terre, reprit le fil de l'histoire :

— Vous n'avez pas refermé et verrouillé la porte en partant ?

— C'est précisément ce que je me reproche, dis-je

lentement. Mon amie s'est trouvée mal à la vue du cadavre. J'ai couru lui chercher un peu d'eau et de cognac, et j'ai ensuite insisté pour la raccompagner en ville. Sous le coup de l'émotion, j'ai oublié de refermer la porte. Je ne l'ai fait qu'en rentrant.

— Ce qui représente vingt minutes au bas mot, dit lentement le commissaire.

— C'est bien cela.

— Vingt minutes... ! répéta pensivement le commissaire.

— C'est déplorable, reprit M. Hautet, qui avait repris son ton sévère. C'est sans précédent.

Soudain une autre voix se fit entendre.

— Vous trouvez cela déplorable ? demanda Giraud.

— Sans aucun doute !

— Et moi, je trouve cela admirable ! déclara l'autre sans se démonter.

Ce secours inattendu me laissa sans voix.

— Admirable, monsieur Giraud ? demanda le juge d'instruction en lui lançant un regard soupçonneux.

— C'est bien le mot.

— Et puis-je savoir en quoi ?

— Parce que nous savons désormais que l'assassin, ou l'un de ses complices, se trouvait à proximité de la villa il y a moins d'une heure. Ce serait bien le diable si, sachant cela, nous ne mettions pas rapidement la main sur lui.

Il poursuivit, avec une nuance de menace dans la voix :

— Il a risqué gros pour rentrer en possession de ce poignard. Peut-être craignait-il qu'on y trouve des empreintes digitales.

Poirot se tourna vers Bex :

— Vous disiez qu'il n'y en avait pas.

Giraud haussa les épaules :

— Peut-être n'en était-il pas sûr.

Poirot le regarda bien en face.

— Vous vous trompez, monsieur Giraud. L'assassin portait des gants. Il doit donc être certain qu'il n'y en avait pas.

— Je n'ai pas dit que c'était l'assassin lui-même qui avait volé le poignard. Ce pouvait être un complice qui ignorait ce détail.

Le greffier se mit à rassembler ses papiers et M. Hautet déclara :

— Notre travail ici est terminé. Monsieur Renauld, voulez-vous avoir l'obligeance d'écouter attentivement pendant qu'on relit votre déposition. J'ai volontairement mené cette procédure aussi officieusement que possible. On m'a déjà reproché l'originalité de mes méthodes, mais je maintiens qu'il y a beaucoup à dire en faveur de l'originalité. Cette affaire est désormais entre les mains expertes de l'illustre M. Giraud. Nul doute qu'il saura s'y distinguer. Je suis d'ailleurs surpris qu'il n'ait pas déjà mis la main au collet des meurtriers ! Madame, laissez-moi vous assurer, une fois encore, de ma profonde sympathie. Messieurs, je vous souhaite le bonjour.

Et il sortit d'un air digne, flanqué de son greffier et du commissaire.

Poirot extirpa de sa poche le gros oignon qui lui servait de montre et regarda l'heure.

— Retournons déjeuner à l'hôtel, mon ami. Vous me raconterez par le menu vos imprudences matinales. Personne ne nous regarde. C'est le moment de nous retirer discrètement.

Nous sortîmes tranquillement du salon. Déjà la voiture du juge d'instruction disparaissait à nos yeux. Je descendais les marches du perron quand je fus arrêté par la voix de Poirot :

— Un instant, mon ami.

Il sortit vivement son mètre à ruban et entreprit avec solennité de mesurer un pardessus accroché dans le vestibule, du col à l'ourlet. Je n'avais encore jamais vu ce pardessus, et je supposai qu'il appartenait soit à M. Stonor, soit à Jack Renauld.

Puis, avec un petit grognement de satisfaction, Poirot remit le mètre dans sa poche et me suivit dehors.

12

POIROT ÉLUCIDE CERTAINS POINTS

— Pourquoi avez-vous mesuré ce pardessus ? demandai-je, intrigué, alors que nous cheminions à pas lents sous un soleil accablant.

— Parbleu ! Pour connaître sa longueur, répondit Poirot, imperturbable.

Je fus vexé. Cette incorrigible manie qu'il a de faire un mystère de tout m'a toujours irrité. Je me réfugiai dans le silence, et suivis le cours de mes propres pensées. Bien que je n'y eusse pas prêté attention sur le moment, certaines paroles que Mme Renauld avait adressées à son fils me revenaient en mémoire, chargées d'une signification nouvelle. « Tu n'as donc pas embarqué ? » avait-elle demandé, avant d'ajouter : « Après tout, cela n'a plus d'importance, à présent. »

Qu'avait-elle voulu dire par là ? Ces mots étaient énigmatiques, mais peut-être lourds de sens. Se pouvait-il qu'elle en sût plus que nous le supposions ? Elle avait nié avoir eu connaissance de la mystérieuse mission dont son mari avait chargé son fils, mais était-elle aussi ignorante qu'elle le prétendait ? Aurait-elle pu éclaircir certains points, et son silence ne faisait-il pas partie d'un plan soigneusement orchestré ?

Plus j'y réfléchissais, plus j'étais certain d'avoir raison. Mme Renauld en savait beaucoup plus qu'elle n'avait voulu le dire. Dans sa surprise de revoir son fils, elle s'était trahie un instant. J'eus la conviction qu'à défaut des meurtriers eux-mêmes, elle connaissait au moins le motif du meurtre, mais que de puissantes raisons l'obligeaient à se taire.

— Vous êtes profondément perdu dans vos pensées, mon ami, remarqua Poirot, interrompant ainsi le cours de mes réflexions. Qu'est-ce donc qui vous intrigue à ce point ?

Je le lui dis, convaincu du bien-fondé de mes déductions, tout en craignant qu'il ne tourne mes soupçons en ridicule. A ma grande surprise, il m'approuva :

— Vous avez raison, Hastings. J'étais certain depuis le début qu'elle nous dissimulait quelque chose. J'ai commencé par la soupçonner, sinon d'avoir été l'instigatrice du meurtre, du moins d'en avoir été la complice.

— Vous la soupçonnez, elle ? m'écriai-je.

— Mais certainement. Elle tire un énorme bénéfice de la mort de son mari ; en fait, avec ce nouveau testament, elle est la seule à qui profite le crime. Aussi ai-je tout d'abord concentré mon attention sur elle. Vous avez peut-être remarqué que j'ai saisi la première occasion d'examiner ses poignets. Je voulais voir si elle avait pu se bâillonner et se ligoter elle-même. Mais j'ai constaté aussitôt que les marques qu'elle portait aux poignets étaient bien réelles : les cordes avaient entamé la chair. Voilà qui excluait la possibilité qu'elle ait commis ce crime toute seule. Restait l'éventualité qu'elle y ait participé, ou qu'elle en ait été l'instigatrice. En outre, l'histoire qu'elle nous a racontée m'était familière : les hommes masqués qu'elle n'a pas pu reconnaître, la mention d'un « secret » — j'ai déjà entendu, ou lu tout cela ailleurs, en une autre occasion. Un dernier petit détail a achevé de me convaincre qu'elle ne disait pas la vérité. La montre-bracelet, Hastings ! La montre-bracelet !

Encore cette montre ! Poirot me regardait bizarrement du coin de l'œil.

— Vous saisissez, mon ami ? Vous voyez ?

— Non, répliquai-je avec humeur. Je ne saisis rien et je ne vois rien. Vous ne cessez de faire des mystères à tout propos, et ce n'est même pas la peine de vous demander des explications. Vous gardez toujours une carte dans votre manche jusqu'à la dernière seconde.

— Ne vous fâchez pas, mon bon ami, dit Poirot en souriant. Je vais vous l'expliquer, puisque tel est votre désir. Mais pas un mot à Giraud, c'est entendu ? Il me traite comme une vieille potiche, une quantité négligeable ! On va voir ce qu'on va voir ! J'ai déjà joué franc jeu avec lui, je l'ai mis sur une piste. S'il ne veut pas s'en servir, c'est son affaire.

J'assurai Poirot qu'il pouvait compter sur ma discrétion.

— C'est bien ! A présent, faisons fonctionner nos petites cellules grises. Dites-moi, mon ami, à quelle heure selon vous la tragédie a-t-elle eu lieu ?

— Eh bien, vers 2 heures du matin environ, répondis-je, surpris. Rappelez-vous, Mme Renauld nous a dit qu'elle avait entendu la pendule sonner pendant que les hommes étaient dans la chambre.

— Exact. Et sur la foi de ce récit, vous, le juge d'instruction, Bex et tous les autres, vous avez accepté cette heure comme étant celle du crime sans poser de questions. Mais moi, Hercule Poirot, j'affirme que Mme Renauld a menti. Le crime a été commis deux heures plus tôt.

— Mais les médecins...

— Après examen du corps, ils ont déclaré que la mort remontait à plus de sept heures et moins de dix heures. Pour une raison que j'ignore, il fallait impérativement que le crime eût l'air d'avoir été commis plus tard qu'il ne l'a été en réalité. Vous avez déjà lu des histoires de montres brisées permettant de déterminer l'heure exacte du crime ? Pour que l'heure ne repose pas uniquement sur le témoignage de Mme Renauld, quelqu'un a amené les aiguilles de la montre sur 2 heures, et l'a ensuite écrasée par terre. Mais comme il arrive souvent dans ces cas-là, ils ont voulu trop bien faire. Le verre s'est brisé, mais le mécanisme de la montre, lui, n'a pas souffert ! C'était une manœuvre désastreuse de leur part, parce qu'elle a attiré mon attention sur deux points : d'abord, sur le fait que Mme Renauld mentait ; ensuite, elle m'a incliné à penser qu'ils devaient avoir une raison vitale de vouloir retarder l'heure du crime.

— Et quelle pouvait être cette raison ?
— Ah ! c'est bien là la question ! C'est là tout le mystère. Pour l'instant, je suis incapable de vous en donner une explication. Il ne me vient qu'une seule idée susceptible d'avoir un lien avec tout cela.
— A savoir ?
— Que le dernier train part de Merlinville à 0 h 17.

Je m'efforçai de suivre son raisonnement.

— Donc, si le crime semblait avoir été commis deux heures plus tard, quiconque partant par ce train avait un alibi en béton armé !
— Très bien, Hastings ! Vous y êtes !

Je sautai sur mes pieds.

— Mais il faut aller enquêter à la gare ! On n'aura pas manqué de remarquer deux étrangers qui partaient par ce train ! Allons-y sur-le-champ !
— Vous croyez, Hastings ?
— Mais bien sûr. Tout de suite !

Poirot me toucha le bras pour calmer mon ardeur.

— Allez, allez, mon bon ami, je ne veux pas vous en empêcher. Mais à votre place, je ne chercherais pas à me renseigner sur deux étrangers.

Comme je restais éberlué, il ajouta avec une certaine impatience :

— Oh ! là ! là ! Vous n'allez pas me dire que vous croyez à cette comédie ? Aux hommes masqués et à toute cette histoire !

Je fus si déconcerté par ces paroles que je restai sans voix. Poirot poursuivit d'un air serein :

— Vous m'avez bien entendu dire à Giraud que

les détails de ce crime m'étaient familiers ? Eh bien, il n'y a à cela que deux explications possibles : soit le cerveau qui a conçu le premier crime a également conçu celui-ci, soit la lecture du compte rendu d'une cause célèbre a marqué profondément l'inconscient de notre meurtrier et lui a indiqué la marche à suivre. Je serai en mesure de me prononcer là-dessus dès que...

Il s'interrompit brusquement. Je réfléchissais, retournant dans tous les sens les pièces du puzzle.

— Mais la lettre de M. Renauld ? Elle fait clairement mention d'un secret et de Santiago !

— Il ne fait pas l'ombre d'un doute qu'il y avait un secret dans la vie de M. Renauld. D'un autre côté, le mot de « Santiago » me fait l'effet d'un leurre, d'un chiffon rouge qu'on nous agite en permanence devant les yeux pour nous faire perdre la piste. Il n'est pas exclu qu'on s'en soit servi de la même façon sur M. Renauld, pour éviter que ses soupçons ne portent dans une direction plus proche de lui. Oh ! soyez-en certain, Hastings, le danger qui le menaçait n'était pas à Santiago ; il était en France, tout près d'ici.

Il parlait avec une telle gravité et une telle assurance que je fus convaincu malgré moi. Je risquai malgré tout une dernière objection :

— Et l'allumette ? Et le mégot qu'on a trouvés près du corps ? Qu'en dites-vous ?

Poirot rayonna soudain.

— Un leurre ! Délibérément planté là pour permettre à Giraud ou à un autre de son espèce de le découvrir ! Voyez le bon chien de chasse ! Il arrive avec son mégot, tout content de lui. Quatre heures, il s'est traîné sur le ventre ! Et conclusion : « Regardez ce que j'ai trouvé ! » Et à moi : « Que voyez-vous ici ? » Et moi, je lui réponds, ce qui est la pure vérité : « Rien du tout. » Et voilà Giraud, le grand Giraud, qui rigole, qui se dit en lui-même : « Oh ! quel imbécile, ce vieux-là ! » Eh bien, on verra...

Pendant ce discours, j'avais passé en revue les éléments essentiels de l'affaire.

— Alors, toute cette histoire d'hommes masqués... ?

— ... est fausse de A à Z.

— En ce cas, que s'est-il réellement passé ?

Poirot haussa les épaules.

— Une seule personne pourrait nous le dire, c'est Mme Renauld. Mais elle ne le fera pas. Ni la menace ni la prière ne pourront en venir à bout. Une femme remarquable, croyez-moi, Hastings. J'ai compris dès que je l'ai vue que nous étions devant une force de caractère peu commune. Comme je vous l'ai dit, je l'ai d'abord soupçonnée d'avoir pris part au meurtre. Mais j'ai changé d'avis.

— Et pourquoi ?

— Sa réaction, devant le corps de son mari, était vraie et spontanée. Je suis prêt à jurer que son cri de douleur était authentique.

— Oui, dis-je pensivement. Ces choses-là ne trompent pas.

— Je vous demande pardon, mon ami — elles peuvent toujours vous tromper. Prenez une grande actrice : la manière qu'elle a d'exprimer la douleur peut vous transporter et vous impressionner, comme si cette douleur était réelle. Non, quelles que soient ma conviction ou mon impression, il me faut d'autres preuves pour me déclarer satisfait. Un grand criminel peut être un grand acteur. Dans cette affaire, je fonde ma certitude non pas sur ma seule impression, mais sur ce fait indéniable que Mme Renauld s'est bel et bien évanouie. J'ai soulevé ses paupières et tâté son pouls. Ce n'était pas une feinte — mais une authentique perte de conscience. À partir de là, j'ai commencé à penser que sa détresse était réelle. En outre, petit détail sans importance, Mme Renauld n'avait nul besoin d'étaler ainsi son chagrin. Elle l'avait déjà manifesté en apprenant la mort de son mari, rien ne l'obligeait à recommencer en voyant son cadavre. Non,

Mme Renauld n'a pas tué son mari. Mais alors, pourquoi a-t-elle menti ? Elle a menti à propos du bracelet-montre, des hommes masqués, et d'autre chose encore. Dites-moi, Hastings, comment expliquez-vous l'histoire de la porte restée ouverte ?

— Eh bien, dis-je, passablement embarrassé, je suppose que c'était une négligence de leur part. Ils ont oublié de la refermer.

Poirot secoua la tête avec un profond soupir.

— Ça, c'est une explication à la Giraud. Elle ne me satisfait pas. Cette porte ouverte a une signification que je n'arrive pas à saisir pour l'instant. Mais il y a une chose dont je suis à peu près sûr, c'est qu'ils ne sont pas partis par la porte. Ils sont partis par la fenêtre.

— Quoi ?

— Sans aucun doute.

— Mais il n'y avait pas d'empreintes dans le massif de fleurs sous la fenêtre !

— Non, et il aurait dû y en avoir. Ecoutez, Hastings. Auguste, le jardinier, a fait des plantations dans ces deux massifs la veille dans l'après-midi — il vous l'a dit lui-même. Dans le premier, nous relevons quantité d'empreintes de ses gros brodequins ferrés ; dans l'autre, pas une seule ! Vous saisissez ? Des gens ont emprunté ce chemin, et pour effacer leurs traces, ont égalisé la terre à l'aide d'un râteau.

— Et où ont-ils pris ce râteau ?

— Là où ils ont pris la bêche et les gants de jardinage, répliqua Poirot avec impatience. Ce point ne soulève aucune difficulté.

— Qu'est-ce qui vous fait penser qu'ils ont pris ce chemin ? Ne sont-ils pas plutôt entrés par la fenêtre et sortis par la porte ?

— C'est possible, évidemment. Mais je suis presque sûr qu'ils sont sortis par la fenêtre.

— Je pense que vous vous trompez.

— Peut-être, mon bon ami.

Je me replongeai dans mes pensées, réfléchissant au nouveau champ de conjectures que venaient de m'ouvrir les déductions de Poirot. Je me rappelai ma surprise en entendant ses allusions au massif de fleurs et au bracelet-montre. Sur le coup, ces remarques m'avaient paru dénuées de sens, mais cette fois je compris enfin qu'à partir de quelques indices d'apparence mineure, il venait de lever une grande partie du mystère qui entourait cette affaire. Je lui rendis un hommage tardif.

— Pour l'instant, repris-je pensivement, bien que nous en sachions beaucoup plus qu'au début, nous sommes encore loin de savoir qui a tué M. Renauld.

— En effet, dit joyeusement Poirot. Nous n'en avons jamais été si loin !

Cela semblait lui procurer une telle satisfaction que je le contemplai avec stupeur. Mon regard le fit sourire.

Puis, tout à coup, tout s'éclaira.

— Poirot ! Mme Renauld ! Je comprends, maintenant. Elle doit protéger quelqu'un !

Le voyant si peu impressionné par ma découverte, j'en déduisis que cette idée lui était venue depuis longtemps.

— Oui..., dit-il, rêveur. Protéger quelqu'un, masquer quelqu'un... L'un ou l'autre.

Puis, comme nous entrions dans l'hôtel, d'un geste il m'enjoignit le silence.

13

LA JEUNE FILLE AUX YEUX INQUIETS

Nous déjeunâmes d'excellent appétit. Le repas débuta en silence, puis Poirot me glissa d'un air malicieux :

— Eh bien ! Et vos imprudences ? Vous ne me racontez rien ?

Je me sentis rougir.

— Oh ! vous voulez parler de ce matin ? dis-je d'un ton qui se voulait dégagé.

Mais je n'étais pas de taille face à Poirot. En quelques minutes, il m'avait extorqué toute l'histoire, qu'il écouta les yeux pétillant de malice.

— Tiens, tiens ! Une histoire bien romanesque. Et comment s'appelle cette charmante jeune personne ?

Je dus avouer que je l'ignorais.

— Encore plus romantique ! Une première rencontre dans le train de Paris, une seconde ici... Ne dit-on pas que les voyages finissent en rendez-vous d'amour ?

— Ne soyez pas stupide, Poirot.

— Hier c'était Mlle Daubreuil, aujourd'hui Mlle... Cendrillon ! Vous avez décidément un cœur de Turc, Hastings. Vous devriez fonder un harem.

— C'est ça, moquez-vous de moi à votre aise. Mlle Daubreuil est une jeune fille ravissante et je ne crains pas d'avouer mon admiration pour elle. L'autre ne compte absolument pas pour moi, et je ne la rencontrerai sans doute plus jamais.

— Vous n'avez pas l'intention de la revoir ?

C'était bien une question, et je remarquai le regard aigu qui l'accompagnait. Devant mes yeux s'inscrivirent en lettres de feu les mots « *Hôtel du Phare* », j'entendis de nouveau sa voix me dire : « Venez me voir » et ma réponse empressée : « Je n'y manquerai pas. »

— Elle m'a demandé de passer la voir, mais je n'irai pas, évidemment, lançai-je de mon ton le plus détaché.

— Pourquoi, « évidemment » ?

— Eh bien, disons que je n'en ai pas envie.

— Vous m'avez bien dit que Mlle Cendrillon était descendue à l'*Hôtel d'Angleterre*, n'est-ce pas ?

— Non, à l'*Hôtel du Phare*.

— Ah ! c'est vrai, j'ai dû confondre.

Un instant, un doute me traversa l'esprit. J'étais

presque certain de ne pas avoir fait allusion à un hôtel. Je jetai un coup d'œil à Poirot et je me sentis rassuré. Il était occupé à découper son pain en petits carrés parfaitement égaux, et cette tâche l'absorbait entièrement. Il avait dû rêver que je lui avais parlé d'un hôtel.

Nous prîmes le café face à la mer. Poirot fuma une de ses minuscules cigarettes, puis il sortit sa montre de sa poche.

— Le train pour Paris part à 14 h 25, fit-il remarquer. Il faudrait que je me mette en route.

— Paris ? m'écriai-je.

— C'est bien ce que j'ai dit, mon ami.

— Vous allez à Paris ? Mais pour quoi faire ?

Il répliqua, très sérieux :

— Pour chercher l'assassin de M. Renauld.

— Vous pensez qu'il est à Paris ?

— Je suis certain au contraire qu'il n'y est pas. Et pourtant, c'est bien là qu'il faut le chercher. Je vous expliquerai tout cela en temps voulu. Croyez-moi, ce voyage à Paris est tout à fait nécessaire. Je ne resterai pas absent longtemps. Je serai sans doute de retour dès demain. Je ne vous propose pas de m'accompagner : restez ici, et gardez un œil sur Giraud. Vous pouvez également cultiver la société de M. Renauld fils.

— A ce propos, dis-je, je voulais justement vous demander comment vous saviez, pour ces deux-là ?

— Mon ami, je connais la nature humaine. Mettez ensemble un beau garçon comme le jeune Renauld et une splendide jeune fille comme Mlle Marthe, et vous pouvez être certain du résultat. Et puis, la dispute ! C'était soit à propos d'argent, soit à propos d'une femme. En réfléchissant à la description que m'avait faite Léonie de la colère du jeune homme, j'ai opté pour la deuxième solution. Ce n'était qu'une supposition — mais elle s'est révélée juste.

— Vous soupçonniez déjà qu'elle aimait le jeune Renauld ?

Poirot eut un sourire.

— En tout cas, j'ai vu qu'il y avait de l'inquiétude dans ses yeux. C'est toujours de cette façon que je me représente Mlle Daubreuil : une jeune fille aux yeux inquiets.

Sa voix était grave, et je me sentis soudain mal à l'aise.

— Que voulez-vous dire par là, Poirot ?

— Mon ami, je crois bien que nous le saurons avant peu. Mais il faut que j'y aille.

— Je vais vous accompagner au train, dis-je en me levant.

— Vous ne ferez rien de ce genre. Je vous l'interdis.

Son ton était si péremptoire que j'en restai sans voix.

— Je parle sérieusement, mon ami, fit-il avec énergie. Au revoir.

Après que Poirot m'eut quitté, je me sentis désœuvré. Je descendis sans me presser jusqu'à la plage et je contemplai les baigneurs, sans trouver le courage de me joindre à eux. Cendrillon s'ébattait peut-être là, dans un maillot sensationnel, mais je ne la vis nulle part. J'errai sans but jusqu'au bout de la ville. Après tout, si j'allais la voir ce ne serait que pure politesse de ma part, et cela m'éviterait bien des ennuis par la suite. Il n'en serait plus jamais question, et je n'aurais plus à me soucier d'elle. Mais si je n'y allais pas, elle risquait de venir à la villa.

En conséquence, je tournai le dos à la plage et m'enfonçai dans la ville. Je trouvai bientôt l'*Hôtel du Phare*, bâtisse plutôt minable. J'étais gêné de ne même pas connaître le nom de la dame de mes pensées. Pour sauver ma dignité, je décidai d'entrer et de jeter un coup d'œil dans le hall. Elle n'y était pas. J'attendis un certain temps, puis perdant patience, je pris le concierge à part et lui glissai cinq francs dans la main.

— Je voudrais voir une dame qui est descendue

ici. Une jeune Anglaise, petite et brune. Je ne suis pas sûr de son nom.

L'homme secoua la tête et parut réprimer un sourire.

— Nous n'avons aucune dame qui corresponde à cette description.

— Mais elle m'a indiqué cet hôtel !

— Monsieur a dû se tromper — ou plutôt c'est la jeune dame qui a dû se tromper, vu qu'un autre monsieur est déjà venu la demander.

— Que dites-vous ? m'exclamai-je, stupéfait.

— Mais oui, monsieur. Un monsieur qui l'a décrite exactement comme vous venez de le faire.

— A quoi ressemblait-il ?

— Un monsieur de petite taille, bien mis, bien propre, impeccable, avec une moustache très raide, une tête d'une drôle de forme et des yeux verts.

Poirot ! C'était pour cela qu'il avait refusé que je l'accompagne à la gare ! Quel culot ! À son retour, je le prierai vertement de se mêler de ses propres affaires. S'imaginait-il que j'avais besoin d'une nurse, comme un bébé ?

Je remerciai le concierge et m'en fus, un peu décontenancé et toujours furieux contre mon trop curieux ami.

Mais où donc était passée la jeune fille ? J'oubliai un peu ma colère pour examiner ce problème. À l'évidence, elle s'était trompée en me donnant le nom de son hôtel. Puis une autre idée me frappa soudain. S'était-elle vraiment trompée ? Ou m'avait-elle délibérément caché son nom et donné une fausse adresse ?

Plus j'y réfléchissais, et plus j'étais convaincu que ma deuxième supposition était la bonne. Pour une raison quelconque, elle n'avait pas voulu que nos rapports se transforment en amitié. Et bien qu'une demi-heure plus tôt j'eusse partagé ce point de vue, il m'était très désagréable de voir la situation se retourner contre moi. Toute cette affaire était profondément déplaisante et je regagnai la villa

Geneviève de fort mauvaise humeur. Au lieu d'aller jusqu'à la maison, j'empruntai le petit sentier et j'allai m'asseoir sur le banc qui faisait face à la mer, près de la remise.

Je fus tiré de mes pensées par des voix qui venaient du jardin de la villa Marguerite et qui se rapprochaient rapidement. Celle d'une jeune fille d'abord, que je reconnus aussitôt : c'était la belle Marthe Daubreuil.

— C'est bien vrai, mon chéri ? disait-elle. Tous nos ennuis sont terminés ?

— Tu le sais bien, Marthe, répondit Jack Renauld. Rien ne peut plus nous séparer, mon amour. Le dernier obstacle à notre union a disparu. Rien ne peut plus t'enlever à moi.

— Plus rien ? murmura la jeune fille. Oh ! Jack, Jack, j'ai peur !

Je m'apprêtai à m'éloigner, gêné par mon involontaire indiscrétion. En me levant, je les aperçus à travers un trou de la haie. Ils me faisaient face, le jeune homme avait passé un bras autour des épaules de la jeune fille, et ils se regardaient intensément. Ils formaient un couple splendide, cet athlétique garçon aux cheveux noirs et cette jeune déesse blonde. Faits l'un pour l'autre et heureux en dépit de la terrible tragédie qui pesait sur leurs jeunes vies.

Mais le visage de la jeune fille restait sombre. Son compagnon dut s'en apercevoir, car il dit en la serrant plus fort contre lui :

— De quoi as-tu peur, ma chérie ? Qu'avons-nous à craindre, à présent ?

Alors je vis dans ses yeux l'expression dont parlait Poirot, et elle dit tout bas, si bas que je distinguai à peine ses paroles :

— J'ai peur... Pour toi.

Je n'entendis pas la réponse du jeune Renauld, l'attention soudain attirée par une forme étrange un peu plus loin dans la haie : un buisson aux feuilles jaunies, ce qui était pour le moins étrange en ce début d'été. Je m'avançai dans cette direction pour voir ça de plus près, mais à mon approche, le buisson recula précipitamment et m'enjoignit le silence en mettant un doigt sur ses lèvres. C'était Giraud.

Prudemment, il me conduisit de l'autre côté de la remise, hors de portée d'oreille.

— Que faisiez-vous là ? demandai-je.

— Exactement la même chose que vous : j'écoutais.

— Mais moi, je ne le faisais pas exprès !

— Ah ! dit Giraud. Eh bien moi, si.

Une fois de plus, je ne pus m'empêcher de l'admirer, malgré l'antipathie qu'il m'inspirait. Il m'examinait de la tête aux pieds, mécontent et vaguement méprisant.

— Votre arrivée n'était pas des plus heureuses, et le moins qu'on puisse dire, c'est qu'elle n'a pas arrangé mes affaires : ce que je m'apprêtais à surprendre était sans doute fort instructif. Enfin, passons. Qu'avez-vous fait de votre vieux fossile ?

— M. Poirot est allé à Paris, répliquai-je froidement.

Giraud claqua des doigts d'un air dédaigneux.

— A Paris, hein ? Ça, au moins, c'est une bonne chose. Qu'il y reste le plus longtemps possible. Mais qu'est-ce qu'il s'imagine pouvoir trouver là-bas ?

Je crus discerner une pointe d'inquiétude dans cette question. Je me redressai dignement.

— Je ne suis pas autorisé à vous le dire.

Giraud me jeta un regard perçant.

— Il a sans doute assez de bon sens pour ne pas vous l'avoir dit non plus, répliqua-t-il grossièrement. Bonsoir. J'ai à faire.

Et là-dessus, il tourna les talons et me planta là sans autre forme de procès.

Tout paraissait calme à la villa Geneviève. À l'évidence, Giraud se passait fort bien de ma compagnie, et d'après ce que j'avais vu, Jack Renauld s'en passait encore mieux.

Je retournai donc à Merlinville et allai me baigner

avant de rentrer à l'hôtel. Je me couchai tôt, en me demandant ce que nous réservait le lendemain.

En réalité, j'étais loin de me douter de ce qui nous attendait. J'étais en train de prendre mon petit déjeuner dans la salle à manger, quand le garçon, qui parlait dehors avec quelqu'un, rentra précipitamment, les yeux hors de la tête. Il hésita un instant, tritura sa serviette, puis se jeta à l'eau :

— Monsieur voudra bien me pardonner, mais il travaille sur l'affaire de la villa Geneviève, je crois ?

— En effet. Pourquoi ?

— Monsieur n'est donc pas au courant ?

— Au courant de quoi ?

— Il y a eu un autre meurtre là-bas la nuit dernière !

— Quoi ?

Plantant là mon déjeuner, je saisis mon chapeau au vol et courus aussi vite que je pus. Un autre meurtre — et Poirot était absent ! Une vraie fatalité. Mais qui donc avait été tué ?

J'arrivai comme une bombe à la grille. Un groupe de domestiques parlait haut et gesticulait dans l'allée. Je saisis la vieille Françoise par le bras.

— Que s'est-il passé ?

— Oh, monsieur ! C'est terrible ! Encore un meurtre ! Il y a une malédiction sur cette maison, oui, c'est bien ce que je dis, une malédiction ! Il faut faire venir M. le curé avec de l'eau bénite. Je ne passerai pas une nuit de plus sous ce toit. Qui sait ?... Ça pourrait bien être mon tour, la prochaine fois, qui sait ?

Elle se signa.

— Oui, oui, m'écriai-je, mais qui a été tué ?

— Est-ce que je sais, moi ? Un homme, un étranger. Ils l'ont trouvé là-bas, dans la cabane à outils, à cent mètres même pas de l'endroit où ils ont trouvé ce pauvre Monsieur. Mais ce n'est pas tout. Il a été poignardé en plein cœur, monsieur, et avec le même poignard !

14

LE SECOND CADAVRE

Sans en écouter davantage, je tournai les talons et pris en courant le sentier qui menait à la remise. Les deux agents de police s'effacèrent pour me laisser passer et je m'y engouffrai.

Il faisait sombre dans cette cabane, une grossière construction en bois où l'on rangeait les vieux pots et les instruments de jardinage. J'étais entré en courant mais je m'arrêtai net, fasciné par le spectacle qui s'offrait à moi.

Giraud était à quatre pattes et, à l'aide d'une torche, il inspectait minutieusement le sol. Il fit une grimace en voyant quelqu'un entrer, puis il me reconnut et prit un air de condescendance amusée.

— Il est là-bas, dit-il en braquant sa torche vers le fond de la remise.

Je m'approchai.

Le mort était étendu sur le dos. De taille moyenne, le teint basané, il pouvait avoir dans les cinquante ans. Il était correctement vêtu d'un costume bleu nuit assez usagé, mais qui sortait sans doute de chez un bon tailleur. Son visage était terriblement convulsé, et du côté gauche, juste au-dessus du cœur, un poignard était fiché, noir et brillant. Je le reconnus aussitôt : c'était le même que j'avais vu dans un bocal de verre le matin précédent !

— J'attends le médecin d'une minute à l'autre, m'expliqua Giraud. Ce n'est pas que nous ayons grand besoin de lui : la cause de la mort ne fait aucun doute. Il a été poignardé en plein cœur, et la mort a dû être presque instantanée.

— Quand a-t-il été tué ? Hier soir ?

Giraud secoua la tête.

— J'en doute. Je ne suis pas très ferré en matière de médecine légale, mais cet homme est mort depuis au moins douze heures. Quand dites-vous avoir vu ce poignard pour la dernière fois ?

— Vers 10 heures, hier matin.

— Alors, je pense que le crime a été commis peu après.

— Mais des gens n'ont cessé de passer et repasser devant cette cabane à outils !

Giraud eut un rire déplaisant.

— Vous faites des progrès étonnants ! Qu'est-ce qui vous dit qu'il a été tué ici ?

— Eh bien, je... c'est une supposition, dis-je, décontenancé.

— Ah, l'excellent détective ! Regardez le corps. Est-ce qu'un homme poignardé en plein cœur tombe comme ça, bien sagement, les jambes allongées et les bras le long du corps ? Non. Et est-ce qu'un homme couché sur le dos se laisse poignarder de face sans même lever une main pour se défendre ? Absurde, n'est-ce pas ? Mais regardez ici... Et ici...

Il dirigea sa torche sur le sol, et je distinguai des marques irrégulières dans la poussière.

— On l'a amené ici après l'avoir tué. Il a été en partie traîné, en partie porté par deux personnes. Ils n'ont pas laissé d'empreintes sur le sol dur dehors, et ils ont bien pris la précaution de les effacer ici ; mais quand même, l'un des deux était une femme, mon jeune ami.

— Une femme ?

— Parfaitement.

— Mais comment le savez-vous, puisqu'ils ont effacé leurs empreintes ?

— Parce que même à moitié effacées, on reconnaît toujours les traces d'une chaussure féminine. Et aussi à cause de ça.

Et, se penchant, il tira quelque chose du manche du poignard qu'il tint devant mes yeux. C'était un long cheveu de femme, un cheveu noir semblable à celui que Poirot avait trouvé au fond du fauteuil, dans le bureau de Renauld.

Avec un petit sourire ironique, il l'enroula de nouveau autour du poignard.

— Laissons les choses en l'état, autant que faire se peut. Cela fait plaisir au juge d'instruction. Bon, vous n'avez rien remarqué d'autre ?

Je fus forcé d'avouer que non.

— Regardez ses mains.

Je les regardai. Elles étaient calleuses, avec des ongles cassés et décolorés. Tout cela ne m'éclairait pas autant que je l'eusse souhaité et je lançai un regard interrogateur à Giraud.

— Ce ne sont pas les mains d'un monsieur, dit Giraud en réponse à ma question muette. Et pourtant, il porte un costume d'homme riche. C'est pour le moins curieux, n'est-ce pas ?

— Très curieux, en effet.

— Et son linge n'est pas marqué. Qu'est-ce que cela nous apprend ? Que cet homme essayait de se faire passer pour quelqu'un d'autre. Il était déguisé. Pourquoi ? Craignait-il quelque chose ? Essayait-il d'échapper à un danger sous ce déguisement ? Nous ne le savons pas encore, mais une chose est sûre : il était aussi soucieux de dissimuler son identité que nous de la découvrir !

Son regard revint se poser sur le corps.

— Comme pour le premier, il n'y a aucune empreinte sur le poignard. Là aussi, l'assassin portait des gants.

— Vous pensez donc qu'il s'agit du même meurtrier ?

Giraud prit un air impénétrable.

— Ne vous occupez pas de ce que je pense. Nous verrons bien. Marchaud !

Le sergent de ville apparut.

— Monsieur l'inspecteur ?

— Pourquoi Mme Renauld n'est-elle pas encore là ? Je l'ai envoyé chercher il y a un quart d'heure.

— Elle arrive, justement, monsieur l'inspecteur, et son fils l'accompagne.

— Bien. Mais ne les faites pas entrer ensemble.

Marchaud salua et disparut. Il revint une minute plus tard, accompagné de Mme Renauld.

Giraud s'avança et la salua d'une sèche inclinaison de la tête.

— Par ici, madame.

Il la conduisit au fond de la cabane et s'écarta brusquement :

— Voici l'homme, dit-il. Le reconnaissez-vous ?

Il ne la quittait pas des yeux, cherchant à lire dans ses pensées et à surprendre la moindre altération de ses traits.

Mais Mme Renauld demeura parfaitement calme — trop calme, à mon avis. Elle contempla le corps sans manifester d'intérêt, en tout cas sans se troubler et sans avoir l'air de le reconnaître.

— Non, dit-elle finalement. Je n'ai jamais vu cet homme de ma vie. Il m'est totalement inconnu.

— Vous en êtes sûre ?

— Tout à fait certaine.

— Vous ne reconnaissez pas en lui un de vos agresseurs, par exemple ?

— Non.

Elle parut hésiter, comme frappée par une idée soudaine.

— Non, je ne le pense pas. Bien sûr, ils portaient des barbes — fausses, d'ailleurs, s'il faut en croire le juge d'instruction. Mais même comme ça... Non, il ne ressemble à aucun des deux, ajouta-t-elle d'un ton catégorique cette fois.

— Bien, madame. Ce sera tout.

Elle sortit la tête droite, ses cheveux argentés brillant au soleil. Jack Renauld lui succéda. Il déclara à son tour, d'un air fort naturel, n'avoir jamais vu cet homme.

Giraud se contenta de grommeler vaguement. Je n'aurais pu dire s'il était déçu ou non. Il appela de nouveau Marchaud.

— L'autre est ici ?

— Oui, monsieur l'inspecteur.

— Alors, faites-la entrer.

« L'autre », comme disait Giraud était Mme Daubreuil. Elle entra d'un air indigné, en protestant avec véhémence.

— Je proteste, monsieur ! C'est un scandale ! Qu'ai-je à faire avec tout ceci ?

— Madame, dit brutalement Giraud, j'enquête non plus sur un meurtre, mais sur deux ! Pour autant que je sache, vous avez pu commettre les deux.

— Comment osez-vous ? s'écria-t-elle. Comment osez-vous me faire l'insulte d'une accusation aussi grave ? C'est infâme !

— Infâme, vraiment ?

Il alla reprendre le cheveu sur le poignard et le tint entre le pouce et l'index.

— Vous voyez ceci, madame ? (Il fit un pas vers elle.) Vous permettez que je compare ?

Elle poussa un cri et se rejeta en arrière, les lèvres blêmes.

— C'est faux, je le jure ! Je ne sais rien sur ce crime — ni sur l'autre. Quiconque affirme le contraire est un menteur ! Mon Dieu ! Mais que puis-je faire ?

— Calmez-vous, madame, dit froidement Giraud. Personne ne vous accuse encore. Mais vous feriez mieux de répondre à mes questions sans faire plus de manières.

— Tout ce que vous voudrez, monsieur.

— Regardez le mort. Avez-vous déjà vu cet homme ?

Tandis qu'un peu de couleur revenait à ses joues, Mme Daubreuil s'approcha et contempla le cadavre avec une certaine curiosité. Puis elle secoua la tête :

— Je ne le connais pas.

Il semblait impossible de mettre sa parole en doute : les mots étaient sortis si naturellement... Giraud la renvoya d'un signe de tête.

— Vous la laissez partir ? lui demandai-je à voix basse. Est-ce raisonnable ? On dirait bien que ce cheveu noir lui appartient.

— Je n'ai pas besoin qu'on m'apprenne mon métier, dit Giraud d'un ton sec. Elle est sous surveillance constante et je n'ai pas l'intention de l'arrêter pour l'instant.

Il contempla de nouveau le corps, les sourcils froncés.

— Diriez-vous que cet homme a le type espagnol ? demanda-t-il soudain.

Je l'examinai attentivement.

— Non, décrétai-je enfin. Je dirais plutôt qu'il a l'air d'un Français.

Giraud poussa un grognement de mécontentement.

— Moi aussi !

Il resta planté là un moment, puis m'écartant d'un geste autoritaire, il se remit à quatre pattes et reprit ses investigations. Il était extraordinaire. Rien ne lui échappait. Il inspectait le sol centimètre par centimètre, retournant des pots, examinant de vieux sacs. Il ramassa un tas de chiffons près de la porte, mais il ne s'agissait que d'un vieux manteau et d'un pantalon sur lesquels il ne s'attarda pas. Deux paires de vieux gants ne retinrent pas non plus son attention. Puis, revenant aux pots, il les retourna l'un après l'autre, méthodiquement. Il finit par se remettre debout l'air déçu et perplexe. Je crois qu'il avait totalement oublié ma présence.

C'est alors qu'on entendit un remue-ménage à l'extérieur, et notre vieil ami le juge d'instruction, flanqué de son greffier et de M. Bex, entra très affairé, le médecin légiste sur ses talons.

— C'est inimaginable, monsieur Giraud ! s'exclama le magistrat. Un autre crime ! Ah ! Nous ne sommes pas encore au bout de nos peines ! Il y a là un profond mystère ! Qui est la victime, cette fois-ci ?

— C'est justement ce que personne n'est en mesure de nous dire, monsieur. Le cadavre n'a pas encore été identifié.

— Où est le corps ? demanda le médecin légiste.

Giraud se poussa un peu de côté.

— Dans le coin, là-bas. Il a été poignardé en plein cœur, comme vous pouvez le constater. Et avec le poignard volé hier matin. Je suppose que le meurtre a suivi de peu le vol — mais c'est à vous de vous prononcer là-dessus. Vous pouvez manipuler le poignard, il ne porte aucune empreinte.

Le médecin s'accroupit près du corps, et Giraud se tourna vers le juge d'instruction.

— Un beau petit problème, n'est-ce pas ? Mais vous verrez, je le résoudrai.

— Alors comme ça, personne ne peut l'identifier ? dit pensivement le magistrat. Pourrait-il être l'un des assassins ? Ils ont peut-être réglé leurs comptes entre eux...

Giraud avait l'air dubitatif.

— Cet homme est français, j'en mettrais ma tête à couper.

Mais il fut interrompu par le médecin, toujours accroupi et qui paraissait perplexe.

— Vous pensez qu'il a été tué hier matin ?

— J'ai dit ça en fonction du vol du poignard, expliqua Giraud. Mais il peut fort bien avoir été tué plus tard dans la journée.

— Plus tard dans la journée ? Balivernes ! Cet homme est mort depuis au moins quarante-huit heures, et sans doute depuis plus longtemps encore.

Nous nous regardâmes en silence, abasourdis.

15

Une photographie

La déclaration du médecin était si stupéfiante que nous restâmes un moment sans voix. Il y avait là un homme assassiné avec un poignard dont nous savions qu'il avait été volé vingt-quatre heures auparavant, et pourtant le Dr Durand nous assurait formellement que sa mort remontait à quarante-huit heures au moins ! Toute l'affaire prenait une allure fantastique.

A peine étions-nous remis de notre stupeur que l'on apporta un télégramme pour moi : l'hôtel l'avait fait suivre à la villa. Je l'ouvris en hâte. Poirot m'annonçait son retour à Merlinville par le train de 12 h 28.

Consultant ma montre, je m'aperçus que j'avais tout juste le temps d'aller l'accueillir à la gare. Le plus urgent était de lui communiquer sans délai la nouvelle tournure que venait de prendre l'affaire.

A l'évidence, Poirot n'avait pas eu de grandes difficultés à trouver ce qu'il était allé chercher à Paris. La promptitude de son retour en était la meilleure preuve : quelques heures à peine lui avaient suffi. Je me demandai comment il accueillerait les nouvelles sensationnelles que j'avais à lui communiquer.

Le train avait quelques minutes de retard. J'arpentais le quai, désœuvré, quand il me vint l'idée d'aller poser quelques questions sur les voyageurs qu'on avait vus le soir du drame.

Je m'approchai du porteur, un homme au visage intelligent et ouvert, et n'eus aucune difficulté à amener la conversation sur le sujet. C'était une honte pour la police, affirma-t-il sans mâcher ses mots, que tant de brigands et d'assassins puissent ainsi courir impunément les routes. Comme je suggérai qu'ils étaient peut-être repartis par le dernier train, il repoussa cette idée avec la plus grande énergie. Il n'y avait guère eu qu'une vingtaine de voyageurs au train de minuit, et il aurait forcément remarqué la présence de deux étrangers.

Je ne sais pas ce qui me poussa à poser la question suivante, peut-être la profonde angoisse que j'avais perçue dans le ton de Marthe Daubreuil. En tout cas, je demandai abruptement :

— Et le jeune M. Renauld, il n'a pas pris ce train, lui non plus ?

— Ah ! non, monsieur. Arriver pour repartir au bout d'une demi-heure, ça n'aurait vraiment pas été drôle pour lui.

Effaré, je le regardai, sans saisir d'abord le sens de ses paroles. Puis je compris :

— Vous voulez dire, demandai-je le cœur battant, que M. Jack Renauld est arrivé ce soir-là à Merlinville ?

— Mais oui, monsieur. Par le dernier train, celui de 23 h 50.

Tout se mit à tourbillonner dans ma tête. Telle était donc la raison de la poignante inquiétude de Marthe Daubreuil. Jack Renauld était à Merlinville le soir du crime. Mais pourquoi ne pas l'avoir dit ? Pourquoi nous avoir fait croire qu'il était resté à Cherbourg ? Je revoyais le visage franc et ouvert du garçon, et j'avais du mal à l'imaginer mêlé à ce meurtre. Mais alors, pourquoi ce silence de sa part sur un point d'une importance cruciale ? Une chose était certaine, c'est que Marthe Daubreuil l'avait toujours su. D'où son inquiétude, et ses questions angoissées au sujet d'éventuels suspects.

Le train entra en gare, interrompant mes cogitations, et j'allai accueillir Poirot. Le petit homme rayonnait. Il gesticulait, vociférait, et même, oubliant ma réserve toute britannique, il me gratifia d'une chaleureuse accolade au beau milieu du quai.

— J'ai réussi, mon cher ami, bien au-delà de mes espérances !

— Vraiment ? Vous m'en voyez ravi. Et vous connaissez les dernières nouvelles de Merlinville ?

— Comment voulez-vous que je les connaisse ? Il y a du nouveau ? Ce brave Giraud a procédé à une arrestation ? Deux, peut-être ? Ah ! Mais il va voir de quel bois je me chauffe, celui-là ! Mais où m'emmenez-vous, mon ami ? Nous n'allons pas à l'hôtel ? Il faut absolument que j'arrange un peu mes moustaches, elles sont dans un état déplorable, avec cette chaleur. Et mon manteau doit être plein de poussière. Sans compter ma cravate, qui est de travers, je suppose ?

Je coupai court à ses protestations.

— Mon cher Poirot, laissez cela pour l'instant. Nous devons retourner à la villa sur-le-champ. Il y a eu un second meurtre !

De ma vie, je n'avais vu un homme aussi stupéfait. Il ouvrit la bouche et me contempla, la mâchoire pendante. Toute joie semblait l'avoir abandonné. Il me regardait d'un air hébété.

— Que dites-vous ? Un second meurtre ? Mais alors, je me suis trompé sur toute la ligne ! J'ai échoué ! Giraud peut se moquer de moi à son aise, il aura bien raison !

— Vous ne vous y attendiez pas, alors ?

— Moi ? Jamais de la vie. Cela démolit de fond en comble toute ma théorie, cela... Ah, et puis non !

Il s'arrêta net et se frappa la poitrine.

— C'est impossible. Je ne peux pas me tromper. Les faits, considérés avec méthode et dans le bon ordre, n'admettent qu'une explication et une seule. Je dois avoir raison. Et d'ailleurs, j'ai raison !

— Mais alors...

— Attendez, mon ami. J'ai forcément raison, et donc ce nouveau meurtre est impossible, à moins que... Oh ! attendez un moment, je vous en supplie. Ne dites rien.

Il se concentra en silence pendant quelques instants, puis il reprit son ton habituel et dit d'un air tranquille et assuré :

— La victime est un homme d'âge moyen. On a trouvé son corps dans la cabane à outils, tout près du théâtre du premier crime, et il est mort depuis quarante-huit heures au moins. Il est probable qu'il a été poignardé, tout comme M. Renauld, mais pas forcément dans le dos.

Ce fut à mon tour de rester bouche bée. Depuis que je connaissais Poirot, c'était bien la déduction la plus stupéfiante que je l'avais vu faire. Aussitôt, un doute me traversa l'esprit :

— Poirot, m'écriai-je, vous vous moquez de moi ! On vous a déjà tout raconté.

Il me regarda d'un air de profond reproche.

— Croyez-vous que je ferais une chose pareille ? Je vous assure que personne ne m'a soufflé mot de tout ça. D'ailleurs, vous avez pu voir le choc que m'a causé cette nouvelle.

— Mais alors, comment diable pouvez-vous le savoir ?

— Alors, j'ai raison ? J'en étais sûr ! Les petites cellules grises, mon ami, les petites cellules grises ! Ce sont elles qui me l'ont dit. C'est dans ces conditions, et pas autrement, qu'il pouvait y avoir un second meurtre. Et maintenant, racontez-moi tout. Passons par ici : nous prendrons un raccourci à travers le golf qui nous amènera directement derrière la villa Geneviève.

Nous empruntâmes le sentier qu'il indiquait et, tout en marchant, je lui racontai ce que je savais. Poirot écoutait avec la plus grande attention.

— Vous dites que le poignard était resté fiché dans la blessure ? Ça, c'est curieux. Etes-vous sûr qu'il s'agit bien du même ?

— Je suis formel sur ce point. C'est bien ce qui rend la chose impossible.

— Rien n'est impossible. Il peut exister deux poignards.

Je levai les sourcils.

— Mais c'est quand même hautement improbable ! Ce serait une coïncidence vraiment stupéfiante.

— Vous parlez sans réfléchir, Hastings, comme toujours. Dans certains cas, l'existence de deux armes identiques serait en effet hautement improbable. Mais pas ici. L'arme en question était un souvenir de guerre qui a été fabriqué sur l'ordre de Jack Renauld. Ce qui est fort peu probable, en fait, c'est qu'il n'en ait fait faire qu'une seule. Il en a sans doute conservé une autre pour son usage personnel.

— Mais personne n'a jamais mentionné ce fait, objectai-je.

— Mon ami, reprit Poirot sur son ton de conférencier, quand on travaille sur une affaire, on ne s'intéresse pas uniquement aux faits qui nous sont « mentionnés ». Il n'y a souvent aucune raison de mentionner certains faits qui peuvent avoir leur importance. De même, il y a souvent une excellente raison pour ne pas les mentionner. A vous de choisir.

Je restai silencieux, impressionné malgré moi. Quelques minutes plus tard, nous étions parvenus à la remise. Nous retrouvâmes toutes nos connaissances et, après un bref échange de civilités, Poirot se mit au travail.

Ayant déjà vu Giraud à la tâche, je considérai Poirot avec grand intérêt. Il se contenta d'embrasser la cabane à outils d'un bref coup d'œil. La seule chose qu'il examina avec attention fut le tas de vêtements près de la porte. Giraud eut un petit sourire de dédain et Poirot, comme s'il l'avait remarqué, laissa retomber le manteau et le pantalon.

— De vieux vêtements du jardinier ? demanda-t-il.

— Exactement, dit Giraud.

Poirot s'agenouilla près du corps. Ses gestes étaient rapides et méthodiques. Il examina la texture des vêtements et constata par lui-même que le linge n'était pas marqué. Il soumit les chaussures et les ongles cassés à une inspection particulièrement attentive. Tout en examinant ces derniers, il s'adressa à Giraud.

— Vous les avez vus ?

— Oui, je les ai vus, répliqua l'autre, le visage impénétrable.

Poirot se raidit soudain.

— Docteur Durand !

— Oui ? répondit le médecin en s'approchant.

— Il a de l'écume aux lèvres. Vous l'avez remarqué ?

— Je dois reconnaître que je n'y ai pas prêté attention.

— Mais vous le voyez, à présent ?

— Oh ! Certainement.

Poirot se tourna de nouveau vers Giraud.

— Vous, vous l'avez remarqué, évidemment ?

L'autre ne répondit rien et Poirot poursuivit son examen. On avait ôté le poignard de la blessure et on l'avait déposé dans un bocal en verre près du corps. Poirot inspecta l'arme, puis étudia attentivement la blessure. Quand il leva les yeux, j'y vis briller cette lueur verte que je connaissais si bien.

— Ça, c'est vraiment une blessure bizarre ! Elle n'a pas saigné, les vêtements sont indemnes, seule la lame du poignard est très légèrement tachée. Qu'en dites-vous, monsieur le docteur ?

— Que c'est tout à fait anormal.

— Ce n'est pas anormal du tout. C'est très clair, au contraire. Cet homme a été poignardé après sa mort.

Apaisant d'un geste les exclamations qui s'élevaient dans l'assistance, Poirot se retourna vers Giraud et ajouta :

— D'ailleurs, l'inspecteur Giraud est d'accord avec moi là-dessus, n'est-ce pas, monsieur l'inspecteur ?

Quelle qu'ait été la conviction profonde de Giraud, il acquiesça sans qu'un muscle de son visage ne bougeât. D'un ton calme, où perçait même une pointe de dédain, il répondit :

— Je suis tout à fait d'accord.

Cette déclaration souleva un nouveau murmure de surprise et d'intérêt.

— Quelle idée ! s'écria M. Hautet. Poignarder un homme après sa mort ! Mais c'est barbare ! Inouï ! Une haine sans merci, peut-être... ?

— Non, dit Poirot. J'incline à penser qu'on a

exécuté cela de parfait sang-froid, dans le but de créer une illusion.

— Quelle illusion ?

— Celle qu'on a bien failli réussir à créer, répliqua Poirot sur un ton d'oracle.

Pendant ce temps, M. Bex se livrait à ses propres réflexions.

— Alors, comment cet homme a-t-il été tué ?

— Il n'a pas été tué. Il est mort. Et mort, si je ne m'abuse, d'une crise d'épilepsie !

Cette dernière déclaration provoqua de nouveaux remous. Le Dr Durand s'accroupit encore et reprit son examen. Quand il se releva, il s'adressa à mon ami :

— Monsieur Poirot, j'incline à penser que votre affirmation est exacte. Je me suis trompé dès le départ. Le fait indéniable que cet homme avait été poignardé a distrait mon attention et m'a lancé sur une fausse piste.

Poirot fut le héros de l'heure. Le juge d'instruction ne lui ménagea pas ses compliments. Poirot lui répondit les choses les plus gracieuses, avant de prétexter que ni lui ni moi n'avions encore déjeuné et qu'après ce voyage il voulait réparer un peu le désordre de sa tenue. Alors que nous nous dirigions vers la porte, Giraud s'approcha de nous :

— Une dernière chose, monsieur Poirot, dit-il d'un ton suave et légèrement moqueur. Nous avons trouvé ceci enroulé autour du manche du poignard. C'est un cheveu de femme.

— Ah ! dit Poirot, un cheveu de femme ? De quelle femme, je me le demande ?

— Je me le demande aussi, dit Giraud.

Et après un léger salut, il s'en fut.

— C'est qu'il insistait, ce brave Giraud, dit pensivement Poirot tandis que nous marchions en direction de l'hôtel. Je me demande sur quelle piste il a l'intention de me lancer ? Un cheveu de femme, hein ?

Nous déjeunâmes de grand appétit, mais Poirot

me parut distrait. Dès que nous nous retrouvâmes dans notre salon privé, je le priai de me raconter par le menu son mystérieux voyage à Paris.

— Volontiers, mon ami. Je suis allé à Paris pour chercher ceci.

Et il sortit de sa poche une petite coupure de presse jaunie. C'était un portrait de femme. Il me la tendit, et je jetai une exclamation.

— Vous la reconnaissez ?

Bien que la photo remontât à plusieurs années et que la coiffure fût différente, la ressemblance était frappante.

— Mme Daubreuil ! m'exclamai-je.

— Ce n'est pas tout à fait exact, mon bon ami, rectifia Poirot avec un sourire. Elle ne portait pas ce nom-là, à l'époque. Vous avez devant vous une photographie de la fameuse Mme Beroldy !

Mme Beroldy ! En un éclair, tout me revint en mémoire. Le procès pour meurtre qui avait suscité un intérêt passionné dans le monde entier.

L'affaire Beroldy !

16

L'AFFAIRE BEROLDY

Une vingtaine d'années environ avant le début de notre histoire, M. Arnold Beroldy, natif de Lyon, débarquait à Paris avec sa jolie jeune femme et leur fillette qui n'était encore qu'un bébé. M. Beroldy était le plus jeune associé d'une firme de négociants en vins. C'était un homme d'âge moyen, assez fort, qui appréciait les bonnes choses de la vie, portait un dévouement sans bornes à sa charmante jeune épouse, et ne se distinguait en dehors de cela par aucune qualité remarquable. La firme pour laquelle il travaillait n'était pas très importante, et sans le laisser à proprement parler dans la misère, elle ne lui rapportait pas un bien gros revenu. Les Beroldy s'installèrent dans un petit appartement et vécurent d'abord sur un pied modeste.

Mais si M. Beroldy n'avait rien de remarquable, sa femme, elle, était pourvue d'une quantité de dons. Jeune et jolie, dotée en outre d'un charme singulier, Mme Beroldy fit bientôt sensation dans le quartier. Sa réputation grandit encore quand on se mit à chuchoter qu'un mystère entourait sa naissance. Des gens affirmaient qu'elle était la fille illégitime d'un grand-duc russe. D'autres prétendaient qu'elle était issue de l'union morganatique d'un archiduc autrichien. Mais toutes ces histoires s'accordaient au moins sur un point : Jeanne Beroldy était au cœur d'un passionnant mystère.

Les Beroldy comptaient parmi leurs amis et connaissances un jeune avocat du nom de Georges Conneau. Il fut bientôt évident pour tout le monde que la belle Jeanne l'avait ensorcelé. Mme Beroldy encouragea discrètement les avances du jeune homme, tout en continuant de clamer bien haut son entière dévotion à son mari. Néanmoins, il se trouva plus d'une méchante langue pour affirmer que Georges Conneau était son amant — et qu'il était loin d'être le seul !

Les Beroldy étaient installés à Paris depuis environ trois mois quand un nouveau personnage entra en scène. Il s'agissait de Mr Hiram P. Trapp, un Américain nanti d'une immense fortune. Présenté à la mystérieuse Mme Beroldy, il tomba bientôt sous le charme. Il ne dissimulait point son admiration, qui restait toutefois strictement platonique.

Vers cette époque, les confidences de Mme Beroldy se firent plus précises. Elle affirma à quelques amis qu'elle était très inquiète pour son mari. À l'entendre, il s'était laissé entraîner dans une conspiration d'ordre politique. Elle fit également allusion à d'importants papiers concernant un « secret » d'une importance capitale pour l'Europe entière. Ces papiers avaient été confiés à son mari pour égarer les recherches de ceux qui voulaient s'en emparer. Ayant reconnu parmi les suspects des membres importants du Cercle Révolutionnaire de Paris, Mme Beroldy était fort inquiète.

Le drame éclata le matin du 28 novembre. La femme de charge qui venait tous les jours s'occuper du ménage des Beroldy eut la surprise de trouver la porte de l'appartement grande ouverte. Entendant des gémissements dans la chambre à coucher, elle entra. Un terrible spectacle s'offrit à ses yeux : Mme Beroldy était couchée par terre, pieds et poings liés, geignant faiblement après avoir réussi à se débarrasser de son bâillon. Sur le lit, M. Beroldy était étendu dans une mare de sang, un poignard planté en plein cœur.

Le récit de Mme Beroldy fut assez clair. Réveillée en sursaut, elle avait vu deux hommes masqués penchés sur elle. Pour étouffer ses cris, ils l'avaient bâillonnée et ligotée. Ils avaient ensuite demandé à M. Beroldy de leur livrer le fameux « secret ».

Mais l'intrépide négociant en vins avait refusé tout net. Furieux, l'un des deux hommes lui avait aussitôt plongé un poignard dans le cœur. Puis, s'étant emparés des clés du mort, ils avaient ouvert le coffre-fort et étaient partis en emportant de nombreux documents. Les deux hommes portaient de grandes barbes et ils étaient masqués, mais Mme Beroldy affirma catégoriquement que c'étaient des Russes.

L'affaire fit sensation. Le temps passa, sans qu'on pût retrouver la trace des mystérieux barbus. Puis, au moment où le public commençait à oublier l'affaire, celle-ci connut un étonnant rebondissement : Mme Beroldy fut arrêtée et accusée du meurtre de son mari.

Le procès suscita un intérêt passionné. La jeunesse, la beauté de l'accusée, ainsi que son mystérieux passé, en firent une cause célèbre.

Il fut abondamment prouvé que les parents de Jeanne Beroldy étaient un simple couple d'épiciers, fort respectables au demeurant, installés dans les faubourgs de Lyon. Le grand-duc russe, les intrigues royales et les menées politiques — autant d'histoires qui sortaient tout droit de l'imagination de la jeune femme ! Implacable, l'accusation étala au grand jour tous les détails de sa vie privée. Il apparut que le meurtre avait pour mobile Mr Hiram P. Trapp. Celui-ci fit de son mieux pour défendre la jeune femme, mais, soumis à un interrogatoire serré, il fut forcé d'admettre qu'il l'aimait, et que, si elle avait été libre, il lui aurait demandé de l'épouser. Le fait que leurs relations fussent restées strictement platoniques ne fit que renforcer les charges contre l'accusée. Puisque ce riche Américain refusait, par droiture, de faire d'elle sa maîtresse, Jeanne Beroldy avait conçu le monstrueux projet de se débarrasser de son trop vieux et médiocre mari pour pouvoir convoler en justes noces avec lui.

Tout au long du procès, Mme Beroldy tint tête à ses accusateurs avec un exceptionnel sang-froid. Jamais elle ne varia dans ses déclarations et maintint jusqu'au bout qu'elle était d'origine royale et qu'on l'avait substituée à sa naissance à la fille d'un marchand de légumes. Aussi absurdes et peu fondées qu'aient pu être ces déclarations, il se trouva beaucoup de gens pour leur accorder crédit.

Mais l'instruction fut sans pitié. Elle dénonça les « Russes » masqués comme une pure fable, et affirma que le meurtre avait été commis par Mme Beroldy et son amant, Georges Conneau. Un mandat d'arrêt fut lancé contre lui, mais il avait eu la sagesse de disparaître. Il fut démontré que les cordes qui ligotaient Mme Beroldy étaient si lâches qu'elle aurait pu s'en libérer seule sans aucun mal.

Et puis, vers la fin du procès, une lettre postée de Paris parvint au procureur de la République. Elle émanait de Georges Conneau et contenait une confession complète : sans révéler l'endroit où il se trouvait, Georges Conneau s'avouait coupable du meurtre. Il déclarait avoir porté lui-même le coup fatal à l'instigation de Mme Beroldy. Ils avaient conçu l'assassinat ensemble. Convaincu que son mari la maltraitait, et aveuglé par une passion qu'il croyait payée de retour, il avait prémédité le crime et porté le coup qui devait délivrer d'un odieux esclavage la femme qu'il aimait. Il venait de découvrir l'existence de Mr Hiram P. Trapp, et de comprendre que sa maîtresse l'avait trahi. Ce n'était pas par amour pour lui qu'elle souhaitait être libre, mais pour pouvoir épouser un riche Américain ! Elle s'était servie de lui comme d'un simple instrument et à présent, fou de jalousie, il se retournait contre elle et la dénonçait à son tour, déclarant qu'il avait agi à son instigation.

Ce fut alors que Mme Beroldy montra quelle femme remarquable elle était. Sans la moindre hésitation, elle abandonna son premier système de défense et reconnut que les « Russes » masqués étaient une pure invention de sa part. Georges Conneau était bien le véritable assassin. Il avait commis ce crime, aveuglé par sa passion pour elle, en lui jurant que si elle le dénonçait, sa vengeance serait terrible. Terrifiée par ses menaces, elle avait consenti à se taire ; de plus, elle craignait d'être accusée de complicité si elle révélait le nom du véritable coupable. Mais elle n'avait plus jamais voulu revoir l'assassin de son mari, et c'était pour se venger de son attitude qu'il l'accusait aujourd'hui. Elle jura solennellement qu'elle était innocente de toute préméditation et que, au cours de cette nuit mémorable, elle s'était simplement réveillée pour trouver Georges Conneau penché sur elle, le poignard, taché du sang de son mari, encore à la main.

L'issue de l'affaire se joua à fort peu de chose. Le récit de Mme Beroldy était à peine croyable, mais son appel au jury fut un chef-d'œuvre d'éloquence. Les joues inondées de larmes, elle parla de son enfant, de son honneur de femme, de son désir de garder sa réputation intacte pour l'amour de sa fille. Elle admettait que, Georges Conneau ayant été son amant, on pouvait la tenir pour moralement responsable de ce crime, et qu'elle avait commis une faute grave en ne dénonçant pas l'assassin. Mais elle déclara d'une voix brisée qu'aucune femme n'aurait voulu dénoncer son amant. Elle l'avait aimé ! Pouvait-elle prendre l'initiative de l'envoyer à la guillotine ? Certes elle était grandement coupable, mais — elle le jurait devant Dieu ! — innocente du terrible crime qu'on lui imputait.

Quelle qu'ait pu être la vérité, son éloquence et son charme l'emportèrent. Au cours d'une séance inoubliable, dans un tumulte et une émotion indescriptibles, Mme Beroldy fut en fin de compte acquittée.

Malgré tous les efforts de la police, Georges Conneau ne fut jamais retrouvé. Quant à Mme Beroldy, on n'entendit plus parler d'elle. Emmenant sa fille, elle avait quitté Paris pour recommencer une nouvelle vie.

17

OÙ NOUS POURSUIVONS NOS RECHERCHES

Je viens d'exposer l'affaire Beroldy dans son entier. Il va sans dire que les détails ne me revinrent pas aussitôt dans cet ordre. Néanmoins, je gardais un souvenir assez précis de cette affaire. Elle avait suscité un immense intérêt à l'époque, et les journaux anglais en avaient largement rendu compte, de sorte que je n'eus pas à faire un grand effort de mémoire pour en retrouver les faits les plus marquants.

Sous le coup de l'émotion, il me parut que l'affaire

Beroldy éclairait toute l'affaire Renauld. Il faut admettre que je suis très impulsif, et Poirot a coutume de déplorer ma façon de tirer trop vite les conclusions. Mais il me semble que, dans ce cas, j'avais quelques excuses. Cette découverte justifiait totalement le point de vue de Poirot, et c'est ce qui me frappa tout d'abord.

— Toutes mes félicitations, Poirot. J'y vois clair, à présent.

Poirot alluma une de ses minuscules cigarettes avec sa précision habituelle.

— Eh bien, mon ami, puisque vous y voyez clair, dites-moi ce que vous voyez au juste ?

— Que c'est Mme Daubreuil, ou Beroldy, qui a assassiné M. Renauld. La similitude entre les deux affaires en est la preuve absolue.

— Vous estimez donc que Mme Beroldy a été acquittée à tort, et qu'elle était coupable de complicité dans le meurtre de son mari ?

J'écarquillai les yeux.

— Mais bien sûr ! Pas vous ?

Poirot remit machinalement une chaise en place et finit par dire d'un ton pensif :

— Oui, c'est mon opinion. Mais cela n'a rien d'évident, mon ami. Juridiquement parlant, Mme Beroldy est innocente.

— Du premier crime, peut-être. Pas de celui-ci.

Poirot vint se rasseoir près de moi et me regarda d'un air plus pensif encore.

— Votre opinion est faite, alors, Hastings ? C'est bien Mme Daubreuil qui a assassiné M. Renauld ?

— Oui.

— Et pourquoi ?

La brutalité de la question me déconcerta un moment.

— Pourquoi ? bredouillai-je. Pourquoi ? Eh bien, parce que...

Je restai court. Poirot secoua la tête.

— Vous voyez, vous vous heurtez aussitôt à une difficulté. Pourquoi Mme Daubreuil — je l'appellerai ainsi par commodité — aurait-elle assassiné M. Renauld ? Je ne peux lui trouver l'ombre d'un mobile. Elle ne tire aucun profit de sa mort ; qu'elle ait été sa maîtresse ou son maître chanteur, elle y perd dans les deux cas. Il n'y a jamais de meurtre sans mobile. Pour le premier assassinat, c'était une autre histoire : il y avait un riche amant en jeu, prêt à prendre la place laissée toute chaude par le mari.

— L'argent n'est pas l'unique mobile de tous les meurtres, objectai-je.

— C'est juste, approuva placidement Poirot, il en existe encore deux. Le crime passionnel en est un autre. Le dernier est encore plus rare, c'est le meurtre pour une idée, qui suppose le plus souvent un certain dérangement mental chez le meurtrier. La manie homicide et le fanatisme religieux appartiennent également à cette catégorie, que nous pouvons écarter d'office dans l'affaire qui nous intéresse.

— Mais que dites-vous du crime passionnel ? Pouvez-vous l'écarter, lui aussi ? Si Mme Daubreuil était la maîtresse de Renauld et qu'elle a senti chez lui un refroidissement, ou si sa jalousie a été éveillée pour une raison quelconque, n'a-t-elle pas pu le poignarder dans un accès de fureur ?

De nouveau, Poirot secoua la tête.

— Si — et je dis bien si — Mme Daubreuil était la maîtresse de Renauld, il n'a pas eu le temps de se lasser d'elle. Et de toute façon, vous vous trompez sur son caractère. C'est une femme capable de simuler une profonde émotion, une actrice consommée. Considérée d'un œil impartial, sa vie tout entière dément son apparence passionnée. Si nous réfléchissons bien, nous voyons qu'elle a toujours calculé toutes ses actions avec le plus grand sang-froid. Ce n'était pas pour vivre libre avec son jeune amant qu'elle s'est rendue coupable de complicité de meurtre : elle avait pour objectif le riche Américain, dont elle se souciait sans doute comme d'une guigne. Si elle devait commettre un crime, ce serait toujours avec l'espoir d'y gagner quelque chose. Or, ici, elle n'y gagne rien. D'autre part, comment expliquez-vous qu'elle ait creusé une tombe ? Ça, c'était un travail d'homme.

— Elle pouvait avoir un complice, suggérai-je, peu disposé à renoncer à mon hypothèse.

— J'ai encore une autre objection. Vous avez parlé de la similitude entre les deux crimes. Où donc voyez-vous une telle similitude, mon cher ami ?

Je le regardai avec stupéfaction.

— Mais enfin, Poirot, c'est vous-même qui l'avez remarquée ! L'histoire des hommes masqués, le « secret », les papiers !

Poirot eut un petit sourire.

— Là, là, calmez-vous, mon ami. Je ne renie rien de ce que j'ai dit. Les deux histoires ont un lien indéniable entre elles. Mais réfléchissez à présent à ce fait curieux : ce n'est pas Mme Daubreuil qui nous a raconté cette fable — si c'était elle, tout irait en effet comme sur des roulettes — mais c'est Mme Renauld. Les deux femmes seraient-elles de connivence ?

— J'ai du mal à le croire, dis-je lentement. Si c'est vraiment le cas, Mme Renauld est la meilleure actrice que j'aie jamais rencontrée.

— Taratata, fit Poirot avec impatience. Vous vous fondez encore une fois sur le sentiment et non sur la logique ! S'il faut à toute force qu'une criminelle soit une actrice consommée, alors ne vous gênez pas pour la supposer telle. Mais est-ce bien nécessaire ? Je ne crois pas que Mme Renauld soit de connivence avec Mme Daubreuil, pour diverses raisons, dont je vous ai déjà énuméré une partie. Les autres vont de soi. En conséquence, une fois éliminée cette possibilité, nous approchons enfin de la vérité, laquelle est, comme toujours, très curieuse.

— Poirot, m'écriai-je, que me cachez-vous, encore ?

— Mon ami, il faut faire vos propres déductions. Vous avez tous les éléments en main. Faites fonctionner vos petites cellules grises. Tâchez de raisonner non pas comme Giraud, mais comme Hercule Poirot !

— Mais... vous êtes sûr ?

— Mon ami, je me suis conduit à bien des égards comme un imbécile. Mais cette fois j'y vois clair !

— Vous savez tout ?

— J'ai découvert ce que M. Renauld m'avait demandé de découvrir.

— Et vous connaissez l'assassin ?

— Je connais un assassin.

— Que voulez-vous dire ?

— Tout dépend de quoi nous parlons. Il n'y a pas un crime, mais deux. J'ai résolu le premier, mais pour ce qui est du second... eh bien, je dois avouer que je ne suis sûr de rien !

— Mais enfin, Poirot, je croyais vous avoir entendu dire que l'homme trouvé dans la cabane à outils était mort de mort naturelle ?

— Taratata ! répéta Poirot avec une impatience accrue. Vous ne comprenez toujours pas. On peut parfois avoir un crime sans meurtrier, mais pour deux crimes, il nous faut impérativement deux cadavres.

Cette remarque me parut si dépourvue de sens commun que je regardai mon ami avec une certaine inquiétude. Mais il avait l'air dans son état normal. Soudain, il se leva et alla à la fenêtre.

— Le voici, dit-il.

— Qui donc ?

— M. Jack Renauld. Je lui ai envoyé un petit mot le priant de passer me voir.

Cela fit dévier le cours de mes pensées. Je demandai à Poirot s'il savait que Jack Renauld était à Merlinville le soir du crime. J'avais espéré prendre en défaut mon astucieux ami, mais comme toujours, il était déjà au courant. Lui aussi s'était renseigné à la gare.

— Et nous ne sommes sans doute pas les seuls à

avoir eu cette idée, Hastings. Cet excellent Giraud a dû faire sa petite enquête, lui aussi.

— Vous ne croyez quand même pas... (Je me tus brusquement.) Oh ! non, ce serait trop terrible !

Poirot me jeta un coup d'œil inquisiteur, mais je n'ajoutai rien. L'idée venait de me traverser l'esprit que s'il y avait sept femmes impliquées à des degrés divers dans l'affaire — Mme Renauld, Mme Daubreuil et sa fille, la mystérieuse visiteuse du soir et les trois domestiques —, il n'y avait, à l'exception du vieil Auguste qui ne comptait guère, qu'un seul homme : Jack Renauld. Et la tombe avait forcément été creusée par un homme.

Je n'eus pas le temps de m'attarder davantage sur cette affreuse idée, car Jack Renauld fut introduit dans la pièce.

Poirot l'accueillit de la façon la plus naturelle.

— Veuillez vous asseoir, monsieur. Je regrette infiniment de vous avoir dérangé, mais vous comprendrez que l'atmosphère de la villa ne me convient guère. M. Giraud et moi avons certaines divergences de vues. Il n'a pas fait preuve d'une politesse exquise à mon égard, et vous imaginez sans peine que je ne tiens pas à le faire bénéficier de mes éventuelles découvertes.

— Vous avez parfaitement raison, monsieur Poirot, répondit le jeune homme. Ce Giraud est d'une muflerie inqualifiable, et je serais enchanté de voir quelqu'un le remettre à sa place.

— Dans ce cas, voudriez-vous m'accorder une petite faveur ?

— Certainement.

— Je vais vous prier de vous rendre à la gare et de prendre le premier train pour Abbalac, la station suivante. Vous demanderez à la consigne si deux étrangers n'y ont pas déposé une valise la nuit du meurtre. C'est une toute petite gare, et il est presque certain qu'ils s'en souviendront. Pouvez-vous faire cela pour moi ?

— Mais bien sûr, répondit le jeune homme intrigué, mais tout disposé à rendre service.

— Voyez-vous, mon ami et moi nous avons à faire ailleurs, expliqua Poirot. Il y a un train dans un quart d'heure, et je ne veux pas que vous repassiez par la villa : je ne tiens pas à ce que Giraud ait vent de vos allées et venues.

— Très bien, j'irai directement à la gare.

Il se levait déjà, mais Poirot l'arrêta.

— Un instant, monsieur Renauld, il y a encore une chose qui m'intrigue. Pourquoi n'avez-vous pas dit à M. Hautet que vous vous trouviez à Merlinville la nuit du crime ?

Le visage de Jack Renauld s'empourpra. Il fit un effort visible pour se maîtriser.

— Vous faites erreur. Je me trouvais à Cherbourg, comme je l'ai dit ce matin au juge d'instruction.

Poirot le regarda en plissant les yeux comme un chat, jusqu'à ce qu'ils ne soient plus que deux fentes vertes.

— Alors, j'ai commis là une erreur bien singulière, puisque tout le personnel de la gare a commis la même. On dit que vous êtes arrivé par le train de 23 h 50.

Jack Renauld hésita un court instant, puis finit par se décider :

— Et quand ce serait vrai ? Chercheriez-vous à m'accuser d'avoir trempé dans le meurtre de mon père ?

Il avait posé cette question d'un ton hautain, la tête rejetée en arrière.

— J'aimerais bien connaître la raison qui vous a amené ici.

— C'est très simple. Je suis venu voir ma fiancée, Mlle Daubreuil. J'étais à la veille de partir pour un long voyage, sans trop savoir quand je reviendrais. Je désirais la rencontrer avant mon départ, pour l'assurer une fois encore de mon entière dévotion.

— Et vous l'avez vue ? demanda Poirot sans lâcher le jeune homme du regard.

Il y eut un long silence, puis Jack Renauld finit par dire :
— Oui.
— Et ensuite ?
— Je me suis aperçu que j'avais manqué le dernier train. J'ai marché jusqu'à Saint-Beauvais, j'ai frappé à la porte d'un garage et loué une voiture pour regagner Cherbourg.
— Saint-Beauvais ? C'est à quinze kilomètres d'ici. Une bien longue promenade, monsieur Renauld
— Je... J'avais envie de marcher.

Poirot inclina la tête pour montrer qu'il acceptait cette explication. Jack Renauld attrapa son chapeau, sa canne, et s'en fut. Poirot bondit aussitôt :
— Vite, Hastings. Nous allons le prendre en filature.

Tout en maintenant une bonne distance entre notre proie et nous, nous le suivîmes par les rues de Merlinville. Mais quand Poirot le vit tourner en direction de la gare, il s'arrêta net.
— Tout va bien. Il a mordu à l'hameçon. Il va aller à Abbalac, s'enquérir d'une valise imaginaire déposée par d'imaginaires étrangers. Oui, mon ami, tout ceci n'était qu'une petite astuce de ma part.
— Vous vouliez vous débarrasser de lui ! m'exclamai-je.
— Hastings, votre capacité de pénétration me laissera toujours pantois. Et maintenant, si vous n'y voyez pas d'inconvénient, en route pour la villa Geneviève !

18

GIRAUD PASSE À L'ACTION

Une fois à la villa, Poirot se dirigea aussitôt vers la petite remise où avait été découvert le second cadavre. Mais au lieu d'entrer, il resta planté près du banc dont j'ai déjà parlé, situé à quelques mètres de là. Il le contempla un moment, puis s'approcha avec précaution de la haie qui marquait la limite entre la villa Geneviève et la villa Marguerite. Il revint vers le banc en hochant la tête d'un air concentré, puis repartit une fois encore vers la haie, dont il écarta les buissons des deux mains.

— Avec un peu de chance, me lança-t-il, nous trouverons Mlle Marthe au jardin. J'aimerais lui dire quelques mots, sans pour autant aller sonner à la porte de la villa Marguerite. Ah ! C'est parfait, la voici, justement. Psst, mademoiselle ! Un instant, s'il vous plaît !

Je le rejoignis au moment où Marthe Daubreuil, un peu surprise, s'approchait à son tour de la haie.

— Auriez-vous la bonté de m'accorder quelques minutes d'entretien, mademoiselle ?

— Mais certainement, monsieur Poirot.

Bien qu'elle eût répondu sans hésiter, elle paraissait troublée, effrayée.

— Mademoiselle, vous rappelez-vous avoir couru après moi sur la route, le jour où je suis venu chez vous avec le juge d'instruction ? Vous m'avez demandé si les soupçons se portaient sur une personne en particulier.

— Oui, et vous m'avez parlé de deux Chiliens.

Sa voix n'était qu'un souffle, et elle pressait sa main contre sa poitrine.

— Voudriez-vous me reposer la même question à présent, mademoiselle ?

— Où voulez-vous en venir ?

— A ceci : si vous me posiez la même question

aujourd'hui, ma réponse serait bien différente. On soupçonne quelqu'un, en effet, mais ce n'est pas un Chilien.

— Qui donc, alors ? demanda-t-elle faiblement.
— M. Jack Renauld.
— Quoi ? dit-elle dans un cri. Jack ? C'est impossible. Qui ose le soupçonner ?
— Giraud.
— L'inspecteur Giraud ! (La jeune fille blêmit.) Cet homme me fait peur. Il est cruel. Il est capable de...

Sa voix se brisa. Puis je la vis rassembler ses forces, et, à son expression déterminée, je compris que cette frêle jeune fille avait le caractère d'une lutteuse. Poirot la regardait lui aussi avec attention.

— Vous savez, bien sûr, que Jack Renauld était ici la nuit du crime ? demanda-t-il.
— Oui, répondit-elle machinalement, il me l'a dit.
— Il n'était guère prudent de chercher à le dissimuler, remarqua Poirot.
— Je sais, répondit-elle avec impatience. Mais à quoi bon se perdre en vains regrets, à présent ? Nous devons trouver un moyen de le sauver. Il est innocent, bien sûr ; mais cela ne pèse pas lourd pour un homme comme Giraud, qui ne pense qu'à sa réputation. Il faut à toute force qu'il arrête quelqu'un et ce quelqu'un va être Jack.
— Les faits témoignent contre lui, déclara Poirot. Vous vous en rendez compte ?

Elle le regarda droit dans les yeux.
— Je ne suis plus une enfant, monsieur. Je peux me montrer courageuse et regarder les choses en face. Il est innocent, et nous devons à tout prix le sauver.

Elle avait parlé avec une sorte d'énergie désespérée ; puis elle resta silencieuse un moment, perdue dans ses réflexions.

— Mademoiselle, dit Poirot en l'observant attentivement, vous ne nous cachez pas quelque chose ?

Elle hocha la tête d'un air perplexe.

— Si, en effet. Mais cela paraît si absurde que je me demande si vous allez le croire.

— Dites toujours, mademoiselle.

— Voici. L'inspecteur Giraud m'a fait appeler après tous les autres, pour voir si je pouvais identifier l'homme qu'on a trouvé là. (Elle désigna la cabane à outils d'un signe de tête.) Je ne l'ai pas reconnu. En tout cas, pas sur le moment. Mais depuis, j'ai réfléchi...

— Eh bien ?

— Cela semble tellement bizarre... Et pourtant, j'en suis presque sûre. Voilà : le matin du jour où M. Renauld a été assassiné, je me promenais ici dans le jardin, quand j'ai entendu le bruit d'une dispute entre deux hommes. J'ai écarté un peu les buissons et j'ai regardé à travers la haie. L'un des deux était M. Renauld, et l'autre un vagabond, un individu horrible, tout en haillons. Il passait de la supplication à la menace. J'ai supposé qu'il demandait de l'argent, mais ma mère m'a appelée juste à ce moment-là. C'est tout, sauf que je suis pratiquement sûre que le vagabond et le mort qu'on a trouvé dans la cabane ne font qu'un.

— Mais enfin, pourquoi ne pas l'avoir dit tout de suite, mademoiselle ?

— Le visage m'était vaguement familier, mais l'homme était habillé tout autrement, il semblait occuper une position sociale très supérieure...

Une voix l'appela soudain de la maison.

— C'est maman, chuchota Marthe, il faut que j'y aille.

Elle disparut à travers les arbres.

— Venez, dit Poirot.

Il me prit le bras et m'entraîna vers la villa.

— Que pensez-vous de ça ? demandai-je avec curiosité. C'est vrai, ou l'a-t-elle inventé de toutes pièces pour détourner les soupçons de son fiancé ?

— C'est une bien curieuse histoire, dit Poirot, mais je la crois tout à fait vraie. Sans le vouloir, Mlle Marthe nous a dit la vérité sur un autre point, donnant ainsi un démenti à Jack Renauld. Vous avez remarqué son hésitation quand je lui ai demandé s'il avait vu Marthe Daubreuil la nuit du crime ? Il a attendu avant de répondre « oui », et je l'ai soupçonné de mentir. Du coup, il fallait que je voie Mlle Marthe avant qu'il ait eu le temps de la mettre en garde. Trois petits mots m'ont suffi. Quand je lui ai demandé si elle savait que Jack Renauld était ici cette nuit-là, elle a répondu : « Il me l'a dit. » A présent, Hastings, que faisait Jack Renauld ici par une nuit pareille ? Et s'il n'a pas vu Mlle Marthe, qui d'autre a-t-il vu ?

— Mais enfin, Poirot, m'écriai-je hébété, vous ne pensez tout de même pas que ce garçon a tué son père !

— Mon ami, rétorqua Poirot, votre incroyable sentimentalité vous perdra ! J'ai vu des mères assassiner leurs enfants en bas âge pour toucher l'assurance-vie ! Après ça, on peut s'attendre à tout.

— Et le motif ?

— L'argent, bien sûr. N'oubliez pas qu'à la mort de son père, Jack Renauld pensait hériter de la moitié de sa fortune..

— Mais le vagabond ? Que vient-il faire là-dedans ?

Poirot haussa les épaules.

— L'inspecteur Giraud vous dirait que c'était un complice — un apache quelconque qui a aidé le jeune Renauld à commettre son forfait et dont le jeune homme s'est débarrassé ensuite.

— Mais le cheveu enroulé autour du poignard ? Le cheveu de femme ?

— Ah ! dit Poirot avec un large sourire. Ça, c'est le clou du petit numéro de Giraud. A l'entendre, ce n'est pas du tout un cheveu de femme. Etant donné que les jeunes gens d'aujourd'hui se coiffent en arrière et font tenir leurs cheveux avec toutes sortes de brillantines, certains cheveux d'hommes atteignent une longueur considérable.

— Et vous le croyez aussi ?

— Non, dit Poirot avec un curieux sourire. Parce que je sais bien que c'est un cheveu de femme — et je sais même à quelle femme il appartient !

— A Mme Daubreuil, dis-je fermement.

— Peut-être, répondit Poirot en me regardant du coin de l'œil.

Cette fois, je refusai d'entrer dans son jeu.

— Qu'allons-nous faire, à présent ? demandai-je comme nous passions le seuil de la villa Geneviève.

— Je veux examiner les affaires de Jack Renauld. C'est pourquoi je me suis débarrassé de lui pour quelques heures.

Avec ordre et méthode, Poirot se mit en devoir d'ouvrir un tiroir après l'autre, d'en passer en revue le contenu et de tout remettre à sa place. C'était là une tâche fort peu palpitante. Poirot farfouillait encore dans un amas de cols, de chemises et de chaussettes quand un bruit de moteur m'attira à la fenêtre. Je revins instantanément à la vie.

— Poirot ! m'écriai-je. Il y a une voiture dans la cour, et Giraud vient d'en descendre, avec Jack Renauld encadré de deux gendarmes.

— Sacré tonnerre ! gronda Poirot. Cet animal de Giraud ne pouvait pas attendre un peu ? Je ne vais pas avoir le temps de ranger le dernier tiroir. Faisons vite.

Sans plus de cérémonie, il en renversa le contenu sur le plancher. Puis avec un cri de triomphe, il fonça soudain sur un petit carré de carton, à l'évidence une photographie. Il la fourra dans sa poche, remit pêle-mêle dans le tiroir les cravates et les mouchoirs, et, m'attrapant par le bras, me traîna hors de la pièce. En bas, dans le vestibule, Giraud contemplait son prisonnier.

— Bonjour, monsieur Giraud, dit Poirot. Qui donc avez-vous attrapé là ?

Giraud désigna Jack Renauld d'un signe de tête.

— Il a tenté de s'échapper, mais j'ai été plus rapide que lui. Je viens de l'arrêter pour le meurtre de son père, Paul Renauld.

Poirot se retourna pour faire face au garçon adossé au chambranle, le visage mortellement pâle.

— Et vous, jeune homme, qu'en dites-vous ?

Jack Renauld le fixa d'un œil éteint.

— Rien du tout, répondit-il.

19

OÙ JE FAIS FONCTIONNER MES CELLULES GRISES

Je restai confondu. Jusqu'alors, je n'avais pu me résoudre à croire Jack Renauld coupable. J'attendais de vigoureuses protestations d'innocence en réponse au défi de Poirot. Mais, en le voyant appuyé, blême et défait, contre le mur, et en entendant l'aveu tomber de ses lèvres, je ne doutai plus.

Poirot s'adressa à Giraud.

— Sur quoi vous fondez-vous pour l'arrêter ?

— Vous ne croyez quand même pas que je vais vous le dire ?

— Bien sûr que si, ne serait-ce que par simple courtoisie.

Giraud lui jeta un regard hésitant, écartelé entre l'envie d'opposer un refus grossier à son adversaire et le plaisir de triompher de lui.

— Vous croyez que je me suis trompé, sans doute ? ricana-t-il.

— Ça ne m'étonnerait qu'à moitié, répondit Poirot avec une pointe de malice.

Giraud vira au rouge brique.

— Eh bien, dans ce cas, suivez-moi. Vous jugerez vous-même.

Il ouvrit à la volée la porte du salon et nous entrâmes, laissant Jack Renauld sous la garde des deux gendarmes.

— Et maintenant, monsieur Poirot, dit Giraud

d'un ton de mépris en jetant son chapeau sur la table, je vais vous faire un petit cours sur le métier de détective. Je vais vous montrer comment travaille l'école moderne.

— Parfait ! dit Poirot en s'installant commodément pour l'écouter. Et moi, je vais vous montrer comment la vieille garde sait écouter.

Il se cala contre son dossier et ferma les yeux ; mais il les rouvrit aussitôt :

— Ne craignez pas que je m'endorme. Je vous écoute avec la plus grande attention.

— Evidemment, commença Giraud, j'ai compris tout de suite que cette histoire de Chiliens n'était que de la poudre aux yeux. Il y avait bien deux hommes dans l'affaire, mais ce n'étaient pas de mystérieux étrangers ! Tout cela n'était qu'un leurre.

— Admirablement raisonné jusqu'ici, mon cher Giraud, murmura Poirot. Surtout après le gentil petit tour qu'ils vous ont joué avec leur mégot.

Giraud lui jeta un regard meurtrier, mais poursuivit.

— Il fallait qu'il y ait un homme impliqué dans cette affaire, à cause de la tombe. Aucun homme ne profite du crime, mais il y en a au moins un qui croyait en bénéficier. J'avais entendu parler de la dispute entre Jack Renauld et son père, et des menaces qu'il avait proférées. Nous tenions déjà le mobile. A présent, les moyens : Jack Renauld était à Merlinville cette nuit-là. Il nous a dissimulé ce fait — ce qui a changé mes soupçons en certitude. Puis nous avons trouvé une seconde victime, frappée avec le même poignard. Nous savons quand ce poignard a été dérobé. Le capitaine Hastings ici présent nous a permis de fixer l'heure exacte de ce vol. Jack Renauld, arrivant de Cherbourg, est la seule personne qui a pu s'en emparer. J'ai vérifié l'emploi du temps de tout le reste de la maisonnée.

Poirot l'interrompit.

— Vous vous trompez. Quelqu'un d'autre pouvait s'emparer de ce poignard.

— Vous voulez parler de M. Stonor ? Il est arrivé devant le perron, dans une automobile qui l'amenait directement de Calais. Ah ! Vous pouvez me croire, j'ai tout passé au peigne fin. Jack Renauld est venu en train, et il s'est écoulé une heure entre son arrivée et le moment où il s'est présenté à la villa. Sans l'ombre d'un doute, il a vu le capitaine Hastings et sa compagne quitter la remise, il s'y est glissé à son tour, a saisi le poignard et a frappé son complice...

— Qui était déjà mort !

Giraud haussa les épaules.

— Il a pu ne pas s'en rendre compte, et s'imaginer qu'il dormait. Nous pouvons être certains qu'ils avaient rendez-vous. Il savait en tout cas que ce prétendu second meurtre compliquerait sérieusement l'affaire, ce qui n'a pas manqué, d'ailleurs.

— L'inspecteur Giraud, lui, ne s'y est pas trompé, murmura Poirot.

— Vous pouvez rire ! Mais je vais vous donner une preuve définitive. L'histoire de Mme Renauld était fausse — une pure fable du début jusqu'à la fin. Nous pensons que Mme Renauld aimait son mari, et pourtant elle a menti pour protéger son meurtrier. Pour qui une femme ment-elle ? Parfois pour elle-même, souvent pour l'homme qu'elle aime, toujours pour ses enfants. Voici ma dernière preuve, et celle-ci est irréfutable !

Giraud s'arrêta, écarlate et triomphant. Poirot le considéra placidement.

— Voilà ma théorie, dit Giraud. Qu'avez-vous à lui reprocher ?

— Un simple détail que vous avez négligé de prendre en compte.

— Quoi donc ?

— On peut supposer que Jack Renauld était au courant de l'aménagement du golf. Quand il a entrepris de creuser cette tombe, il savait pertinemment que le corps serait découvert presque aussitôt.

Giraud eut un gros rire :

— Mais c'est idiot, ce que vous dites là ! Il voulait

qu'on le découvre, le corps ! Tant qu'il ne serait pas retrouvé, il était impossible de prouver le décès, et il ne pouvait entrer en possession de son héritage !

Je vis une brève lueur verte passer dans les yeux de Poirot.

— Alors, pourquoi l'enterrer ? demanda-t-il avec douceur. Réfléchissez, Giraud. Si Jack Renauld avait intérêt à ce que le corps soit découvert le plus vite possible, pourquoi s'est-il donné la peine de creuser une tombe ?

Giraud ne répondit pas. Visiblement la question le prenait de court. Il haussa les épaules, comme pour signifier que ce point n'avait aucune importance. Poirot se dirigea vers la porte et je le suivis.

— Il y a encore un détail que vous avez oublié, lança-t-il à Giraud.

— Lequel ?

— Le tuyau de plomb, dit Poirot en sortant.

Jack Renauld était toujours debout dans le vestibule, blême et impassible, mais il leva vivement les yeux en nous voyant. Au même moment, on entendit un bruit de pas dans l'escalier, et Mme Renauld apparut. A la vue de son fils entre deux gendarmes, elle s'arrêta net, pétrifiée.

— Jack, dit-elle d'une voix mal assurée. Jack, que signifie tout cela ?

— Ils m'ont arrêté, mère.

— Quoi ?

Elle poussa un cri perçant et, avant qu'aucun de nous ait pu intervenir, elle chancela et s'écroula sur le sol. Nous nous précipitâmes pour la relever. Poirot se redressa aussitôt.

— Elle s'est fait une grave coupure à la tête sur l'angle des marches. Je crois qu'elle souffre aussi d'une légère commotion cérébrale. Si Giraud veut l'interroger, il va devoir attendre. Elle risque de rester inconsciente une bonne semaine.

Denise et Françoise s'étaient précipitées vers leur maîtresse et, la laissant à leurs soins, Poirot sortit de la maison. Il marchait la tête penchée, les sourcils froncés. Je restai un moment silencieux, puis je finis par risquer une question :

— Croyez-vous qu'en dépit des apparences, Jack Renauld puisse ne pas être coupable ?

Poirot ne répondit pas tout de suite, mais au bout d'un long moment il déclara gravement :

— Je ne sais pas, Hastings. C'est une possibilité. Bien sûr, Giraud se trompe sur toute la ligne. Si Jack Renauld est coupable, c'est en dépit de ses arguments, et non pas à cause d'eux. Et la plus grave présomption contre lui n'est connue que de moi seul.

— De quoi parlez-vous ? demandai-je, impressionné.

— Si vous faisiez fonctionner vos petites cellules grises, vous le sauriez et vous auriez une vue de l'affaire aussi claire que la mienne, mon bon ami.

Cela faisait partie des réponses de Poirot que je trouvais si irritantes. Il poursuivit, sans me laisser le temps d'intervenir :

— Longeons la mer de ce côté. Nous irons nous asseoir sur cette petite dune qui domine la plage, et nous passerons toute l'affaire en revue. Vous allez savoir tout ce que je sais, mais j'aimerais mieux vous voir parvenir à la vérité par vos propres moyens, sans que j'aie besoin de vous tenir la main.

Nous nous installâmes sur le monticule herbeux qu'avait désigné Poirot, face à la mer.

— Réfléchissez, mon ami, dit Poirot d'un ton encourageant. Ordonnez vos idées. Soyez méthodique. C'est là le secret de la réussite.

Je fis de mon mieux pour lui obéir, repassant dans mon esprit tous les détails de l'affaire. Et soudain, une idée d'une clarté lumineuse me traversa l'esprit. J'examinai mon hypothèse en tremblant.

— A ce que je vois, vous avez une petite idée, mon ami ! C'est capital. Nous progressons.

J'allumai une pipe pour mieux me concentrer.

— Poirot, dis-je, il semble que nous ayons été étrangement négligents. Je dis « nous », bien que cette négligence soit plutôt la mienne, sans doute.

Mais vous payez ainsi le prix de tous vos petits mystères. Donc, je le répète, nous avons été bien négligents. Nous avons oublié quelqu'un.

— Et qui donc ? demanda Poirot, les yeux brillants.

— Georges Conneau !

20

UNE AFFIRMATION STUPÉFIANTE

Poirot me planta un chaleureux baiser sur la joue.
— Enfin ! Vous y êtes arrivé ! Et tout seul, c'est splendide ! Poursuivez votre raisonnement. Vous avez raison. Oui, nous avons eu tort d'oublier Georges Conneau.

J'étais si flatté de son approbation que j'avais du mal à réfléchir. Je finis par reprendre mes esprits et je continuai :

— Georges Conneau a disparu il y a vingt ans, mais nous n'avons aucune raison de penser qu'il est mort.

— Aucune, approuva Poirot. Poursuivez.

— Nous supposerons donc a priori qu'il est vivant.

— Très bien.

— Ou qu'il était encore vivant il y a peu.

— De mieux en mieux !

— Nous supposerons donc, dis-je avec un enthousiasme croissant, qu'après sa fuite il a mal tourné. Il est devenu un criminel, un apache, un vagabond, ce que vous voulez. Le hasard l'amène à Merlinville, et là, il retrouve la femme qu'il n'a jamais cessé d'aimer.

— Hé ! Gare à la sentimentalité, gronda Poirot.

— La haine n'est jamais que l'autre face de

l'amour, citai-je, probablement de travers. En tout cas il la retrouve, vivant sous un faux nom. Mais elle a un nouvel amant, un Anglais, Paul Renauld. De vieilles jalousies se réveillent dans le cœur de Georges Conneau, et il se querelle avec ce Renauld. Il le guette au moment où il vient rendre visite à sa maîtresse, et il le poignarde dans le dos. Terrifié par son acte, il entreprend de creuser une tombe. Je vois assez bien Mme Daubreuil sortant à la recherche de son amant et ayant une scène terrible avec Conneau. Celui-ci l'entraîne dans la cabane à outils, où il est terrassé par une crise d'épilepsie. Supposons maintenant que Jack Renauld apparaisse précisément à ce moment-là. Mme Daubreuil lui raconte tout et lui laisse entrevoir les terribles conséquences qu'aurait pour sa fille le rappel du scandale passé. Le meurtrier de son père est mort, le mieux à présent est de tout dissimuler. Jack Renauld accepte, il court à la villa où il a un entretien avec sa mère, qu'il gagne à son point de vue. Reprenant à son tour l'histoire que Mme Daubreuil a suggérée à son fils, elle accepte de se laisser ligoter et bâillonner. Voilà, Poirot, qu'en pensez-vous. ?

Je me calai dans le sable, rouge de fierté. Poirot me considéra d'un air pensif.

— Je pense que vous devriez écrire pour le cinéma, mon ami, laissa-t-il enfin tomber.

— Vous voulez dire...

— Je veux dire que l'histoire que vous venez de me raconter ne ferait pas un mauvais film, mais elle n'a aucun rapport avec la réalité.

— J'admets que je n'ai pas encore considéré tous les détails, mais...

— Vous avez fait plus ! Vous les avez superbement ignorés, oui. Qu'avez-vous à dire sur la façon dont les deux hommes étaient habillés ? Voulez-vous insinuer qu'après avoir poignardé sa victime, Georges Conneau lui a ôté son costume, l'a enfilé à son tour, et a remis le poignard en place ?

— Je ne vois pas où est le problème, dis-je avec

humeur. Sous la menace, il peut avoir extorqué des vêtements et de l'argent à Mme Daubreuil plus avant dans la journée.

— Sous la menace, hein ? Vous parlez sérieusement ?

— Bien sûr. Il pouvait la menacer de révéler à Renauld sa véritable identité, réduisant ainsi à néant l'espoir de voir sa fille mariée.

— Vous vous trompez, Hastings. Il ne pouvait pas la faire chanter, parce que c'était elle qui détenait les cartes maîtresses. N'oubliez pas que Georges Conneau est toujours recherché pour meurtre. Elle n'avait qu'un mot à dire pour l'envoyer à la guillotine.

Je fus contraint, à mon corps défendant, de reconnaître la justesse de cette objection.

— Votre théorie à vous, dis-je d'un ton aigre, est évidemment exacte dans les moindres détails ?

— Ma théorie est la vérité, dit tranquillement Poirot. Et la vérité est nécessairement exacte. Dans la vôtre, vous avez commis une erreur fondamentale, vous avez laissé votre imagination s'égarer dans des histoires de rendez-vous nocturnes et de scènes d'amour passionnées. Quand on enquête sur un meurtre, il faut s'en tenir à ce qu'il y a de plus ordinaire. Voulez-vous que je vous fasse une démonstration de ma méthode ?

— Bien sûr ! Faites-moi donc cette démonstration !

Poirot s'assit, le torse très droit, et se mit à parler en agitant énergiquement l'index pour appuyer ses dires :

— Je commencerai, comme vous l'avez fait, par l'existence de Georges Conneau. Nous savons que l'histoire des « Russes » qu'a racontée Mme Beroldy devant la Cour était une fable. Si elle était innocente de toute complicité avec ce crime, alors c'est elle qui a inventé cette histoire. Si les deux amants étaient complices, alors l'histoire a pu être inventée soit par elle, soit par Georges Conneau.

» Voici que nous retrouvons cette même fable dans l'affaire qui nous intéresse. Or, les faits étant ce qu'ils sont, il est peu probable qu'elle ait été inspirée cette fois-ci par Mme Daubreuil. Nous en revenons donc à l'hypothèse que cette fable est née de l'imagination de Georges Conneau. Bien. Georges Conneau a donc prémédité ce crime avec Mme Renauld pour complice. Elle se trouve sur le devant de la scène, et, derrière elle, se tient la silhouette d'un homme dont nous ignorons l'identité pour l'instant.

» A présent, reprenons l'affaire Renauld de A à Z, mais en plaçant chaque fait significatif dans l'ordre chronologique. Vous avez un calepin et un stylo ? Bien. Alors, par où commençons-nous ?

— Par la lettre qu'il vous a envoyée ?

— C'est la première fois que nous en avons entendu parler, mais ce n'est pas le véritable début de l'affaire. Je dirais plutôt que le premier fait significatif est le changement observé chez M. Renauld peu après son arrivée à Merlinville, attesté par plusieurs témoins. Nous devons également prendre en compte son amitié pour Mme Daubreuil et les fortes sommes en liquide qu'il lui a versées. De là, nous pouvons sauter directement au 23 mai.

Poirot prit le temps de s'éclaircir la gorge, et me fit signe d'écrire :

23 mai : M. Renauld se dispute avec son fils quand celui-ci lui exprime le désir d'épouser Marthe Daubreuil. Le fils part pour Paris.

24 mai : M. Renauld modifie son testament, laissant toute sa fortune à sa femme.

7 juin : Dispute avec un vagabond dans le jardin. Témoin : Marthe Daubreuil.

Lettre à M. Poirot implorant son aide.

*Télégramme à M. Jack Renauld, lui ordonnant de s'embarquer sur l'*Anzora *à destination de Buenos Aires.*

Masters, le chauffeur, reçoit sans préavis une semaine de congé.

Visite d'une dame ce soir-là. En la raccompagnant, Renauld s'exclame : « Oui, oui ! Mais pour l'amour du ciel, partez, maintenant ! »...

Poirot s'arrêta.

— Et maintenant, Hastings, prenez chacun de ces faits un par un, examinez-les attentivement en eux-mêmes et en relation avec l'ensemble, et voyez si toute l'affaire ne s'éclaire pas d'une lumière nouvelle.

Je m'efforçai consciencieusement de faire ce qu'il me demandait. Au bout d'un moment, je dis en hésitant :

— Avant toute chose, il me paraît nécessaire de choisir entre deux théories : celle du chantage ou celle de l'amour.

— Le chantage, sans l'ombre d'un doute. Vous avez entendu ce qu'a dit Stonor du caractère de Renauld.

— Mme Renauld n'a pas confirmé ce point de vue, objectai-je.

— Nous avons déjà eu l'occasion de constater que le témoignage de Mme Renauld est sujet à caution. Il nous faut donc nous en remettre à Stonor sur ce point.

— Pourtant, si Renauld avait une aventure avec une dénommée Bella, il n'est pas du tout impossible qu'il en ait eu une autre avec Mme Daubreuil.

— En effet, Hastings, ce n'est pas impossible. Mais a-t-il eu une telle aventure ?

— La lettre, Poirot ! Vous oubliez la lettre.

— Non, je ne l'oublie pas. Mais qu'est-ce qui vous fait penser qu'elle était adressée à M. Renauld ?

— Eh bien, on l'a trouvée dans sa poche, et de plus...

— Et c'est strictement tout ! coupa Poirot. Rien ne permettait d'identifier le destinataire. Nous avons supposé qu'elle était adressée au mort parce qu'elle était dans la poche de son pardessus. Seulement, mon ami, ce pardessus avait quelque chose de bizarre qui m'a frappé aussitôt. Je l'ai mesuré, et je vous ai fait remarquer que Renauld portait son pardessus bien long. Cette remarque aurait dû vous donner à penser.

— J'ai cru que c'était juste histoire de dire quelque chose, confessai-je.

— Ah, quelle idée ! Plus tard, vous m'avez vu mesurer le pardessus de M. Jack Renauld. Eh bien, Jack Renauld, lui, portait son pardessus vraiment très court. A ces deux faits, ajoutez que M. Jack Renauld est sorti de la maison en courant pour ne pas manquer son train, et dites-moi ce que vous en déduisez !

— Je vois, dis-je en me pénétrant lentement du sens de ses paroles. La lettre a été écrite à Jack Renauld et non à son père. Dans sa hâte et son agitation, il s'est trompé de pardessus !

Poirot hocha la tête.

— Précisément. Nous reviendrons plus tard sur ce point. Pour le moment, bornons-nous à retenir que la lettre n'a rien à voir avec M. Renauld père, et passons au fait suivant.

— Le 23 mai, je lis : « M. Renauld se dispute avec son fils quand ce dernier lui exprime son désir d'épouser Marthe Daubreuil. Le fils part pour Paris. » Je ne vois pas de remarque particulière à faire là-dessus, et la modification de son testament dans les jours qui suivent semble la conséquence directe de cette querelle.

— Nous sommes d'accord, mon ami, au moins sur la cause. Mais quel motif précis a dicté cet acte à M. Renauld ?

J'écarquillai les yeux de surprise.

— Sa colère contre son fils, bien sûr !

— Pourtant, il lui écrit des lettres affectueuses à Paris...

— C'est ce que dit Jack Renauld, mais il est incapable de produire ces lettres.

— Bien, passons là-dessus.

— Nous en arrivons maintenant au jour du drame. Vous avez placé les événements de la matinée dans un certain ordre. Comment le justifiez-vous ?

— J'ai vérifié que la lettre qu'il m'a envoyée a été postée en même temps que le télégramme à son fils. Peu après, il a donné une semaine de congé à son chauffeur. A mon avis, la dispute avec le chemineau se place avant cette série d'événements.

— Je vois mal comment vous pouvez fixer cela de façon certaine, à moins d'interroger de nouveau Mlle Daubreuil.

— C'est inutile. Je suis sûr de mon fait. Et si vous ne voyez pas pourquoi, Hastings, c'est que vous ne voyez rien du tout !

Je le contemplai un instant.

— Bien sûr ! Que je suis bête ! Si le vagabond était Georges Conneau, c'est après leur orageux entretien que M. Renauld a commencé à redouter un danger. Il a renvoyé le chauffeur, qu'il soupçonnait d'être à la solde de l'autre, il a télégraphié à son fils et a fait appel à vous.

Un léger sourire passa sur les lèvres de Poirot.

— Vous ne trouvez pas étrange qu'il ait utilisé dans sa lettre les termes exacts dont s'est servie Mme Renauld plus tard ? Si Santiago était un leurre, pourquoi Renauld l'aurait-il mentionné, et qui plus est, pourquoi envoyer son fils là-bas ?

— C'est déroutant, je l'admets volontiers, mais nous trouverons peut-être une explication plus tard. Nous en arrivons maintenant à la soirée, et à la mystérieuse visiteuse. J'avoue que cela me laisse franchement perplexe, à moins qu'il ne s'agisse de Mme Daubreuil elle-même, comme Françoise le soutient depuis le début.

Poirot secoua la tête.

— Vous vous égarez, mon ami. Rappelez-vous le fragment de chèque, et le fait que le nom de Bella Duveen était vaguement familier à Stonor. A partir de là, je pense que nous pouvons tenir pour acquis que Bella Duveen est le nom de la correspondante inconnue de Jack Renauld, et que c'est elle qui est venue ce soir-là à la villa Geneviève. Je ne sais pas si elle cherchait à voir Jack ou si elle voulait s'adresser à son père, mais il n'est pas difficile de reconstituer ce qui s'est passé. Elle a dû se plaindre de Jack, montrer les lettres qu'il lui avait écrites, et le père a essayé de l'acheter, mais elle a déchiré le chèque avec indignation. Les termes de sa lettre sont ceux d'une femme profondément amoureuse, et elle a dû se sentir gravement offensée en se voyant offrir de l'argent. Renauld a fini par se débarrasser d'elle, mais les derniers mots qu'il lui a dits sont lourds de sens.

— « Oui, oui, mais pour l'amour du ciel, partez, à présent », répétai-je. Le ton est peut-être un peu véhément, c'est tout.

— C'est suffisant. Il mourait d'envie de voir partir la jeune fille, n'est-ce pas ? Et pourquoi ? Parce que l'entretien était déplaisant ? Non, mais parce que le temps passait, et que pour une raison quelconque, le temps était précieux.

— Pourquoi ? demandai-je avec stupéfaction.

— C'est bien ce que nous devons chercher. Pourquoi, en effet ? Plus tard, l'incident de la montre brisée nous prouvera une fois encore que le temps joue un rôle considérable dans cette affaire. Nous approchons rapidement de la tragédie. Il est 22 h 30 quand Bella Duveen s'en va, et la montre-bracelet nous indique que le crime a été commis — ou devait paraître avoir été commis — avant minuit. Nous avons passé en revue tous les événements antérieurs au crime, et il n'en reste qu'un qui n'a pas encore trouvé sa place. D'après le témoignage du médecin, le vagabond était mort depuis au moins quarante-huit heures — peut-être même depuis vingt-quatre heures de plus. A partir de là, sans disposer d'autres éléments que ceux que nous venons d'énumérer, je peux situer la mort du chemineau au matin du 7 juin.

Je le fixai avec effarement.

— Mais pourquoi ? Comment diable pouvez-vous le savoir ?

— Parce que c'est la seule solution pour que cette série d'événements s'enchaîne de façon logique. Mon ami, je vous ai mené pas à pas sur le chemin de la vérité. Vous ne voyez donc pas ce qui crève les yeux ?

— Mon cher Poirot, je ne vois rien qui crève les yeux dans tout ceci. J'ai cru entrevoir quelques lueurs tout à l'heure, mais cette fois je suis dans le brouillard le plus complet. Je vous en prie, allez au fait, et dites-moi une bonne fois qui a tué M. Renauld.

— C'est précisément ce dont je ne suis pas encore certain.

— Mais vous venez de dire que ça crevait les yeux !

— Nous ne nous comprenons pas, mon bon ami. N'oubliez pas que nous enquêtons sur deux crimes — pour lesquels, comme je vous l'ai déjà dit, il nous faut nécessairement deux cadavres. Là, là, ne vous impatientez pas ! Je vais tout vous expliquer. Et d'abord, servons-nous de notre psychologie. Nous distinguons trois moments où M. Renauld adopte un changement radical de point de vue et d'action — donc, trois charnières psychologiques. Le premier immédiatement après son arrivée à Merlinville, le second après qu'il se fut disputé avec son fils, et le troisième, le matin du 7 juin. Examinons à présent les causes. Nous pouvons attribuer le changement n° 1 à la rencontre avec Mme Daubreuil. Le second est indirectement lié à elle, puisqu'il concerne un mariage entre Jack Renauld et sa fille. Mais la cause du n° 3 nous est inconnue. Nous devons la déduire nous-mêmes. A présent, mon bon ami, permettez-moi une question : qui, à votre avis, a prémédité ce crime ?

— Georges Conneau, dis-je en hésitant, et en regardant Poirot avec inquiétude.

— Exactement. Par ailleurs, Giraud a postulé

qu'une femme ment pour se sauver, pour sauver l'homme qu'elle aime ou pour sauver son enfant. Si nous tenons pour acquis que c'est Georges Conneau qui lui a soufflé ce mensonge, et que Georges Conneau n'est pas Jack Renauld, nous pouvons écarter la troisième hypothèse. De même, si l'on continue d'attribuer le crime à Georges Conneau, la première hypothèse ne tient pas non plus. Il nous faut donc nous rabattre sur la deuxième proposition, à savoir que Mme Renauld a menti pour sauver l'homme qu'elle aimait — en d'autres termes, pour Georges Conneau. Etes-vous d'accord avec moi là-dessus ?

— Oui, cela semble logique.

— Bien ! Mme Renauld aime Georges Conneau. Qui donc, alors, est Georges Conneau ?

— Le vagabond.

— Quelle preuve avons-nous que Mme Renauld aimait le vagabond ?

— Aucune, mais...

— Très bien. Ne vous accrochez pas aux théories quand les faits refusent de s'y conformer. Demandez-vous plutôt : de qui Mme Renauld était-elle amoureuse ?

Je secouai la tête, perplexe.

— Mais si, vous le savez parfaitement ! Qui Mme Renauld aimait-elle si profondément qu'elle s'est évanouie à la vue de son cadavre ?

Je le contemplai, ahuri.

— Son mari ? balbutiai-je.

Poirot hocha la tête.

— Son mari, ou Georges Conneau, comme il vous plaira de l'appeler.

Je repris mes esprits.

— Mais c'est impossible !

— Comment cela, « impossible » ? Ne venons-nous pas d'établir que Mme Daubreuil était en position de faire chanter Georges Conneau ?

— Oui, mais...

— N'a-t-elle pas fait chanter M. Renauld, en effet ?

— C'est bien possible, mais...

— Et n'ignorons-nous pas tout de l'enfance et de la jeunesse de M. Renauld ? Il surgit soudain sous l'identité d'un Canadien français, il y a exactement vingt-deux ans de cela...

— Tout cela est bel et bon, dis-je d'un ton plus ferme. Mais vous semblez oublier un point essentiel.

— Lequel, mon ami ?

— Celui-ci : si nous admettons que c'est Georges Conneau qui a organisé ce crime, nous en arrivons à cette conclusion ridicule qu'il a organisé son propre assassinat !

— Eh bien, mon bon ami, dit placidement Poirot, c'est précisément ce qu'il a fait !

21

LES DÉDUCTIONS D'HERCULE POIROT

Sur un ton mesuré, Poirot entama son exposé :

— Il vous paraît étrange, mon ami, qu'un homme organise sa propre mort ? Si étrange que vous préférez rejeter la vérité comme trop invraisemblable et vous rabattre sur une histoire qui l'est en fait dix fois plus. Oui, M. Renauld a organisé sa propre mort, mais le détail qui vous échappe peut-être encore, c'est qu'il n'avait pas l'intention de mourir.

Je le contemplai d'un air hébété.

— Allons, tout cela est très simple, au fond, dit gentiment Poirot. Pour le crime que se proposait de perpétrer M. Renauld, il n'y avait nul besoin d'un meurtrier. En revanche, il fallait un cadavre. Essayons de reconstituer toute l'histoire, en prenant cette fois les choses sous un autre angle.

» Georges Conneau échappe à la justice en s'enfuyant au Canada. Il adopte une fausse identité, se marie, et finit par acquérir une immense fortune en Amérique du Sud. Mais il a la nostalgie de son pays natal. Vingt ans ont passé, il a considérablement changé d'aspect, il est en outre devenu un homme respectable, que nul ne songerait à comparer à celui qui a fui la justice quelque vingt ans plus tôt. Il revient, croyant sa sécurité assurée. Il s'installe en Angleterre, et il passe ses étés en France. Mais la malchance, ou la justice immanente qui pèse sur tout homme, et l'oblige tôt ou tard à rendre compte de ses actes, l'amène à Merlinville. Merlinville, où habite précisément la seule personne en France susceptible de le reconnaître. Pour Mme Daubreuil, il représente une mine d'or qu'elle s'empresse d'exploiter. Renauld n'a aucun recours, il est entièrement entre ses mains. Et elle le saigne à blanc.

» C'est alors que l'inévitable se produit : Jack Renauld tombe amoureux de la splendide jeune fille qu'il voit chaque jour. Il se met en tête de l'épouser, ce qui provoque la fureur de son père. Il faut à tout prix éviter le mariage de son fils avec la fille de ce démon, n'est-ce pas ? Si Jack Renauld ne sait rien du passé de son père, Mme Renauld en connaît tous les détails. C'est une femme d'une grande force de caractère qui est en outre passionnément éprise de son mari. Le couple se consulte. Renauld ne voit qu'un moyen d'échapper au chantage : la mort. Il faut qu'il se fasse passer pour mort, tandis qu'il fuira dans un autre pays où il pourra recommencer sa vie sous une autre identité. Mme Renauld le rejoindra plus tard, après avoir joué le rôle de la veuve éplorée. Comme il est vital qu'elle contrôle la totalité de sa fortune, il modifie son testament. J'ignore comment ils envisageaient au départ de résoudre la question du corps ; peut-être en dérobant un cadavre à la faculté de médecine et en le brûlant ensuite. Mais avant qu'ils aient bien arrêté leur plan, la question se trouve réglée d'elle-même : un chemineau, violent et querelleur, pénètre par hasard dans le jardin. Renauld s'efforce de le jeter dehors, ils se battent, et soudain le vagabond tombe raide, frappé d'une crise d'épilepsie. Il meurt. Renauld appelle sa femme. Ils le traînent tous les deux dans la cabane à outils — la scène s'étant déroulée à deux pas de là — et ils comprennent bientôt le parti qu'ils peuvent tirer de cette mort. L'homme ne ressemble pas à Renauld, mais il est d'âge moyen, et il a un type français banal. C'est largement suffisant, n'est-ce pas ?

» J'imagine qu'ils ont dû s'asseoir sur le banc là-haut, face à la mer, hors de portée de voix de la maison, pour discuter les détails de leur plan. Leur décision est bientôt prise. L'identification du corps doit reposer sur le seul témoignage de Mme Renauld. Il faut se débarrasser de Jack Renauld et du chauffeur, qui est à leur service depuis deux ans. Il y avait peu de chances pour que les domestiques approchent le corps et, de toute façon, Renauld entendait bien prendre des mesures pour tromper quiconque risquerait de se montrer trop curieux. Masters est expédié en congé, Jack reçoit un télégramme l'envoyant à Buenos Aires, ville choisie pour étayer la fable que Renauld a préparée. Ayant entendu parler de moi comme d'un vieil et obscur détective, il m'envoie cet appel au secours, sachant quel effet produira cette lettre quand je la montrerai au juge d'instruction — effet qu'elle n'a d'ailleurs pas manqué de provoquer. Ils habillent le cadavre du chemineau d'un complet appartenant à Renauld, et, n'osant pas les emporter dans la villa, laissent ses haillons dans un coin de la remise. Enfin, pour donner quelque crédit à l'histoire que Mme Renauld s'apprête à raconter, ils lui plongent le poignard-coupe-papier dans le cœur. Cette nuit-là, Renauld va d'abord ligoter et bâillonner sa femme, puis, à l'aide d'une bêche, il ira creuser une tombe sur l'emplacement du futur... comment dites-vous ? bunkair ? Il faut absolument qu'on retrouve le corps — pour Mme Daubreuil, il ne doit y avoir aucun doute. Mais il vaut mieux aussi qu'on ne le découvre pas tout de suite, pour limiter le risque d'identification. Puis, Renauld endossera les haillons du chemineau et s'en ira à la gare, où il prendra discrètement le dernier train, celui de 0 h 17. Comme le crime sera censé avoir été commis deux heures plus tard, aucun soupçon ne pourra peser sur lui.

» Dans ces conditions, vous imaginez sa contrariété devant la visite inopportune de cette fille, Bella. Chaque minute perdue peut être fatale. Il arrive enfin à se débarrasser d'elle, et ensuite, au travail ! Il laisse la porte d'entrée entrouverte pour donner l'impression que les assassins sont partis par là. Il ligote et bâillonne Mme Renauld, mais sans répéter l'erreur qu'il a commise vingt ans plus tôt, quand il avait noué des liens si lâches qu'ils avaient suffi à attirer l'attention de la justice sur sa complice. Toutefois, elle est censée répéter en gros la même histoire, démontrant une fois de plus combien l'inconscient répugne à l'originalité. La nuit est plutôt fraîche, il passe un léger pardessus sur ses sous-vêtements, pardessus qu'il entend laisser dans la tombe avec le cadavre. Il sort par la fenêtre et efface soigneusement ses empreintes dans le massif de fleurs, établissant ainsi la meilleure preuve contre lui-même. Il parvient au terrain de golf désert et commence à creuser. Et alors...

— Et alors ?

— Et alors, dit Poirot d'un ton grave, la justice qu'il fuit depuis si longtemps le rattrape enfin. Une main inconnue le poignarde dans le dos... Vous voyez à présent, Hastings, ce que je voulais dire en parlant de deux crimes, n'est-ce pas ? Le premier crime, celui pour lequel M. Renauld nous a si imprudemment demandé d'enquêter, est résolu. Mais il se cache derrière un plus profond mystère qu'il sera difficile d'élucider, car le meurtrier, dans sa sagesse, s'est contenté d'utiliser les outils préparés par Renauld lui-même. C'était là un problème particulièrement déroutant, je le reconnais.

— Vous êtes formidable, Poirot ! dis-je avec une admiration sincère. Vraiment formidable. Il n'y a que vous qui pouviez résoudre cette énigme !

Ces louanges durent lui faire plaisir ; pour une fois, il eut l'air presque confus.

— Ce pauvre Giraud, reprit-il en essayant sans succès de prendre l'air modeste, ce n'est sans doute pas que de la stupidité de sa part. Il n'a pas eu de chance. Ce cheveu noir enroulé autour du poignard, par exemple. Il y avait de quoi l'égarer.

— Pour vous dire la vérité, Poirot, même à présent, je ne vois pas très bien... A qui appartenait ce cheveu ?

— Mais à Mme Renauld, bien sûr ! C'est là que la malchance intervient. Ses cheveux sont presque tous blancs, à présent. Elle aurait aussi bien pu perdre un cheveu blanc, et dans ce cas, Giraud n'aurait pas pu prétendre qu'il venait de la tête de Jack Renauld ! Mais c'est toujours la même chose : on déforme les faits dans tous les sens pour les faire coïncider avec une théorie !

» Il ne fait aucun doute que Mme Renauld parlera quand elle aura retrouvé ses esprits. Elle n'a jamais envisagé la possibilité que son fils puisse être accusé de meurtre. Comment l'aurait-elle pu, alors qu'elle le croyait en sécurité à bord de l'*Anzora* ? Ah ! Voilà une femme, Hastings ! Quelle force, quelle maîtrise de soi ! Elle n'a commis qu'un petit impair. En voyant son fils débarquer de façon si inattendue, elle a dit : « Cela n'a plus d'importance, *à présent*. » Et personne n'y a fait attention, personne ne s'est rendu compte de l'importance de ces mots. Quel terrible rôle elle a été forcée de jouer, la pauvre femme ! Imaginez le choc qu'elle a dû éprouver quand elle est venue identifier le corps, et qu'au lieu de trouver celui auquel elle s'attendait, elle a découvert le corps de son mari qu'elle croyait à des kilomètres de là. Pas étonnant qu'elle se soit évanouie ! Mais depuis, malgré son désespoir, avec quelle fermeté elle a joué son rôle, et quelle doit être son angoisse ! Elle ne peut pas dire un mot qui nous mettrait sur la piste des meurtriers, sous peine de dévoiler que son fils Jack est le fils d'un meurtrier ! Enfin, dernier coup du sort, elle a été forcée d'admettre publiquement que Mme Daubreuil était la maîtresse de son mari — puisque le moindre soupçon de chantage pouvait être fatal à son secret. Et quelle intelligence dans sa réponse au juge d'instruction, quand il lui a demandé s'il y avait un mystère dans le passé de son mari : « Rien de bien romanesque, je crois, monsieur. » Le ton indulgent, la pointe de moquerie un peu triste, c'était splendide ! Du coup, le père Hautet s'est senti stupide et mélodramatique. Oui, quelle femme ! Si elle a aimé un criminel, elle l'a aimé de façon grandiose !

Poirot se tut, perdu dans ses pensées.

— Encore une chose, Poirot. Et le bout de tuyau de plomb ?

— Vous ne voyez pas ? Il aurait servi à défigurer le cadavre, à le rendre méconnaissable. C'est ce qui m'a mis sur la piste. Et cet imbécile de Giraud qui tournait autour pour trouver des bouts d'allumettes ! Ne vous ai-je pas dit qu'un indice de soixante centimètres valait tout autant qu'un indice de deux millimètres ? Voyez-vous, Hastings, il nous faut tout reprendre depuis le début. Qui a tué M. Renauld ? Quelqu'un qui se trouvait à proximité de la villa juste avant minuit, quelqu'un qui tirait bénéfice de cette mort — description qui correspond trop bien à Jack Renauld. Il n'aurait même pas eu besoin de préméditer le crime. Et puis, il y a le poignard...

Je m'aperçus que j'avais complètement oublié ce détail.

— Bien sûr, dis-je, le poignard que nous avons trouvé fiché dans le corps du chemineau était celui de Mme Renauld. Mais alors, il y en avait deux ?

— Certainement. Et comme ce sont deux répliques exactes, on peut raisonnablement penser que l'autre appartenait à Jack Renauld. Mais ce n'est pas ce qui me trouble le plus. J'ai d'ailleurs ma petite idée là-dessus. Non, la plus grave présomption est une fois encore d'ordre psychologique. L'hérédité, mon ami, l'hérédité ! Tel père, tel fils — et Jack Renauld, au bout du compte, est le fils de Georges Conneau.

Son ton grave m'impressionna malgré moi.

— Quelle est la petite idée dont vous venez de parler ?

Pour toute réponse, Poirot consulta son oignon et demanda :

— A quelle heure part le bateau de Calais ?
— Vers 5 heures, il me semble
— C'est parfait. Nous avons juste le temps.
— Vous retournez en Angleterre ?
— Oui, mon ami.
— Pourquoi ?
— Pour trouver un éventuel témoin.
— Qui ça ?

Avec un indéfinissable sourire, Poirot répondit :

— Mlle Bella Duveen.
— Mais comment allez-vous la retrouver ? Que savez-vous d'elle ?

— Je ne sais rien d'elle, mais je devine beaucoup de choses. Nous pouvons tenir pour certain que Bella Duveen est son véritable nom, et comme ce nom était vaguement familier à M. Stonor, quoique apparemment sans lien avec la famille Renauld, il s'agit selon toutes probabilités d'une artiste. Jack Renauld est un jeune homme de vingt ans qui dispose de beaucoup d'argent. Il n'y aurait rien d'étonnant à ce qu'il ait cherché son premier amour sur les planches. Cela cadre bien, également, avec la tentative de M. Renauld de l'apaiser avec un chèque. Je crois pouvoir la retrouver sans mal, surtout avec l'aide de ceci.

Et il sortit la photographie que je l'avais vu

prendre dans un des tiroirs de Jack Renauld. « Avec tout l'amour de Bella », disait la dédicace barrant le portrait. Mais ce n'était pas cette dédicace qui me fascinait. La ressemblance était loin d'être parfaite, mais à mes yeux, elle était absolument frappante. Je sentis le froid m'envahir, comme si un malheur incommensurable venait de fondre sur moi.

C'était le portrait de Cendrillon.

22

JE DÉCOUVRE L'AMOUR

Je restai pétrifié, la photographie à la main. Puis, rassemblant tout mon courage pour paraître indifférent, je la rendis à Poirot, non sans lui lancer un rapide coup d'œil au passage. Avait-il remarqué mon trouble ? A mon grand soulagement, il ne semblait pas m'observer. Sans doute n'avait-il rien vu. Il sauta soudain sur ses pieds.

— Nous n'avons pas de temps à perdre. Il faut partir à l'instant. Tout va bien ! Par ce temps, la mer sera calme !

L'affairement du départ ne me laissa guère de temps pour réfléchir. Mais une fois à bord, loin des regards inquisiteurs de Poirot, je me ressaisis et m'efforçai d'examiner les faits d'un œil impartial. Que savait au juste Poirot, et pourquoi tenait-il tant à retrouver cette fille ? La soupçonnait-il d'avoir vu Jack Renauld commettre le meurtre ? Ou bien la soupçonnait-il... Mais c'était impossible ! Elle n'avait aucun grief contre M. Renauld père, et aucune raison de souhaiter sa mort. Qu'est-ce qui l'avait poussée à revenir sur le lieu du crime ? Je repris tous les faits dans l'ordre. Elle avait dû rester à Calais, où nous nous étions séparés. Inutile de se demander pourquoi je ne l'avais pas retrouvée sur le bateau ! Si elle avait dîné à Calais, puis attrapé un train pour Merlinville, elle avait dû arriver à la villa Geneviève vers l'heure indiquée par Françoise. Qu'avait-elle fait en sortant de la maison, peu après 10 heures ? Elle avait sans doute cherché un hôtel, ou bien elle était retournée à Calais. Et ensuite ? Le crime avait eu lieu le mardi dans la nuit, et le jeudi matin elle était de retour à Merlinville. Avait-elle jamais quitté la France ? J'en doutais fort. Qu'est-ce qui l'avait retenue ? Le désir de voir Jack Renauld ? Je lui avais dit ce que je croyais alors être la vérité, à savoir qu'il voguait vers Buenos Aires. Peut-être savait-elle déjà que l'*Anzora* était resté à quai. Mais pour le savoir, il fallait qu'elle ait vu Jack. Etait-ce cela que Poirot cherchait à vérifier ? Et Jack ? Revenu pour voir Marthe Daubreuil, s'était-il trouvé nez à nez avec Bella Duveen, la jeune fille qu'il avait si cruellement abandonnée ? Je commençai à y voir clair. Si c'était bien le cas, Bella pouvait fournir à Jack l'alibi dont il avait besoin. Mais alors, le silence du garçon restait inexplicable. Craignait-il donc tant que cette première toquade ne revienne aux oreilles de Marthe Daubreuil ? Je secouai la tête, peu satisfait de cette explication. Ç'avait été une histoire sans conséquence, un simple flirt de jeunesse, et je songeai cyniquement qu'il eût fallu une raison autrement plus grave pour qu'un fils de millionnaire se vît abandonné par une jeune Française sans le sou, et en outre passionnément éprise de lui.

Poirot réapparut à Douvres frais et rose, et le voyage jusqu'à Londres se passa sans incident. Quand nous descendîmes du train à 9 heures et demie, je supposai que c'en était fini pour la journée et je m'apprêtais déjà à rentrer directement à la maison.

C'était compter sans Poirot.

— Nous n'avons pas de temps à perdre, mon ami. La nouvelle de l'arrestation ne paraîtra pas dans les journaux anglais avant après-demain, mais quand même, il faut faire vite.

J'éprouvais quelque difficulté à suivre son raisonnement, mais je me bornai à lui demander comment il pensait retrouver la jeune fille.

— Vous rappelez-vous Joseph Aarons, l'agent théâtral ? Non ? Je lui ai rendu un petit service autrefois, dans l'affaire d'un lutteur japonais. Un sacré problème, vous me ferez penser à vous raconter ça un de ces jours. Aarons devrait pouvoir nous aider à trouver ce que nous cherchons.

Il nous fallut un certain temps pour mettre la main sur Mr Aarons, et il était plus de minuit quand nous y parvînmes enfin. Il accueillit Poirot avec chaleur, et se mit à notre entière disposition.

— En matière de théâtre, je connais à peu près tout, dit-il avec un large sourire.

— Eh bien, Mr Aarons, je désire retrouver une jeune fille du nom de Bella Duveen.

— Bella Duveen, voyons... Je connais ce nom, mais je n'arrive pas à la situer. Quelle est sa spécialité ?

— Je n'en sais rien, mais voilà sa photographie.

Mr Aarons l'examina un moment, puis son visage s'éclaira :

— J'y suis ! dit-il en se donnant une grande claque sur la cuisse. Bon sang, c'est une des Dulcibella Kids !

— Les Dulcibella Kids ?

— Tout juste ! Deux sœurs. Acrobates, danseuses, chanteuses. Un numéro pas mauvais du tout. Elles doivent être en tournée quelque part en province, à moins qu'elles ne fassent relâche. Elles se sont produites à Paris dernièrement.

— Pourriez-vous découvrir l'endroit exact où elles se trouvent ?

— Facile comme bonjour. Rentrez chez vous, je vous ferai passer le tuyau aux aurores !

Sur cette promesse, nous prîmes congé de lui. Aarons tint parole : le lendemain, sur le coup de

11 heures, nous reçûmes un petit mot griffonné de sa main. « Les Dulcibella Kids passent en ce moment au Palace, à Coventry. Bonne chance ! »

Nous partîmes aussitôt pour Coventry. Poirot ne chercha pas à se renseigner au théâtre, il se contenta de retenir deux fauteuils d'orchestre pour le soir même.

Le spectacle était d'un ennui à pleurer — ou peut-être étais-je dans un état d'esprit à le trouver tel. Des familles japonaises s'empilaient en pyramides humaines à l'équilibre précaire, des gentlemen aux cheveux gominés, portant des smokings verdâtres qui avaient des prétentions à l'élégance, débitaient des fadaises avec des manières de danseurs mondains. D'énormes prima donna lançaient des aigus à la limite du registre humain et un comique entreprit une série d'imitations lamentables.

Ce fut enfin au tour des Dulcibella Kids de paraître sur scène. Mon cœur se mit à battre. C'était bien elle — ou plutôt *elles*, la brune et la blonde. De la même taille, elles portaient chacune un tutu et un grand nœud dans les cheveux, formant un couple fort piquant. Elles se mirent à chanter : elles avaient toutes les deux un joli filet de voix, frais et juste.

C'était un bon petit numéro. Leurs chansons étaient entraînantes, leurs acrobaties très réussies, et elles dansaient avec beaucoup de grâce. Il y eut un tonnerre d'applaudissements quand le rideau tomba. A l'évidence, les Dulcibella Kids avaient du succès.

J'eus soudain l'impression que je ne pouvais plus tenir en place. Il me fallait de l'air. Je suggérai à Poirot de partir.

— Bien sûr, mon ami, allez-y. Pour ma part, je m'amuse bien, et je compte rester jusqu'à la fin. Je vous rejoindrai plus tard.

Notre hôtel n'était qu'à quelques pas du théâtre. Je m'installai au salon, commandai un whisky-soda et restai assis là, à contempler pensivement la grille du foyer vide. Je tournai la tête en entendant la porte s'ouvrir pensant que c'était Poirot qui rentrait. Mais je bondis sur mes pieds : c'était Cendrillon qui se tenait là, sur le pas de la porte.

— Je vous ai vus à l'orchestre, dit-elle d'une voix saccadée, haletante. Vous et votre ami. Quand vous avez quitté la salle, je vous ai suivi. Pourquoi êtes-vous ici, à Coventry ? Que faisiez-vous ce soir au théâtre ? Et l'homme qui était avec vous, c'est lui, le... détective ?

Elle était debout sur le seuil et, la cape qu'elle avait jetée sur son costume de scène glissait de ses épaules. Son visage était blême sous le fard, et je la devinais terrorisée. En un éclair, je compris tout ! Je compris pourquoi Poirot était à sa recherche, ce qu'elle redoutait, et je compris enfin mon propre cœur...

— Oui, c'est lui, dis-je gentiment.
— Il me cherche ? demanda-t-elle dans un souffle.

Puis, comme je restais silencieux, elle se laissa tomber à côté de moi et se mit à sangloter amèrement.

Je m'agenouillai près d'elle et la pris dans mes bras, tout en écartant doucement les mèches qui lui tombaient sur le visage.

— Ne pleurez pas, mon petit, je vous en prie. Vous êtes en sécurité, ici. Je prendrai soin de vous. Ne pleurez pas, mon enfant. Je sais, je sais tout !
— Oh, non, vous ne savez pas tout !
— Je crois que si.

J'attendis un moment que ses sanglots se soient un peu apaisés, puis je demandai :
— C'est vous qui avez pris le poignard, n'est-ce pas ?
— Oui.
— C'est pour cela que vous vouliez tout voir ? Et que vous avez fait semblant de vous trouver mal ?

Elle fit oui de la tête.

— Pourquoi avoir pris ce poignard ? demandai-je d'un ton pressant.

Elle répondit avec une simplicité d'enfant :
— J'avais peur qu'il y ait des empreintes dessus.
— Mais vous ne vous rappeliez pas que vous portiez des gants ?

Elle secoua la tête, l'air abasourdi, puis elle dit lentement :
— Vous allez me livrer à... la police ?
— Grands dieux, non !

Ses yeux cherchèrent les miens avec anxiété, puis elle finit par dire tout bas, comme effrayée par le son de sa propre voix :
— Pourquoi pas ?

C'était sans doute un bien étrange endroit et un bien curieux moment pour une déclaration. Jamais, dans mes plus folles rêveries, je n'aurais imaginé que l'amour me viendrait un jour dans ces conditions. Mais je répondis simplement, de la façon la plus naturelle :
— Parce que je vous aime, Cendrillon.

Elle baissa la tête, comme si elle avait honte, et murmura d'une voix brisée :
— C'est impossible... impossible...

Puis, se ressaisissant soudain, elle me regarda bien en face et demanda :
— Que savez-vous exactement ?
— Je sais que vous êtes venue voir M. Renauld ce soir-là. Il vous a offert un chèque que vous avez déchiré avec indignation. Puis vous êtes sortie de la maison...

Je m'arrêtai.
— Continuez. Ensuite ?
— J'ignore si vous saviez que Jack Renauld viendrait ce soir-là, ou si vous avez simplement attendu dans l'espoir de le rencontrer, mais en tout cas vous avez attendu. Peut-être étiez-vous tout simplement malheureuse et avez-vous erré sans but... Toujours est-il que juste avant minuit vous étiez encore dans les parages et que vous avez vu un homme sur les links...

Je fis une nouvelle pause. La vérité m'était apparue en un éclair au moment où elle avait passé la porte, mais cette fois l'image surgit devant moi avec une force terrible. Je revis la coupe particulière du pardessus qui recouvrait le cadavre de M. Renauld et je me souvins de l'étonnante ressemblance qui m'avait frappé, au moment où son fils avait fait irruption dans le salon et où j'avais cru un instant que l'homme assassiné s'était relevé d'entre les morts.

— Continuez, répéta la jeune fille d'un ton ferme.

— J'imagine qu'il vous tournait le dos, mais vous l'avez reconnu quand même — ou vous avez cru le reconnaître. Cette démarche vous était familière, ainsi que la coupe du pardessus. Vous aviez déjà menacé Jack Renauld dans une de vos lettres. Quand vous l'avez vu là, vous êtes soudain devenue folle de colère et de jalousie, et vous avez frappé ! Je ne crois pas un instant que vous ayez eu l'intention de le tuer. Mais vous l'avez tué, Cendrillon.

Elle enfouit son visage dans ses mains et elle dit d'une voix étranglée :

— C'est vrai... C'est vrai... Je vois tout cela exactement comme vous le décrivez...

Puis, elle se tourna vers moi presque avec fureur :

— Et vous m'aimez ? Sachant tout ça, comment pouvez-vous m'aimer ?

— Je ne sais pas, dis-je d'un ton las. Je suppose que c'est ça, l'amour, une chose dont on ne peut pas se défendre. J'ai essayé pourtant, tout de suite après vous avoir vue... Mais l'amour était plus fort que moi...

Soudain, elle se remit à sangloter éperdument.

— Oh ! C'est impossible ! s'écria-t-elle. Je ne sais plus quoi faire, vers qui me tourner. Oh ! Je vous en prie, je vous en supplie, que quelqu'un me dise ce que je dois faire !

Je m'agenouillai de nouveau près d'elle, l'apaisant du mieux que je le pouvais.

— Bella, n'ayez pas peur de moi. Je vous en prie, ne craignez rien. Je vous aime, c'est vrai, mais je ne demande rien en retour. Laissez-moi seulement vous aider. Continuez à l'aimer, si vous voulez, mais laissez-moi vous aider, puisque lui ne le peut pas.

On eût dit que mes paroles l'avaient changée en statue de pierre. Elle se leva et me regarda longuement.

— Vous croyez cela ? chuchota-t-elle. Vous croyez que j'aime Jack Renauld ?

Moitié pleurant, moitié riant, elle me jeta les bras autour du cou dans un mouvement passionné, et pressa son doux visage contre le mien.

— Pas autant que je vous aime, vous ! murmura-t-elle. Jamais autant !

Ses lèvres glissèrent sur ma joue, cherchant les miennes. Elle les couvrit de baisers brûlants et doux à la fois. Jamais, non, jamais de ma vie je n'oublierai l'ardeur de ces baisers, ni la merveilleuse sensation qu'ils me donnèrent !

Un bruit nous interrompit. Poirot était là et nous regardait.

Je n'hésitai pas une seconde. D'un bond, je fus sur lui et lui maintins les bras le long du corps.

— Vite, dis-je à la jeune fille. Sortez d'ici, courez ! Je le tiens.

Elle me jeta un rapide coup d'œil, puis bondit hors de la pièce. Je maintenais toujours Poirot d'une poigne de fer.

— Mon ami, observa-t-il d'un ton paisible, vous excellez à ce genre de choses. Le preux chevalier me tient dans sa poigne d'acier et je suis aussi impuissant qu'un enfant. Mais outre que la situation manque de confort, tout ceci est légèrement ridicule. Asseyons-nous tranquillement.

— Vous ne la poursuivrez pas ?
— Mon Dieu, non ! Me prenez-vous pour Giraud ? Lâchez-moi, mon ami.

Tout en gardant sur lui un œil soupçonneux — je sais fort bien que je n'arrive pas à la cheville de Poirot en matière d'astuce — je finis par le relâcher.

Il se laissa tomber dans un fauteuil en se frottant les bras.

— Mais c'est que vous êtes fort comme un taureau, quand vous êtes en colère, Hastings ! Eh bien ! Vous trouvez que c'est une façon de se conduire envers un vieil ami ? Je vous montre la photo de la jeune fille, vous la reconnaissez, et vous ne m'en soufflez pas mot !

— A quoi bon, puisque vous saviez que je l'avais reconnue, dis-je avec amertume.

Ainsi, Poirot avait perçu mon trouble ! Pas un instant je ne lui avais donné le change.

— Taratata ! Vous ne saviez pas que je savais. Et ce soir, après tout le mal que nous avons eu à mettre la main sur elle, vous ne trouvez rien de mieux à faire que de l'aider à s'échapper. Eh bien ! Nous en sommes là : allez-vous travailler pour ou contre moi, Hastings ?

Je ne répondis pas tout de suite. Il m'en coûtait beaucoup de me séparer de mon vieil ami. Et pourtant, j'avais déjà choisi mon camp contre lui. Me le pardonnerait-il jamais ? Il avait fait preuve jusqu'à présent d'un calme olympien, mais je connaissais sa remarquable maîtrise de soi.

— Poirot, je suis désolé. Je reconnais que je me suis fort mal conduit envers vous dans cette affaire. Mais il arrive dans la vie qu'on n'ait pas le choix. Désormais, il me faudra aller mon propre chemin.

Poirot hocha la tête à plusieurs reprises.

— Je comprends, dit-il.

La lueur moqueuse qui brillait dans ses yeux avait disparu. Il parlait avec une sincérité et une douceur qui me surprirent.

— C'est bien ça, mon ami ? C'est l'amour qui vous est venu — non pas comme vous l'imaginiez, triomphant et paré de plumes légères, mais triste et blessé... C'est bon, c'est bon, je vous avais prévenu. Quand j'ai compris que c'était elle qui avait dû prendre le poignard, je vous ai prévenu, rappelez-vous. Mais il était déjà trop tard. A propos, que savez-vous, au juste ?

Je le regardai droit dans les yeux.

— Rien de ce que vous pourrez me dire ne me surprendra, Poirot. Comprenez-le bien. Mais au cas où vous envisageriez de continuer à rechercher miss Duveen, je veux que ceci soit bien clair : si vous pensez qu'elle a trempé dans ce crime, ou que c'est elle la mystérieuse dame qui a rendu visite à M. Renauld cette nuit-là, vous vous trompez. Je suis revenu de Paris avec elle ce jour-là, et nous nous sommes séparés à Victoria Station le soir même, de sorte qu'il est tout à fait impossible qu'elle ait pu se trouver en même temps à Merlinville.

— Ah ! dit Poirot en me considérant d'un air pensif. Seriez-vous prêt à le jurer devant un tribunal ?

— Certainement.

Poirot se leva et s'inclina devant moi.

— Vive l'amour, mon ami ! Il fait des miracles. C'est vraiment très ingénieux, ce que vous avez trouvé là. Même Hercule Poirot s'avoue vaincu.

23

DES SOUCIS EN PERSPECTIVE

Après des émotions aussi intenses que celles que je viens de décrire, il vient un moment où la tension retombe. Si j'allai me coucher cette nuit-là en pleine euphorie, je compris dès mon réveil que j'étais loin d'être sorti de l'auberge. Certes, je ne voyais aucune faille dans l'alibi que m'avait suggéré l'inspiration du moment. Si je me cramponnais obstinément à mon histoire, je voyais mal comment on pourrait accuser Bella.

Je sentais malgré tout qu'il me faudrait avancer

avec les plus grandes précautions. Poirot n'accepterait pas sa défaite sans réagir. Il ferait tout pour reprendre l'avantage, et ses manœuvres risquaient de me prendre de court.

Nous nous retrouvâmes comme si de rien n'était le lendemain au petit déjeuner. Poirot semblait d'une bonne humeur inaltérable, mais je sentais chez lui une réserve qui ne lui était pas habituelle. Quand, le repas terminé, j'annonçai mon intention d'aller faire un tour, une lueur de malice brilla dans ses yeux.

— Si vous cherchez à glaner des renseignements, ce n'est pas la peine de vous déranger. Je peux vous dire dès maintenant ce que vous désirez savoir. Les sœurs Dulcibella ont annulé leur contrat et ont quitté Coventry pour une destination inconnue.

— Est-ce bien la vérité, Poirot ?

— Vous pouvez me croire sur parole, Hastings. J'ai fait ma petite enquête ce matin dès l'aube. Après tout, à quoi vous attendiez-vous ?

Dans de telles circonstances, on ne pouvait guère en effet s'attendre à autre chose. Cendrillon avait mis à profit la courte avance que j'avais pu lui assurer, et il était bien normal qu'elle n'ait pas perdu une minute pour échapper à son poursuivant. C'était ce que j'avais voulu et prévu. Néanmoins, j'avais conscience de me trouver plongé dans de nouvelles difficultés.

Je n'avais aucun moyen de communiquer avec la jeune fille. Or, il était vital qu'elle connût la ligne de défense que j'avais préparée pour elle et que j'étais prêt à soutenir jusqu'au bout. Bien sûr, elle pouvait toujours essayer de me faire parvenir un mot, mais l'opération me semblait risquée. Elle devait se douter que Poirot pourrait intercepter son message, ce qui le relancerait aussitôt sur sa piste. Au fond, sa seule ressource pour l'instant était de s'évanouir complètement dans la nature.

Mais qu'allait faire Poirot pendant ce temps ? Je l'étudiai avec attention. Il avait l'air le plus innocent du monde, les yeux pensivement fixés au loin. Sa placidité et son indolence ne me rassuraient pas le moins du monde. J'avais appris qu'il n'était jamais plus dangereux que dans ces moments-là. Il parut soudain remarquer mon trouble et me gratifia d'un sourire bienveillant.

— Quelque chose vous intrigue, Hastings ? Vous vous demandez pourquoi je ne me lance pas à sa poursuite ?

— Eh bien... Oui, en gros.

— C'est ce que vous feriez à ma place, bien sûr. Mais je ne suis pas de ces gens qui s'amusent à arpenter tout un pays pour chercher une aiguille dans une botte de foin, comme vous dites. Non, laissons Mlle Duveen aller où elle veut. Je saurai bien la retrouver le moment venu. Jusque-là, je me contenterai d'attendre.

Je le contemplai d'un air de doute. Cherchait-il à me fourvoyer ? J'avais l'irritante impression que, même maintenant, il était maître de la situation. Mon sentiment de supériorité s'évanouissait peu à peu. J'avais permis à cette jeune fille de fuir, et j'avais monté un brillant scénario pour la mettre à l'abri des conséquences de son acte irréfléchi. Et pourtant, je n'étais pas tranquille : le calme imperturbable de Poirot ne faisait qu'éveiller chez moi les pires appréhensions.

Je finis par lui demander, un peu gêné :

— J'imagine, Poirot, que je ne peux plus vous interroger sur vos projets ? J'en ai sans doute perdu le droit.

— Mais pas du tout, mon ami. Je n'en fais aucun mystère : nous retournons en France sans plus attendre.

— Nous ?

— Bien sûr, nous ! Vous savez bien que vous ne pouvez pas vous permettre de lâcher papa Poirot d'une semelle, pas vrai, mon ami ? Mais si vous préférez rester en Angleterre...

Je secouai la tête. Poirot avait touché juste : je ne

devais à aucun prix le perdre de vue. Même si je n'espérais plus aucune confidence de sa part, je pouvais encore surveiller ses agissements. C'était lui le danger pour Bella, puisque Giraud et la police française ignoraient jusqu'à son existence. Il ne me restait qu'à suivre Poirot à la trace.

Celui-ci m'observait avec attention tandis que je réfléchissais, et il hocha enfin la tête avec satisfaction.

— J'ai raison, n'est-ce pas ? Et comme vous êtes bien capable de me filer sous un déguisement aussi absurde qu'une fausse barbe — repérable à une lieue, bien entendu —, j'aime autant que nous voyagions ensemble. Je serais très peiné de voir les gens se moquer de vous.

— Eh bien, dans ce cas ! Mais je dois vous prévenir...

— Je sais, je sais. Vous êtes mon ennemi ! Eh bien, soyez mon ennemi, cela ne me dérange nullement.

— Tant que tout reste clair entre nous, je ne vois aucun inconvénient à vous accompagner.

— Mon cher, vous possédez au plus haut degré ce sens du « fair play » qui caractérise les Anglais ! Puisque voilà vos scrupules apaisés, allons-y ! Il n'y a pas de temps à perdre. Notre séjour en Angleterre a été bref, mais instructif. Je sais ce que je voulais savoir.

Son ton était léger, mais il recelait une menace voilée.

— Pourtant..., commençai-je.

— Pourtant, comme vous dites, je vous vois très satisfait du rôle que vous avez joué. Seulement moi, c'est pour Jack Renauld que je me fais du souci !

Jack Renauld ! Ce nom me fit sursauter. J'avais complètement oublié cet aspect de la question. Jack Renauld en prison, avec l'ombre de la guillotine planant sur lui. Le rôle que j'avais joué m'apparut soudain sous un jour beaucoup plus sinistre. Je pouvais sauver Bella, mais, ce faisant, je risquais d'envoyer un innocent à la mort.

Je repoussai cette pensée avec horreur. C'était impossible. Il serait sûrement acquitté. Mais la terreur me reprit. Et s'il ne l'était pas ? Que se passerait-il, alors ? Pouvais-je garder cela sur la conscience ? Affreuse pensée. Faudrait-il en arriver là ? Etre amené à choisir entre Bella et Jack Renauld ? Mon cœur me poussait à sauver la jeune fille que j'aimais, quoi qu'il puisse m'en coûter à moi. Mais si c'était un autre qui devait en payer le prix, le problème n'était plus le même...

Et que dirait la jeune fille de son côté ? Je ne lui avais pas soufflé mot de l'arrestation de Jack Renauld. Pour l'instant, elle ignorait totalement que son ancien amoureux était en prison, accusé d'un crime affreux qu'il n'avait pas commis. Comment réagirait-elle quand elle le saurait ? Consentirait-elle à avoir la vie sauve au prix de la sienne ? J'espérais qu'elle ne ferait rien d'irréfléchi, puisque Jack Renauld serait sans doute acquitté sans aucune intervention de sa part. Dans ce cas, rien à craindre. Mais dans le cas contraire ? C'était là le terrible, l'insoluble dilemme. Elle n'encourrait sans doute pas la peine capitale. Elle avait pour elle toutes les circonstances atténuantes : elle invoquerait la jalousie, et les événements qui avaient exaspéré cette jalousie. Sa jeunesse et sa beauté feraient le reste. Le fait que par une tragique erreur, c'était M. Renauld, et non son fils, qui avait subi les conséquences de son geste, ne changerait cependant rien aux mobiles du crime. Quelle que soit l'indulgence du jury, elle ne pourrait échapper à de longues années de prison.

Non, il fallait à tout prix protéger Bella. Et, en même temps, il fallait sauver Jack Renauld. Je voyais mal comment accomplir un tel miracle, mais je me reposais entièrement sur Poirot. Il savait. Quoi qu'il advienne, il ne laisserait pas condamner un innocent. Il inventerait une histoire quelconque. Ce ne serait pas facile, mais il y parviendrait. Bella ne serait pas soupçonnée, Jack Renauld serait acquitté, et tout s'arrangerait.

Mais j'avais beau me répéter tout cela, un étau glacé continuait de me serrer le cœur.

24

SAUVEZ-LE !

Nous revînmes en France par le bateau du soir, pour nous trouver le lendemain matin à Saint-Omer, où l'on avait transféré Jack Renauld. Poirot voulut aussitôt rendre visite à M. Hautet. Comme il ne semblait voir aucune objection à ma présence, je l'accompagnai.

Après diverses formalités, nous fûmes introduits dans le bureau du magistrat, qui nous accueillit avec cordialité.

— Je m'étais laissé dire que vous étiez retourné en Angleterre, monsieur Poirot. Je me réjouis de constater qu'il n'en est rien.

— J'y suis allé, en effet, mais pour une simple visite éclair. Une piste d'intérêt secondaire, qui méritait malgré tout d'être examinée de près.

— Et vous êtes satisfait ?

Poirot haussa les épaules. M. Hautet hocha la tête avec un soupir.

— Je crois qu'il faut nous faire une raison. Cet animal de Giraud a des manières épouvantables, mais c'est un malin, aucun doute là-dessus ! Il y a peu de chances qu'il se trompe, celui-là !

— Vous croyez ?

Ce fut au tour du juge d'instruction de hausser les épaules.

— Eh bien... Pour parler franchement — et cela

reste entre nous, bien sûr — voyez-vous une autre conclusion possible ?

— À dire vrai, il me semble qu'il reste bien des points obscurs.

— Lesquels, par exemple ?

Mais Poirot ne se laissa rien soutirer.

— Oh ! Je ne les ai pas encore bien catalogués. C'était plutôt une réflexion d'ordre général. Ce jeune homme m'est sympathique, et j'ai du mal à le croire coupable d'un crime aussi affreux. A ce propos, que dit-il pour sa défense ?

Le magistrat fronça les sourcils.

— Je n'arrive pas à le comprendre. Il semble incapable de nous en fournir une, et nous avons eu le plus grand mal à obtenir qu'il réponde à nos questions. Il se borne à tout nier en bloc, et se réfugie ensuite dans un silence obstiné. Je procéderai demain à un nouvel interrogatoire. Peut-être souhaitez-vous y assister ?

Nous acceptâmes cette invitation avec empressement.

— Une bien pénible affaire, reprit le juge d'instruction avec un petit soupir. J'ai la plus profonde sympathie pour Mme Renauld.

— Comment va-t-elle ?

— Elle n'a pas encore repris connaissance. En un sens, c'est aussi bien pour elle, la pauvre femme ! Cela lui épargne bien des tourments. Le docteur affirme qu'elle n'est pas en danger, mais qu'il lui faudra beaucoup de calme et de silence quand elle aura repris ses esprits. Plus encore que sa chute, c'est le choc qu'elle a éprouvé qui l'a mise dans cet état. Ce serait terrible si son cerveau en gardait des traces, mais je n'en serais qu'à moitié surpris !

M. Hautet se renversa dans son fauteuil en secouant la tête, plein d'une délectation morbide devant cette sombre perspective. Il émergea de sa torpeur pour lancer soudain :

— A propos, j'ai reçu une lettre pour vous, monsieur Poirot. Voyons voir, où ai-je bien pu la mettre ?

Il se mit à fourrager dans ses papiers, d'où il finit par extraire une enveloppe qu'il tendit à Poirot.

— Elle m'a été adressée sous pli cacheté pour que je vous la fasse suivre. Mais comme vous n'aviez pas laissé d'adresse, je n'ai pas pu vous l'envoyer.

Poirot examina l'enveloppe avec curiosité. L'écriture, longue et penchée, était visiblement celle d'une femme. Poirot la glissa dans sa poche sans l'ouvrir et se leva pour prendre congé.

— A demain, donc. Et merci encore de votre amabilité.

— Je vous en prie. Je suis à votre entière **disposition**.

Au moment précis où nous sortions de l'immeuble, nous tombâmes nez à nez avec Giraud, l'air plus dandy et content de lui que jamais.

— Ah ah ! Monsieur Poirot, dit-il d'un ton nonchalant, vous voilà donc revenu d'Angleterre ?

— Comme vous pouvez le constater.

— Nous ne sommes plus loin de la conclusion de cette affaire, j'imagine.

— En effet, monsieur Giraud.

L'air déconfit de Poirot semblait combler d'aise l'inspecteur parisien.

— De tous les criminels sans odeur ni saveur que j'ai rencontrés... ! Il ne cherche même pas à se défendre, c'est tout de même extraordinaire !

— Si extraordinaire que cela donne à penser, vous ne trouvez pas ? suggéra doucement Poirot.

Mais Giraud ne l'écoutait même pas. Il fit tournoyer sa canne.

— Eh bien, bonne journée, monsieur Poirot. Je constate avec plaisir que vous admettez enfin la culpabilité de Jack Renauld.

— Ah pardon ! je n'admets rien du tout ! Jack Renauld est innocent.

Giraud le dévisagea un instant, puis il éclata de rire en se tapotant le front de l'index :

— Complètement toqué ! laissa-t-il tomber.

Poirot se redressa et une lueur menaçante passa dans son regard.

— Monsieur Giraud, tout au long de cette affaire, vous avez eu envers moi une attitude délibérément insultante. Vous méritez une leçon. Je suis prêt à parier cinq cents francs que je trouverai le meurtrier de M. Renauld avant vous. C'est d'accord ?

Giraud le toisa avec commisération et répéta :

— Complètement toqué !

— Allons, le pressa Poirot. Pari tenu ?

— Mais je n'ai pas envie de vous prendre votre argent !

— Soyez sans crainte, vous ne me le prendrez pas.

— Eh bien, d'accord ! Et si vous trouvez que j'ai été insultant à votre égard, laissez-moi vous dire qu'une ou deux fois, vous m'avez exaspéré, vous aussi.

— Vous m'en voyez ravi, rétorqua Poirot. Monsieur Giraud, je vous souhaite le bonjour. Venez, Hastings.

Nous marchâmes dans la rue en silence. J'avais le cœur lourd. Poirot n'avait que trop clairement annoncé ses intentions. Je doutais plus que jamais d'arriver à sauver Bella. La malheureuse rencontre avec Giraud avait rendu Poirot fou de rage et l'avait complètement remonté.

Je me retournai en sentant une main se poser soudain sur mon épaule, et je me trouvai face à Gabriel Stonor. Après un cordial échange de civilités, il nous proposa de nous raccompagner à notre hôtel.

— Que faites-vous ici, monsieur Stonor ? demanda Poirot.

— La place d'un homme est auprès de ses amis, répliqua Stonor d'un ton sec. Surtout quand ils sont injustement accusés.

— Vous pensez donc que Jack Renauld n'a pas commis ce crime ? demandai-je anxieusement.

— J'en suis certain. Je connais ce garçon. J'admets qu'il y a des aspects stupéfiants dans cette affaire. Mais quand même, et bien qu'il se conduise comme un imbécile, on ne me fera jamais croire que Jack Renauld est un meurtrier.

Je me sentis aussitôt plus proche de Gabriel Stonor. Il venait sans le savoir de m'ôter un poids du cœur.

— Vous savez, m'exclamai-je, vous n'êtes pas le seul à le penser. Les preuves contre lui sont ridiculement faibles. Pour moi, son acquittement ne fait aucun doute, aucun !

La réponse de Stonor ne fut pas celle que j'aurais souhaitée.

— Je donnerais cher pour en être aussi sûr, dit-il d'un ton grave. (Puis, se tournant vers Poirot :) Qu'en dites-vous, monsieur ?

— Je pense que son cas est bien mauvais, répondit tranquillement Poirot.

— Vous le croyez coupable ? répliqua vivement Stonor.

— Non. Mais je pense qu'il sera difficile de le prouver.

— Il a un comportement si bizarre, murmura Stonor. Bien sûr, je me doute qu'il y a derrière ce meurtre bien plus de choses qu'il n'y paraît. Giraud n'y voit que du feu parce qu'il n'est pas dans le coup, mais toute cette histoire est fichtrement bizarre. Enfin, moins on en dit et mieux on se porte. Si Mme Renauld préfère taire certaines choses, je suis son homme. C'est elle que ça regarde, et je respecte trop son jugement pour m'en mêler. Mais c'est l'attitude de Jack que je n'arrive pas à comprendre. C'est à croire qu'il cherche à tout prix à se faire accuser !

— Mais c'est absurde ! m'écriai-je. Et d'abord, le poignard...

Je m'interrompis, ne sachant pas trop ce que Poirot souhaitait voir révéler. Je repris en choisissant mes mots :

— Nous savons que le poignard ne pouvait être en possession de Jack Renauld ce soir-là. Mme Renauld le sait aussi.

— C'est vrai, dit Stonor. C'est sans doute ce qu'elle dira quand elle reprendra connaissance, et bien d'autres choses encore. Eh bien, je vais vous laisser.

Poirot l'arrêta d'un geste :

— Un instant. Vous serait-il possible de m'envoyer un mot dès que Mme Renauld aura repris conscience ?

— Mais certainement. Rien de plus facile.

— Poirot, cette histoire de poignard est un bon point pour nous, dis-je d'un ton pressant en montant l'escalier. Mais j'ai préféré ne pas trop en dire devant Stonor.

— Et vous avez bien fait. Autant garder ça pour nous le plus longtemps possible. Mais ce que vous avez dit à propos de ce poignard ne suffira pas à sauver Jack Renauld. Vous avez vu que je me suis absenté une petite heure ce matin, avant de quitter Londres ?

— Et alors ?

— Alors je me suis employé à retrouver la firme à laquelle s'est adressé Jack Renauld pour fabriquer ces coupe-papier. Cela n'a pas été très difficile. Eh bien, Hastings, ils ont fabriqué à sa demande non pas *deux*, mais *trois* coupe-papier.

— De sorte que...

— De sorte qu'après en avoir donné un à sa mère et un autre à Bella Duveen, il lui en restait un troisième qu'il destinait sans doute à son propre usage. Non, Hastings, je crains que la question des poignards ne nous soit d'aucun secours pour le sauver de la guillotine.

— Mais on n'en arrivera pas là !

Poirot secoua la tête d'un air de doute.

— Vous le sauverez ! affirmai-je avec énergie.

Poirot me lança un coup d'œil peu amène.

— N'est-ce pas vous qui m'avez rendu la tâche impossible, mon ami ?

— Vous trouverez bien un moyen, marmottai-je.

— Ah, sapristi ! Mais ce sont des miracles que

vous me demandez ! Non, plus un mot là-dessus. Voyons plutôt ce que dit cette lettre.

Il sortit l'enveloppe de sa poche ; je vis son visage se contracter tandis qu'il lisait, puis il me tendit une mince feuille de papier pelure.

— Il y a d'autres femmes qui souffrent en ce monde, Hastings.

A voir l'écriture heurtée, il était clair déjà qu'on avait rédigé ce mot à la hâte et dans un état de grande agitation.

Cher monsieur Poirot,
Si vous recevez ceci, je vous supplie de me venir en aide. Je n'ai personne vers qui me tourner, et il faut sauver Jack à tout prix. J'implore votre secours à genoux.

Marthe Daubreuil

Je lui rendis la lettre, ému.
— Vous irez ?
— À l'instant. Nous allons demander une voiture.

Une demi-heure plus tard, nous étions à la villa Marguerite. Marthe nous attendait sur le seuil ; elle retint longuement la main de Poirot dans les siennes.

— Ah ! Vous êtes venu ! Vous êtes bon ! J'étais désespérée, je ne savais plus que faire. Ils ne me laissent même pas lui rendre visite en prison. Je souffre horriblement. J'en deviens folle. C'est vrai, ce qu'ils disent ? Qu'il ne nie même pas le crime ? Mais c'est de la folie ! Il ne peut pas l'avoir commis ! Je ne l'ai pas cru une minute !

— Je ne le crois pas non plus, mademoiselle, dit Poirot avec douceur.

— Mais alors, pourquoi ne parle-t-il pas ? C'est incompréhensible.

— Peut-être parce qu'il protège quelqu'un, suggéra Poirot en scrutant le visage de la jeune fille.

Marthe fronça les sourcils.

— Protéger quelqu'un ? Vous voulez dire sa

mère ? Ah ! Je l'ai soupçonnée depuis le début. Qui donc hérite de cette immense fortune, sinon elle ? On peut toujours prendre un air de veuve éplorée et jouer les hypocrites. On dit aussi que quand Jack a été arrêté, elle est tombée raide, comme ça ! (Elle fit un geste grandiloquent.) Et c'est sans doute le secrétaire, M. Stonor, qui l'a aidée. Ils s'entendent comme larrons en foire, ces deux-là. Elle est bien plus vieille que lui, mais les hommes s'en moquent, quand une femme a de l'argent !

Je remarquai la pointe d'amertume dans sa voix.

— Stonor était en Angleterre, glissai-je.

— C'est ce qu'il dit. Mais qu'en sait-on ?

— Mademoiselle, dit calmement Poirot, si nous devons travailler ensemble, il faut que les choses soient claires entre nous. Laissez-moi d'abord vous poser une question.

— Oui, monsieur.

— Connaissez-vous le véritable nom de votre mère ?

Marthe le regarda un moment sans rien dire, puis elle se couvrit le visage et éclata en sanglots.

— Là, là, dit Poirot en lui tapotant gentiment l'épaule. Calmez-vous, mon petit. Je vois que vous le connaissez. Maintenant, encore une question : savez-vous qui était M. Renauld ?

— M. Renauld ?

Elle releva la tête et contempla Poirot avec stupéfaction.

— Ah ! je vois que ça, vous ne le savez pas. Alors écoutez-moi bien.

Il lui exposa toute l'affaire en détail, comme il l'avait fait pour moi le jour de notre départ en Angleterre. Marthe écoutait, bouche bée. Quand il eut terminé, elle poussa un long soupir.

— Mais vous êtes formidable, merveilleux ! Vous êtes le plus grand détective du monde !

Elle glissa vivement de sa chaise et s'agenouilla devant lui avec une spontanéité bien française.

— Sauvez-le, monsieur ! s'écria-t-elle. Je l'aime tant ! Je vous en supplie, sauvez-le !

25

Un dénouement inattendu

Nous assistâmes le lendemain matin à l'interrogatoire de Jack Renauld. Si peu de temps qu'ait duré son incarcération, je fus frappé de voir le changement qu'elle avait produit sur lui. Il avait les joues creuses, les yeux profondément cernés, l'air hagard et défait d'un homme qui cherche en vain le sommeil depuis des nuits. Il ne manifesta aucune émotion en nous voyant.

— Jack Renauld, commença le juge d'instruction, niez-vous avoir été présent à Merlinville le soir du meurtre ?

Jack ne répondit pas tout de suite. Enfin, il balbutia avec une hésitation pitoyable :

— Je... Je vous ai déjà dit que j'étais à Cherbourg.

Le magistrat se détourna avec brusquerie.

— Introduisez les témoins.

La porte s'ouvrit au bout de quelques secondes, livrant passage à un homme en qui je reconnus le porteur de la gare de Merlinville.

— Vous étiez de service la nuit du 7 juin ?

— Oui, monsieur.

— Vous avez assisté à l'arrivée en gare du train de 23 h 50, n'est-ce pas ?

— Oui, monsieur.

— Regardez le prisonnier. Faisait-il partie des voyageurs qui sont descendus de ce train ?

— Oui, monsieur.

— Etes-vous certain de ce que vous avancez ?

— Certain, monsieur. Je connais bien M. Jack Renauld.

— Et vous êtes sûr de ne pas vous tromper de date ?

— Oui, monsieur, puisque c'est précisément le lendemain matin 8 juin que nous avons entendu parler du meurtre.

Un autre employé des chemins de fer vint confirmer le témoignage du premier. Le juge d'instruction se tourna alors vers Jack Renauld :

— Ces deux hommes vous ont formellement reconnu. Qu'avez-vous à répondre ?

Jack haussa les épaules.

— Rien.

— Renauld, poursuivit le magistrat, reconnaissez-vous ceci ?

Il prit sur la table un petit objet qu'il tendit au prisonnier. Je frémis en reconnaissant le fameux coupe-papier.

— Un instant, intervint Me Grosier, l'avocat de Jack. Je demande à parler à mon client avant qu'il réponde à cette question.

Mais Jack Renauld se souciait fort peu du malheureux Grosier. Il lui fit signe de se taire et déclara d'un ton calme :

— Je le reconnais parfaitement. C'est un cadeau que j'avais fait à ma mère, un souvenir de guerre.

— A votre connaissance, existe-t-il des copies de ce poignard ?

Me Grosier voulut de nouveau intervenir ; encore une fois, Jack passa outre.

— Pas que je sache, puisqu'il a été exécuté selon mes indications.

Le juge d'instruction lui-même étouffa une exclamation devant l'impudence de cette réponse. Jack Renauld s'obstinait à courir à la catastrophe ! Je compris aussitôt qu'il lui fallait dissimuler à tout prix l'existence de l'autre poignard s'il voulait sauver Bella. Tant qu'on croirait qu'il n'existait qu'une seule arme, on ne pourrait pas soupçonner la jeune fille d'en avoir eu une autre en sa possession. Il protégeait vaillamment celle qu'il avait aimée, mais à quel prix ! Je commençai à mesurer l'ampleur de la tâche que j'avais si légèrement assignée à Poirot. Il serait difficile d'obtenir l'acquittement de Jack Renauld sans avouer la vérité pure et simple.

M. Hautet reprit la parole sur un ton mordant :

— Mme Renauld nous a dit que ce poignard se trouvait sur sa coiffeuse la nuit du drame. Mais Mme Renauld est une mère ! Cela va sans doute vous étonner, monsieur Renauld, mais il me paraît fort probable que Mme Renauld se soit trompée et que vous ayez emporté le poignard à Paris — par pure inadvertance, peut-être. Vous allez sans doute vous empresser de me contredire...

Je vis les mains du jeune homme se crisper et la sueur perler à son front. Dans un suprême effort, il interrompit le magistrat d'une voix rauque :

— Je ne vous contredirai pas. C'est possible.

Il y eut un moment de stupéfaction. Me Grosier bondit :

— Je proteste ! Mon client a été soumis ces derniers temps à une trop forte tension nerveuse. Je tiens à déclarer que je ne le considère pas comme responsable de ses déclarations.

Le magistrat le fit taire d'un geste sec. Un instant, à voir combien son prisonnier forçait son rôle, le doute parut s'emparer de lui. Il se pencha et l'examina d'un œil scrutateur.

— Monsieur Renauld, avez-vous bien conscience que vos réponses ne me laissent d'autre possibilité que de vous traduire devant un tribunal ?

Un flot de sang envahit les joues pâles de Jack. Il soutint fermement le regard du juge d'instruction.

— Monsieur Hautet, je jure que je n'ai pas tué mon père.

Mais le bref moment de doute du magistrat était passé. Il eut un rire déplaisant.

— Sans doute, sans doute ! Vous êtes toujours comme l'agneau qui vient de naître, vous autres, les prisonniers. Mais vous vous êtes condamné vous-même. Vous êtes incapable de fournir le moindre alibi et vous n'avez rien à dire pour votre défense — à part des protestations d'innocence qui ne tromperaient pas un enfant ! Renauld, vous avez tué votre père : un meurtre cruel et lâche, pour l'argent que vous espériez tirer de sa mort. Votre mère n'a fait que vous protéger après coup. La Cour, jugeant qu'elle a agi en mère, lui accordera sans doute une indulgence dont vous ne devez pas espérer bénéficier. Et à juste titre ! Vous avez commis un crime abominable, qui doit inspirer l'horreur aux dieux comme aux hommes !

Soudain la porte s'ouvrit, brisant le flot d'éloquence de M. Hautet, au grand dépit de celui-ci.

— Monsieur le juge, monsieur le juge ! bafouilla l'huissier, il y a là une dame qui dit... Qui dit que...

— Qui dit quoi ? cria le juge, plein d'une juste indignation. C'est on ne peut plus irrégulier ! J'interdis toute interruption... Je l'interdis formellement !

Mais une délicate silhouette apparut. Toute de noir vêtue, le visage recouvert d'un long voile, elle écarta l'huissier et entra dans la pièce.

Mon cœur bondit douloureusement. Elle était venue ! Tous mes efforts avaient été vains. Pourtant, je ne pouvais m'empêcher d'admirer le courage qui l'avait poussée à une telle démarche.

Elle leva son voile et j'étouffai un cri. Bien qu'elle lui ressemblât comme deux gouttes d'eau, cette jeune fille n'était pas Cendrillon ! En la voyant sans la perruque blonde qu'elle portait sur scène, je reconnus cette fois la jeune fille de la photographie prise dans le tiroir de Jack Renauld.

— Vous êtes monsieur Hautet, le juge d'instruction ? demanda-t-elle.

— Oui, mais j'interdis formellement...

— Je m'appelle Bella Duveen. Je viens me constituer prisonnière pour le meurtre de M. Renauld.

26

JE REÇOIS UNE LETTRE

Mon ami,

Lorsque vous recevrez ceci, tout sera déjà découvert. Rien de ce que j'ai dit n'a pu ébranler Bella. Elle est allée se livrer à la justice. Pour ma part, j'abandonne la lutte.

Vous devez déjà savoir que je vous ai trompé, et que j'ai payé de mensonges la confiance que vous aviez placée en moi. Vous jugerez sans doute que je suis sans excuses, mais avant de sortir pour jamais de votre vie, je voudrais m'efforcer de vous expliquer comment tout cela a pu arriver. La vie me sera plus légère si je peux croire que vous m'avez pardonnée. Ce n'est pas pour moi que j'ai menti — c'est la seule chose que j'ai à dire pour ma défense.

Je voudrais partir de ce jour où nous nous sommes rencontrés dans le train de Paris. Je me faisais beaucoup de souci pour Bella. Elle était si follement éprise de Jack Renauld qu'elle aurait embrassé le sol où il marchait. Et quand elle a senti qu'il changeait, quand ses lettres ont commencé à s'espacer, elle s'est mise dans tous ses états. Elle s'est alors fourré dans la tête qu'il y avait une autre femme dans sa vie — et la suite a montré qu'elle avait vu juste. Là-dessus, elle a décidé d'aller à Merlinville pour essayer de voir Jack. Sachant combien j'étais opposée à ce projet, elle a tout fait pour me semer. Quand j'ai découvert qu'elle n'avait pas pris le train de Paris, j'ai décidé de ne pas retourner en Angleterre sans elle. J'avais l'affreux pressentiment qu'il allait se passer quelque chose de terrible si je n'arrivais pas à temps pour l'empêcher d'agir.

J'ai attendu le train suivant. Elle s'y trouvait, bien déterminée à courir aussitôt à Merlinville. J'ai tâché de l'en dissuader par tous les moyens, mais rien n'y a fait. J'ai décidé alors de m'en laver les mains : j'avais vraiment tout essayé. Il se faisait tard. J'ai trouvé un hôtel, et Bella est partie pour Merlinville. Mais je gardais malgré tout l'obsédante sensation de ce qu'on appelle dans les livres « un désastre imminent ». Le lendemain, pas de Bella. Nous avions rendez-vous à mon hôtel, mais elle n'est pas venue. Elle n'a pas donné signe de vie de toute la journée, et mon inquiétude grandissait à chaque minute. Et puis, j'ai lu la nouvelle dans un journal du soir.

Ç'a été un moment affreux ! Je n'avais aucune certitude, bien sûr, mais j'avais terriblement peur. Je m'imaginai que Bella avait rencontré le père de Jack, qu'elle lui avait parlé de son histoire avec son fils et qu'il l'avait insultée ou offensée d'une manière ou d'une autre. Nous avons toutes les deux des caractères très emportés.

Et puis, quand on a sorti toute cette histoire d'hommes masqués, je me suis sentie un peu rassurée. Mais je continuais à me demander où avait bien pu passer Bella.

Le lendemain matin, j'étais dans un tel état de nervosité que j'ai décidé d'aller voir moi-même ce que je pouvais faire. Là-dessus, je suis tombée sur vous. Vous connaissez la suite... Quand j'ai vu le mort, qui ressemblait tellement à Jack, recouvert du pardessus de Jack, j'ai compris ! Et puis j'ai vu le coupe-papier — l'affreux objet ! — que Jack avait offert à Bella. Dix contre un qu'elle avait laissé ses empreintes digitales. Je ne peux vous expliquer l'horrible désespoir qui s'est emparé de moi à ce moment-là.

Je ne voyais plus qu'une chose : je devais m'emparer de ce poignard et m'enfuir avec avant qu'on ne s'aperçoive de sa disparition. J'ai fait semblant de m'évanouir et, pendant que vous étiez parti chercher de l'eau, je l'ai pris et je l'ai caché dans ma robe.

Je vous ai raconté que j'étais descendue à l'Hôtel du Phare. *En fait j'ai pris aussitôt le train pour Calais et, de là, le premier bateau pour l'Angleterre. Une fois en pleine mer, j'ai jeté l'horrible petit poignard dans les eaux de la Manche. Après, j'ai eu l'impression de pouvoir respirer enfin plus librement.*

Bella était revenue à Londres. Elle avait une tête épouvantable. Je lui ai raconté ce que j'avais fait, en lui disant qu'elle était en sécurité pour l'instant. Elle m'a regardée bouche bée, et puis elle s'est mise à rire... à rire... C'était affreux de l'entendre ! Je me suis dit que le mieux pour elle était encore de s'étourdir de travail. Elle allait devenir folle si elle restait là à se ronger. Grâce au ciel, nous avons trouvé un engagement presque aussitôt.

Et puis, je vous ai vu avec votre ami dans la salle, ce soir-là. J'ai été prise de panique. Vous deviez la soupçonner, puisque vous étiez sur nos traces. J'étais prête à entendre le pire et je vous ai suivi, totalement désemparée. Et là, avant que j'aie eu le temps d'ouvrir la bouche, j'ai compris que c'était moi que vous soupçonniez, non pas Bella ! Ou du moins, vous me preniez pour Bella, puisque c'était moi qui avais volé le poignard.

Mon ami, si vous aviez pu lire au fond de mon cœur à ce moment-là ! Peut-être me pardonneriez-vous... J'avais peur, j'étais désespérée, je ne savais quel parti prendre. Je ne voyais qu'une chose, c'est que vous étiez prêt à tout pour me sauver, et je n'étais pas sûre que vous auriez été prêt à la sauver, elle ! Sans doute pas... Ce n'était pas pareil ! Je ne pouvais pas courir ce risque : Bella est ma jumelle, je dois tout faire pour la protéger. C'est pourquoi j'ai continué à mentir. J'avais honte... J'ai honte aujourd'hui encore. C'est tout — vous devez vous dire que c'est bien assez. J'aurais dû vous faire confiance. Si je l'avais fait...

Dès que la nouvelle de l'arrestation de Jack Renauld est parue dans les journaux, ça a été fini. Bella n'a même pas voulu attendre de voir comment les choses allaient tourner...

Je suis extrêmement fatiguée. Je ne peux pas en écrire plus.

Elle avait d'abord signé *Cendrillon*, puis elle avait barré ce nom et écrit à la place : *Dulcie Duveen.*

C'était une lettre confuse, mal écrite, presque un brouillon, mais je l'ai conservée jusqu'à ce jour.

Poirot était près de moi. Je laissai les feuillets glisser à terre et je levai les yeux :

— Vous saviez dès le début que c'était l'autre ?
— Oui, mon ami.
— Pourquoi ne pas me l'avoir dit ?
— Avant toute chose, j'avais peine à imaginer que vous ayez pu commettre une telle erreur. Vous aviez vu la photographie. Les deux sœurs se ressemblent beaucoup, mais pas au point qu'on ne puisse les distinguer l'une de l'autre.
— Mais les cheveux blonds ?
— Une perruque, un accessoire de scène qui servait à former un contraste piquant pour leur numéro. Avez-vous déjà vu des jumelles qui soient l'une brune et l'autre blonde ?
— Pourquoi ne m'avez-vous rien dit à l'hôtel ce soir-là, à Coventry ?
— Vous avez été plutôt brusque dans vos méthodes, mon ami, répondit sèchement Poirot, de sorte que vous ne m'en avez pas laissé l'occasion.
— Mais après ?
— Ah, après ! Eh bien, pour commencer, j'étais blessé de votre manque de confiance. Et puis, je voulais savoir si vos sentiments supporteraient l'épreuve du temps, en bref, si c'était de l'amour ou une simple toquade. Rassurez-vous, je ne vous aurais pas laissé mijoter bien longtemps.

Je hochai la tête. Il y avait trop d'affection dans sa voix pour que je puisse lui garder rancune. D'un geste impulsif, je ramassai les feuillets et les tendis à Poirot.

— Lisez. J'insiste.

Il lut la lettre en silence, puis leva les yeux sur moi.

— Qu'est-ce qui vous inquiète, Hastings ?

Poirot avait changé de ton. Il avait perdu son air moqueur, ce qui m'aida beaucoup à lui avouer ce que j'avais sur le cœur.

— Elle ne dit pas... elle ne dit nulle part si elle m'aime ou non.

— Je crois que vous vous trompez, Hastings.

— Où cela ? m'écriai-je en me penchant avidement.

Poirot eut un sourire.

— Elle vous le dit à chaque ligne de sa lettre, mon bon ami.

— Mais comment vais-je la retrouver ? Elle n'a pas mis d'adresse. Il y a un timbre français, c'est tout.

— Ne vous énervez donc pas comme ça ! Laissez faire papa Poirot. Je vous la retrouverai dès que j'aurai une minute à moi !

27

Le récit de Jack Renauld

— Toutes mes félicitations, monsieur Jack, dit Poirot en serrant chaleureusement la main du jeune homme.

Jack Renauld était venu nous trouver aussitôt après sa libération, avant d'aller rejoindre sa mère et Marthe à Merlinville. Stonor l'accompagnait. Son air de bonne santé contrastait grandement avec le visage épuisé du jeune homme, qui semblait au bord de la dépression nerveuse. Il adressa à Poirot un sourire triste et dit d'une voix sourde :

— Quand je pense que j'ai subi tout cela pour la protéger, et que ça n'a servi à rien !

— Vous ne vous attendiez quand même pas à ce que cette fille vous laisse payer ses fautes de votre vie, répliqua Stonor d'un ton sec. C'était le moins qu'elle pouvait faire, quand elle vous a vu marcher tout droit à la guillotine !

— Ma foi, vous y mettiez du vôtre, vous aussi ! ajouta Poirot avec un petit clin d'œil. Au train où vous alliez, Me Grosier était bon pour s'étouffer de rage et vous auriez eu sa mort sur la conscience !

— C'était sans doute un bon bougre plein de bonnes intentions, dit Jack, mais il m'a donné des sueurs froides : vous comprenez, je ne pouvais guère me confier à lui ! Mais à présent, que va-t-il arriver à Bella ?

— A votre place, dit Poirot, je ne me ferais pas trop de souci pour elle. Les tribunaux français ont beaucoup d'indulgence pour la jeunesse, la beauté et les crimes passionnels ! Un avocat intelligent en fera un cas exemplaire de circonstances atténuantes. Cela risque d'être assez déplaisant pour vous...

— Je m'en fiche. Voyez-vous, monsieur Poirot, je me sens en partie responsable de la mort de mon père. Si je n'avais pas eu cette histoire avec cette fille, il serait encore vivant à l'heure qu'il est. Et ma fichue négligence, quand je me suis trompé de pardessus ! Je ne peux m'empêcher de me sentir coupable de sa mort. Cela me hantera jusqu'à la fin de mes jours !

— Mais non, mais non, dis-je d'un ton apaisant.

— Bien sûr, c'est affreux pour moi de penser que Bella a tué mon père, poursuivit Jack. Mais je l'ai traitée d'une façon honteuse. Quand j'ai rencontré Marthe et que j'ai compris mon erreur, j'aurais dû lui écrire aussitôt pour tout lui avouer. Mais j'ai eu peur qu'elle me fasse une scène, que tout cela revienne aux oreilles de Marthe, et que Marthe croie que cette histoire était sérieuse. J'ai laissé courir, en espérant qu'elle se lasserait. Je me suis tout simplement défilé, sans comprendre que la pauvre petite était au désespoir. Si elle m'avait vraiment poignardé, comme elle a cru le faire, je n'aurais eu que ce que je méritais ! Sans compter qu'il lui a fallu un sacré courage pour venir se constituer prisonnière. Mais j'étais prêt à jouer le jeu jusqu'au bout, vous savez.

Il resta silencieux un moment, puis, sautant du coq à l'âne :

— Ce qui m'échappe, quand même, c'est ce que pouvait bien fabriquer mon paternel dehors à une heure pareille, en sous-vêtements et avec mon pardessus sur le dos. Je suppose qu'il venait tout juste d'échapper aux deux malfrats, et que ma mère s'est trompée en disant qu'ils sont arrivés à 2 heures du matin. A moins que... Ce n'était pas un coup monté, au moins ? Je veux dire que ma mère ne croyait pas... elle n'a pas pu croire que c'était moi ?

Poirot le rassura aussitôt.

— Non, non, monsieur Jack. N'ayez aucune crainte là-dessus. Quant au reste, je vous l'expliquerai en détail le moment venu. C'est une histoire assez curieuse. Mais allez-vous nous raconter ce qui s'est passé exactement au cours de cette terrible nuit ?

— Il y a fort peu à raconter. Comme je vous l'ai dit, je suis revenu de Cherbourg afin de voir Marthe avant de m'embarquer pour l'autre bout du monde. Le train avait du retard, de sorte que j'ai décidé de prendre le raccourci à travers le terrain de golf, qui menait directement à la villa Marguerite. J'étais presque arrivé, quand soudain...

Il s'interrompit, la gorge serrée.

— J'ai entendu un cri affreux. Pas un cri très fort — plutôt un son étouffé, étranglé, mais qui m'a fait peur. J'en suis resté cloué sur place quelques instants. La lune était pleine. Et en contournant un buisson j'ai vu la tombe, et une forme gisant face contre terre avec un poignard fiché dans le dos. C'est alors... c'est alors qu'en relevant les yeux je l'ai vue, elle. Elle me regardait comme si elle avait vu un spectre — et elle a dû me prendre pour un fantôme, en effet —, le visage dénué d'expression, pétrifiée d'horreur. Et puis elle a poussé un cri, et elle s'est enfuie en courant.

Il fit une pause, s'efforçant de maîtriser son émotion.

— Et ensuite ? demanda doucement Poirot.

— Honnêtement, je ne sais plus. Je suis resté planté là quelques minutes, hébété. Et puis j'ai compris qu'il valait mieux ficher le camp au plus vite. Je n'ai pas pensé un instant qu'on pouvait me soupçonner, mais j'ai eu peur qu'on vienne me demander plus tard de témoigner contre elle. J'ai marché jusqu'à Saint-Beauvais, comme je vous l'ai dit, et j'ai loué une voiture pour retourner à Cherbourg.

On frappa à la porte et un chasseur entra, porteur d'un télégramme qu'il remit à Gabriel Stonor. Celui-ci l'ouvrit en hâte et sauta de sa chaise.

— Mme Renauld a repris connaissance, dit-il.

— Ah ! dit Poirot en bondissant sur ses pieds. En route pour Merlinville !

Nous ne perdîmes pas une seconde. A la demande de Jack Renauld, Stonor accepta de rester sur place pour veiller à ce qu'on fît le maximum pour Bella Duveen. Poirot, Jack et moi, nous prîmes place dans la voiture de Renauld.

Nous atteignîmes Merlinville en moins de trois quarts d'heure. Comme nous approchions de la villa Marguerite, Jack lança à Poirot un coup d'œil interrogateur.

— Que diriez-vous de passer devant pour annoncer à ma mère que j'ai été libéré... ?

— Tandis que vous irez annoncer vous-même la nouvelle à Mlle Marthe, hein ? acheva Poirot avec un petit clin d'œil. Mais oui, allez donc, j'allais moi-même vous proposer un arrangement de ce genre.

Jack Renauld ne se le fit pas dire deux fois. Il arrêta la voiture, en sortit comme une fusée et prit l'allée en courant. Poirot et moi poursuivîmes jusqu'à la villa Geneviève.

— Poirot, dis-je, vous souvenez-vous de notre arrivée ici, quand nous avons été accueillis par la nouvelle du meurtre de M. Renauld ?

— Et comment ! Ça ne fait d'ailleurs pas si longtemps. Mais que d'événements depuis lors, surtout pour vous, mon ami !

— En effet, soupirai-je.
— Vous péchez toujours par sentimentalisme, Hastings. Ce n'est pas ce que je voulais dire. Il ne reste qu'à espérer que Mlle Bella bénéficiera de l'indulgence du jury, et après tout, Jack Renauld ne peut pas les épouser toutes les deux ! Non, je parlais d'un point de vue professionnel. Nous ne sommes pas en présence d'un crime bien ordonné, bien organisé, comme les détectives les aiment. La mise en scène préparée par Georges Conneau était parfaite, c'est vrai. Mais pas le dénouement, ça non ! Un homme qui se fait tuer par accident sous le coup de la colère d'une jeune fille jalouse — non mais, vraiment, où sont l'ordre et la logique dans tout cela ?

Je riais encore de la bizarrerie des idées de mon ami Poirot, quand Françoise ouvrit la porte.

Poirot lui expliqua qu'il devait voir Mme Renauld d'urgence, et la vieille femme le fit monter. Je restai au salon, où j'attendis un bon moment avant de le voir réapparaître. Il avait l'air exceptionnellement grave.

— Vous voilà, Hastings ! Sacré tonnerre ! C'est qu'il y a du grabuge en perspective !
— Que voulez-vous dire ? m'écriai-je.
— J'osais à peine y croire, dit pensivement Poirot, mais les femmes sont toujours imprévisibles.
— Voici Jack, en compagnie de Marthe Daubreuil, dis-je en regardant par la fenêtre.

Poirot bondit hors du salon et arrêta le jeune couple sur les marches du perron.

— N'entrez pas, c'est préférable. Votre mère est profondément bouleversée.
— Je sais, je sais, dit Jack Renauld. Mais je tiens à la voir tout de suite.
— Je vous dis que non. Cela vaut mieux.
— Mais Marthe et moi...
— En tout cas, laissez Mademoiselle en bas. Montez si vous y tenez, mais vous devriez suivre mon conseil.

Une voix tombant du haut de l'escalier nous fit sursauter.

— Je vous remercie de vos bons offices, monsieur Poirot, mais je tiens à exprimer moi-même ma volonté à mon fils.

Stupéfaits, nous regardâmes Mme Renauld, la tête encore entourée de bandages, descendre les marches appuyée au bras de Léonie. La jeune Française, en larmes, implorait sa maîtresse de retourner se coucher.

— Madame va se tuer ! C'est contraire aux ordres du docteur !

Visiblement, Mme Renauld n'en avait cure.

— Mère ! s'écria Jack en s'élançant vers elle.

Mais elle le repoussa d'un geste.

— Je ne suis plus ta mère ! Tu n'es plus mon fils ! À compter de ce jour et de cette minute, je te renie.

— Mère ! répéta le jeune homme, abasourdi.

Un instant, l'angoisse qu'elle perçut dans sa voix parut la faire fléchir. Poirot esquissa un geste, mais elle retrouva aussitôt son sang-froid.

— Le sang de ton père est sur toi ! Tu es moralement responsable de sa mort. Tu as bafoué son autorité, tu l'as défié à propos d'une fille, et le cruel abandon d'une autre a fini par causer sa mort. Sors de ma maison sur l'heure. Je veillerai dès demain à prendre toutes les mesures nécessaires pour que tu ne touches jamais un sou de sa fortune ! Fais ton chemin dans le monde du mieux que tu pourras, avec l'aide de cette jeune femme, la fille de la plus cruelle ennemie de ton père.

Et là-dessus, d'une démarche lente et douloureuse, elle entreprit de remonter l'escalier.

Nous étions confondus : aucun de nous ne s'était attendu à une telle sortie. Jack Renauld, épuisé par ses précédentes épreuves, chancela et manqua de tomber. Poirot et moi, nous nous précipitâmes vers lui.

— Il n'en peut plus, murmura Poirot à Marthe Daubreuil. Où pouvons-nous l'emmener ?

— Mais chez nous, à la villa Marguerite ! Nous prendrons soin de lui, ma mère et moi. Mon pauvre Jack !

Nous emmenâmes le jeune homme à la villa, où il s'affala aussitôt sur une chaise, dans un état proche de l'évanouissement. Poirot lui tâta le front et les mains.

— Il a de la fièvre. La tension nerveuse a été trop forte. Ce coup l'a achevé. Mettez-le au lit, Hastings et moi, nous allons chercher un médecin.

Le médecin arriva bientôt. Après avoir examiné le patient, il déclara qu'il s'agissait d'un cas bénin d'épuisement nerveux. Avec du repos et du calme, le jeune homme devrait être sur pied dès le lendemain. Cependant, on pouvait craindre aussi une fièvre cérébrale. Il était préférable que quelqu'un passât la nuit à son chevet.

Ayant fait tout ce qui était en notre pouvoir, nous laissâmes Jack aux soins de Marthe et de sa mère, et nous retournâmes en ville. L'heure habituelle de notre dîner étant passée depuis longtemps, nous étions aussi affamés l'un que l'autre. Nous nous rassasiâmes au premier restaurant venu d'une excellente omelette, suivie d'une non moins excellente entrecôte.

— Et maintenant, prenons nos quartiers pour la nuit, dit Poirot après qu'un café noir eut complété le repas. Si nous essayions notre vieille connaissance, l'*Hôtel des Bains* ?

Nous nous y rendîmes sur-le-champ. Certainement, on pouvait offrir à ces messieurs deux belles chambres donnant sur la mer... A ma grande surprise, Poirot demanda :

— Est-ce que miss Robinson est déjà arrivée ?

— Mais oui, monsieur. Elle vous attend dans le petit salon.

— Ah !

— Poirot, m'écriai-je en m'efforçant de rester à sa hauteur dans le corridor, qui diable est cette miss Robinson ?

Poirot me fit un gracieux sourire.

— C'est que, voyez-vous, Hastings, je vous ai arrangé un gentil petit mariage.

— Mais enfin...

— Bah ! dit Poirot en me faisant franchir le seuil d'une tape amicale dans le dos. Croyez-vous que j'aie envie d'aller crier le nom de Duveen sur les toits de Merlinville ?

C'était bien Cendrillon. Comme elle se levait pour nous accueillir, je retins longuement sa main dans les miennes, et mes yeux dirent le reste.

Poirot s'éclaircit la gorge.

— Mes enfants, dit-il, ce n'est pas l'heure de faire du sentiment. Nous avons du pain sur la planche. Mademoiselle, avez-vous fait ce que je vous avais demandé ?

Pour toute réponse, Cendrillon sortit de son sac un objet enveloppé dans du papier de soie qu'elle tendit à Poirot. Je sursautai quand il eut fini de le déballer : c'était le fameux coupe-papier qu'elle prétendait avoir jeté dans les eaux de la Manche ! C'est étrange cette manie qu'ont les femmes de ne pas vouloir se séparer des objets ou des documents même les plus compromettants !

— Très bien, mon enfant, dit Poirot. Je suis content de vous. Allez vous reposer, maintenant. Hastings et moi, nous avons du travail cette nuit. Nous vous retrouverons demain matin.

— Où allez-vous ? demanda la jeune fille en ouvrant de grands yeux.

— Vous le saurez demain.

— Où que vous alliez, je viens avec vous.

— Mais enfin, mademoiselle...

— Je vous dis que je viens avec vous.

Poirot comprit que toute discussion était inutile. Il baissa les bras.

— Eh bien, venez, mademoiselle. Mais je vous préviens que cela n'aura rien d'amusant. Et il peut fort bien ne rien se passer du tout.

Vingt minutes plus tard, nous nous mettions en

route. La nuit était tombée, et l'obscurité oppressante. Poirot nous mena hors de la ville en direction de la villa Geneviève. Mais une fois en vue de la villa Marguerite, il s'arrêta.

— J'aimerais m'assurer que tout va bien pour Jack Renauld. Venez avec moi, Hastings. Il vaut mieux que Mademoiselle nous attende dehors. Mme Daubreuil pourrait avoir pour elle des mots blessants.

Nous ouvrîmes la porte du jardin et remontâmes l'allée. Comme nous longions la maison, j'attirai l'attention de Poirot sur une fenêtre du premier étage. Le profil de Marthe Daubreuil se découpait nettement derrière les rideaux.

— Ah ! dit Poirot. C'est sans doute dans cette chambre que nous trouverons Jack Renauld.

Mme Daubreuil vint nous ouvrir la porte. L'état de Jack était stationnaire, nous dit-elle, mais si nous préférions nous en assurer nous-mêmes... Elle nous fit monter dans la chambre à coucher où nous trouvâmes sa fille occupée à coudre à la lumière d'une lampe posée sur une table. Elle mit un doigt sur ses lèvres en nous voyant entrer.

Jack Renauld dormait d'un sommeil agité, tournant la tête de droite et de gauche, le visage encore congestionné.

— Est-ce que le docteur va revenir ? chuchota Poirot.

— Non, à moins que nous ne le fassions appeler. Il s'est enfin endormi, c'est le principal. Maman lui a préparé une tisane.

Elle se rassit avec son ouvrage quand nous sortîmes de la chambre. Mme Daubreuil nous raccompagna à la porte. Depuis que je connaissais son passé, je regardais cette femme avec un intérêt accru. Elle se tenait les yeux baissés, et sur ses lèvres flottait ce sourire vaguement énigmatique que je me rappelais si bien. Soudain elle me fit peur, comme on peut avoir peur d'un splendide serpent venimeux.

— Nous espérons ne pas vous avoir trop dérangée, madame, dit poliment Poirot en sortant.
— Mais pas du tout, monsieur.
— A propos, dit Poirot comme frappé par une idée soudaine, M. Stonor n'était pas à Merlinville aujourd'hui, n'est-ce pas ?

Je comprenais mal pourquoi Poirot lui posait cette question dont la réponse ne l'intéressait nullement.

— Pas à ma connaissance, dit Mme Daubreuil posément.
— Il n'a pas eu un entretien avec Mme Renauld ?
— Comment le saurais-je, monsieur ?
— C'est juste, reconnut Poirot. Je pensais que vous auriez pu le voir aller et venir, c'est tout. Bonne nuit, madame.
— Mais enfin..., commençai-je.
— Plus tard, Hastings. Quand nous aurons le temps.

Nous rejoignîmes Cendrillon et nous nous dirigeâmes rapidement vers la villa Geneviève. Poirot regarda par-dessus son épaule la fenêtre éclairée et le profil de Marthe penchée sur son ouvrage.

— En tout cas, il est bien gardé, grogna-t-il entre ses dents.

A la villa Geneviève, Poirot se posta derrière les buissons, à gauche de l'allée ; de là, nous étions à l'abri des regards, tout en ayant une vue parfaite sur la maison. Celle-ci était plongée dans une obscurité totale ; tout le monde dormait, sans doute. Nous étions presque au-dessous de la chambre à coucher de Mme Renauld, dont je remarquai la fenêtre ouverte. Il me sembla que Poirot avait les yeux fixés dans cette direction.

— Qu'allons-nous faire ? chuchotai-je.
— Vous allez voir.
— Mais...
— Je ne m'attends pas à ce qu'il se passe quoi que ce soit avant une heure ou deux. Mais la...

Il fut brutalement interrompu par un long cri rauque :

— Au secours !

Une lumière s'alluma soudain au premier étage, sur le côté droit de la façade. Le cri venait de là. Et devant la fenêtre éclairée, nous vîmes se découper les silhouettes de deux personnes qui se battaient.

— Mille tonnerres ! s'écria Poirot. Elle a dû changer de chambre !

Bondissant hors des buissons, il alla frapper violemment à la porte d'entrée. Puis, se précipitant vers l'arbre planté derrière le massif de fleurs, il l'escalada avec l'agilité d'un chat. Je le suivis, tandis qu'il pénétrait dans une chambre vide par la fenêtre ouverte. En jetant un coup d'œil vers le bas, je vis Dulcie sur la branche située juste au-dessous de moi.

— Prenez garde, je vous en prie ! m'exclamai-je.

— Occupez-vous de votre grand-mère ! répliqua la jeune fille. Pour moi, c'est un jeu d'enfants.

Poirot, ayant traversé en courant la chambre vide, frappait maintenant à coups redoublés contre la porte.

— Fermée et verrouillée de l'extérieur, gronda-t-il. Il va nous falloir du temps pour l'enfoncer.

Les appels au secours étaient de plus en plus faibles. Je vis du désespoir dans les yeux de Poirot comme nous attaquions ensemble la porte à coups d'épaule.

De la fenêtre nous parvint la voix calme et résolue de Cendrillon :

— Vous n'arriverez pas à temps. Je crois que je suis la seule à pouvoir tenter quelque chose.

Avant que j'aie pu faire un geste pour l'en empêcher elle s'élança et se jeta dans le vide. Je courus à la fenêtre. A ma grande terreur, je la vis suspendue par les mains au bord du toit, en train de se propulser vers la fenêtre allumée.

— Grands dieux ! Mais elle va se tuer ! m'écriai-je.

— Vous semblez oublier que c'est une acrobate

professionnelle, Hastings. C'est la providence du bon Dieu qui a voulu qu'elle vienne avec nous ce soir. Prions simplement pour qu'elle arrive à temps. Ah !

Un horrible cri traversa la nuit au moment où la jeune fille disparaissait à l'intérieur de la chambre. Puis on entendit la voix claire de Cendrillon :

— Non ! Il n'en est pas question ! Je vous tiens, et je vous préviens que j'ai une poigne d'acier.

Au même moment, la porte de notre prison fut ouverte avec précaution par Françoise. Poirot l'écarta brutalement de son passage et se rua dans le couloir jusqu'à la porte du fond, devant laquelle les domestiques étaient réunis.

— C'est verrouillé de l'intérieur, monsieur.

On entendit un bruit de chute. Au bout de quelques secondes, la clé tourna dans la serrure et la porte s'ouvrit doucement. Cendrillon, le visage très pâle, nous fit signe de passer.

— Elle est sauvée ? demanda Poirot.

— Oui, mais de justesse. Elle n'en pouvait plus.

Mme Renauld, à demi couchée sur son lit, respirait avec difficulté.

— Elle a failli m'étrangler, dit-elle dans un souffle.

La jeune fille se pencha pour ramasser un objet qu'elle tendit à Poirot. C'était une fine échelle de corde en soie.

— Tout était prévu, dit Poirot, y compris la fuite par la fenêtre, pendant que nous frappions désespérément à la porte. Où est... l'autre ?

Cendrillon s'écarta. Une silhouette recouverte d'un tissu sombre gisait sur le sol, le visage caché.

— Morte ?

Cendrillon hocha la tête.

— Je crois. Sa tête a dû heurter le marbre de la cheminée.

— Mais qui est-ce ? m'écriai-je.

— La meurtrière de Renauld, Hastings. Et à quelques secondes près, celle de Mme Renauld.

Stupéfait, abasourdi, je m'agenouillai. Et en écartant le tissu, je découvris le beau visage sans vie de Marthe Daubreuil.

28

LA FIN DU VOYAGE

Je ne garde qu'un souvenir confus des événements qui suivirent cette nuit-là. Poirot restait sourd à toutes mes questions, trop occupé à accabler Françoise de reproches pour ne pas lui avoir dit que Mme Renauld avait changé de chambre à coucher.

Je le tirai par le bras, bien décidé à me faire entendre.

— Mais vous auriez dû le savoir, protestai-je. Vous lui avez rendu visite cet après-midi même !

Poirot consentit à m'accorder une seconde d'attention.

— Non, on l'avait transportée dans son boudoir en fauteuil roulant !

— Mais enfin, monsieur, s'écria Françoise, Madame a changé de chambre aussitôt après le drame. Tous ces souvenirs, vous comprenez, ça lui était trop pénible !

— Et pourquoi ne m'a-t-on rien dit ? vociféra Poirot en tapant du poing sur la table, tandis que sa colère montait à toute allure. Je vous pose la question, pourquoi-donc-ne-m'a-t-on-rien-dit ? Vous n'êtes qu'une pauvre vieille idiote ! Et Léonie et Denise ne valent pas plus cher. Ah ! vous faites une belle brochette d'imbéciles, toutes autant que vous êtes ! Votre bêtise a bien failli causer la mort de votre maîtresse ! Sans cette courageuse enfant...

S'interrompant soudain, il bondit dans la chambre où Cendrillon administrait à Mme Renauld les premiers soins, et l'embrassa avec une ardeur toute latine, ce qui ne manqua pas de me contrarier un peu.

Je fus réveillé de mon état somnambulique par la voix de Poirot qui m'ordonnait sèchement de trouver sur l'heure un médecin pour Mme Renauld. Après quoi, j'étais prié d'avertir la police. Enfin, il m'acheva en ajoutant :

— Vous n'avez même pas besoin de revenir ici. Je vais être trop occupé pour vous parler. Quant à mademoiselle, je l'engage comme garde-malade.

Je me retirai, drapé dans ma dignité. Après avoir accompli mes diverses missions, je retournai à l'hôtel. Je ne comprenais à peu près rien à ce qui venait de se passer. Les événements de la nuit m'apparaissaient sous une lumière irréelle et fantastique. Personne ne voulait répondre à mes questions. Personne d'ailleurs ne semblait les entendre. Epuisé et furieux, je me jetai sur mon lit où je ne tardai pas à sombrer dans un sommeil de brute.

Quand j'ouvris les yeux, le soleil entrait à flots par la fenêtre ouverte et Poirot, impeccable et souriant, était assis à mon chevet.

— Enfin, vous émergez ! C'est que vous avez un sommeil de plomb, Hastings. Savez-vous qu'il est bientôt 11 heures ?

Je poussai un grognement et portai la main à mon front.

— J'ai dû rêver, dis-je. Vous n'allez pas le croire, mais j'ai rêvé que nous avions trouvé le cadavre de Marthe Daubreuil dans la chambre de Mme Renauld ! et vous prétendiez qu'elle était la meurtrière de M. Renauld !

— Mais vous n'avez pas rêvé, mon ami. C'est la pure vérité.

— Ce n'est pas Bella Duveen qui a tué M. Renauld ?

— Oh non ! Hastings, ce n'est pas elle ! Si elle l'a prétendu, c'était uniquement pour sauver de la guillotine l'homme qu'elle aimait.

— Quoi ?

— Rappelez-vous le récit de Jack Renauld. Ils sont arrivés sur le lieu du drame au même moment, et chacun a pris l'autre pour le meurtrier. La jeune fille le fixe d'un air épouvanté, puis elle pousse un cri et prend la fuite. Mais quand elle entend dire qu'il vient d'être accusé de ce crime, c'est plus qu'elle ne peut en supporter : elle vient alors s'accuser pour le sauver d'une mort certaine.

Poirot joignit le bout des doigts en un geste qui lui était familier.

— Cette affaire ne me satisfaisait pas, déclara-t-il. J'ai toujours eu l'impression que nous étions devant un meurtre prémédité et commis de sang-froid par un criminel, assez intelligent pour utiliser à ses propres fins les plans de M. Renauld lui-même, et brouiller ainsi les pistes. Le grand criminel — comme je n'ai cessé de vous le répéter depuis le début — choisit toujours la simplicité.

J'acquiesçai.

— Seulement, pour que cette théorie tienne, il fallait que le meurtrier ait été au courant des projets de M. Renauld. Cela nous mène à Mme Renauld. Mais la théorie de sa culpabilité ne résiste pas à l'examen. Qui d'autre pouvait connaître ses projets ? Nous tenons de la bouche même de Marthe Daubreuil qu'elle avait surpris la dispute entre M. Renauld et le vagabond. Si elle a pu surprendre cette scène, rien ne nous dit qu'elle n'a rien entendu d'autre, surtout si les Renauld ont eu l'imprudence de discuter de leur projet là-haut, sur le banc. Rappelez-vous avec quelle facilité vous avez surpris la conversation entre Marthe et Jack au même endroit.

— Mais quel mobile pouvait bien avoir Marthe Daubreuil pour tuer M. Renauld ? objectai-je.

— Quel mobile ? Mais l'argent ! Renauld était multimillionnaire, et à sa mort — c'est du moins ce que croyaient Jack et Marthe — son immense fortune devait revenir à son fils. Reprenons, si vous le voulez bien, toute l'affaire du point de vue de Marthe Daubreuil.

» Marthe Daubreuil surprend la conversation entre M. Renauld et sa femme. Renauld était une source de revenus non négligeable pour les Daubreuil mère et fille, mais voilà qu'il entend se soustraire à leurs griffes. Elle songe peut-être d'abord à se mettre en travers de ses plans, mais il lui vient bientôt une idée bien plus audacieuse, une idée qui n'effraie pas un instant la digne fille de Jeanne Beroldy ! Renauld constitue à présent un obstacle définitif à son mariage avec Jack. Si ce dernier passe outre, il sera déshérité et pauvre — ce qui n'est nullement du goût de Marthe. J'en viens d'ailleurs à douter qu'elle se soit jamais beaucoup souciée de Jack Renauld. Elle peut simuler une forte émotion, mais en réalité elle est comme sa mère, du type froid et calculateur. Je me demande également si elle a jamais été très sûre de son empire sur le garçon. Elle l'avait ébloui et ensorcelé, mais s'il était séparé d'elle — et son père pouvait aisément les séparer —, il risquait de l'oublier. En revanche, Renauld mort et son fils en possession de la moitié de sa fortune, le mariage pourra avoir lieu aussitôt. Elle sera enfin riche, d'une richesse sans rapport avec les quelques milliers de livres péniblement extorqués jusqu'ici à Renauld. Sa remarquable intelligence lui suggère aussitôt un plan très simple. C'est tellement facile ! Renauld a organisé lui-même les circonstances de sa mort : il lui suffit de surgir au bon moment pour faire de cette comédie une tragique réalité. Et c'est là qu'apparaît le second indice qui mène infailliblement à Marthe Daubreuil : le poignard ! Jack Renauld en avait fait fabriquer trois. Il en a donné un à sa mère, un autre à Bella Duveen ; n'était-il pas vraisemblable qu'il ait donné le troisième à Marthe Daubreuil ?

» Pour nous résumer, j'avais noté quatre points défavorables à Marthe Daubreuil :

» (1) Marthe Daubreuil avait pu être au courant des projets de disparition de M. Renauld.

» (2) Marthe Daubreuil avait un intérêt direct à la mort de Renauld.

» (3) Marthe Daubreuil était la fille de la fameuse Mme Beroldy qui porte à mon avis la responsabilité morale et virtuelle de l'assassinat de son mari, même si le coup fatal a été porté par Georges Conneau.

» (4) Marthe Daubreuil était la seule personne, hormis Jack Renauld, susceptible d'avoir un troisième poignard en sa possession.

Poirot fit une pause et s'éclaircit la gorge avant de reprendre :

— Bien sûr, quand j'ai appris l'existence de l'autre jeune fille, Bella Duveen, j'ai compris qu'elle avait eu également la possibilité de tuer Renauld. Cette solution ne me satisfaisait guère car, comme je vous l'ai déjà expliqué, un expert comme moi aime à affronter un criminel à sa mesure. Mais enfin, il faut bien prendre les crimes tels qu'ils sont et non tels qu'ils devraient être, n'est-ce pas ? Il paraissait peu probable que Bella Duveen se soit promenée avec un coupe-papier-souvenir-de-guerre à la main, mais elle aurait pu vouloir se venger de Jack Renauld. Quand elle est venue s'avouer coupable du meurtre, on pouvait penser que tout était fini. Et pourtant...

» Pourtant je n'étais pas satisfait, mon bon ami. Loin de là ! J'ai repris l'affaire de fond en comble pour en arriver à la même conclusion que précédemment. Si ce n'était pas Bella Duveen qui avait tué, alors ce ne pouvait être que Marthe Daubreuil. Mais je n'avais pas l'ombre d'une preuve contre elle !

» Et puis, vous m'avez montré la lettre de Mlle Dulcie, et j'y ai vu l'occasion de régler le problème une fois pour toutes. Dulcie Duveen avait volé le poignard de la remise et l'avait jeté en pensant qu'il appartenait à sa sœur. Or, si ce poignard n'était pas celui de sa sœur, mais celui que Jack Renauld avait donné à Marthe, il fallait bien que celui de Bella fût quelque part ! Je ne vous ai rien dit, Hastings — ce n'était pas l'heure de faire du sentiment —, mais j'ai retrouvé Mlle Dulcie, je lui ai expliqué ce que je jugeais nécessaire, et je lui ai demandé de fouiller dans les affaires de sa sœur. Imaginez mon enthousiasme quand, suivant mes instructions, elle s'est présentée à l'hôtel sous le nom de miss Robinson et m'a remis le précieux petit souvenir.

» Pendant ce temps, j'avais entrepris des démarches pour forcer Mlle Marthe à se découvrir. Sur mon ordre, Mme Renauld a renié son fils et déclaré qu'elle avait l'intention de rédiger un nouveau testament le privant de la totalité de la fortune de son père. C'était un coup de poker, mais c'était notre dernière chance, et Mme Renauld était décidée à courir le risque. A ceci près qu'elle a oublié de m'avertir qu'elle avait changé de chambre, persuadée sans doute que je le savais ! Et tout s'est passé comme je le prévoyais. Marthe Daubreuil a fait une dernière tentative — la plus hardie de toutes — pour s'emparer des millions de Renauld. Et elle a échoué !

— Ce que je ne comprends toujours pas, murmurai-je, c'est qu'elle ait pu pénétrer dans la maison sans que nous l'ayons vue. Pour moi, cela tient du miracle. Nous la laissons à la villa Marguerite, nous allons tout droit à la villa Geneviève, et elle trouve le moyen d'y arriver avant nous !

— Ah, mais c'est que nous ne l'avons pas laissée derrière nous. Elle est sortie de la villa Marguerite par-derrière pendant que nous parlions à sa mère dans le vestibule. C'est là qu'Hercule Poirot s'est fait avoir, comme on dit !

— Mais l'ombre derrière les rideaux ? Nous l'avons aperçue de la route !

— Eh bien, à ce moment-là, Mme Daubreuil avait déjà eu le temps de prendre sa place.

— Mme Daubreuil ?

— Oui. L'une est plus âgée que l'autre, l'une est brune et l'autre blonde, mais quand il s'agit d'une ombre se découpant derrière des rideaux, elles ont à peu près le même profil. Et même là, je n'ai rien soupçonné, triple idiot que je suis ! J'étais persuadé d'avoir tout mon temps. Je croyais qu'elle n'essaierait pas de s'introduire dans la villa avant plusieurs heures ! Ah ! c'est qu'elle a de la cervelle, la belle Marthe Daubreuil !

— Et son but était d'assassiner Mme Renauld ?

— Oui : la totalité de sa fortune serait alors revenue à son fils ! Mais cela aurait pris les apparences d'un suicide, mon bon ami ! Par terre, près du corps de Marthe Daubreuil, j'ai trouvé un tampon de coton, une petite bouteille de chloroforme et une seringue hypodermique contenant une dose mortelle de morphine. Vous saisissez ? D'abord le chloroforme, et quand la victime est endormie, la morphine. Au matin, l'odeur du chloroforme se serait dissipée, et on aurait trouvé la seringue au pied du lit, là où Mme Renauld était censée l'avoir laissée tomber. Et qu'aurait dit cet excellent M. Hautet, à votre avis ? « Pauvre femme ! La joie de voir son fils libéré, après tout le reste, c'en était trop ! Quand je vous disais que cela risquait de laisser des traces dans son cerveau ! Décidément une tragique affaire, l'affaire Renauld ! »

» Néanmoins, Hastings, les choses ne se sont pas tout à fait passées comme Mlle Marthe l'avait prévu. D'abord, Mme Renauld était réveillée et elle l'attendait. Il y a eu lutte. Mais Mme Renauld étant encore très faible, il restait une dernière chance à Marthe Daubreuil. Le plan du suicide était à l'eau, mais si elle arrivait à faire taire Mme Renauld en l'étranglant, à s'enfuir par sa petite échelle de corde pendant que nous tentions de défoncer la porte, et à revenir avant nous à la villa Marguerite, il serait difficile de prouver quoi que ce soit contre elle. Seulement, elle a été mise échec et mat, non par Hercule Poirot, mais par une petite acrobate à la poigne d'acier.

Je retournai l'histoire dans ma tête pendant un moment.

— Quand avez-vous commencé à soupçonner Marthe Daubreuil, Poirot ? Quand elle nous a dit qu'elle avait surpris la dispute avec le vagabond dans le jardin ?

Poirot eut un sourire.

— Vous rappelez-vous le premier jour de notre arrivée à Merlinville, mon bon ami ? Et la splendide jeune fille immobile à la porte de sa villa ? Vous m'avez demandé si j'avais remarqué cette jeune déesse, et je vous ai répondu que j'avais simplement vu une jeune fille aux yeux inquiets. C'est toujours de cette façon que j'ai pensé à Marthe Daubreuil, depuis le début : comme à la jeune fille aux yeux inquiets ! De quoi avait-elle si peur ? Pour qui était-elle si inquiète ? Pas pour Jack Renauld, puisqu'elle ignorait à ce moment qu'il se trouvait la veille à Merlinville.

— A ce propos, m'écriai-je, comment se porte Jack Renauld ?

— Beaucoup mieux. Il est encore à la villa Marguerite, mais Mme Daubreuil a disparu. La police est à sa recherche.

— Etait-elle de mèche avec sa fille, à votre avis ?

— Nous ne le saurons jamais. C'est une dame qui sait fort bien garder ses secrets, et je doute fort que la police remette jamais la main sur elle.

— Et Jack Renauld sait-il, à propos de...

— Pas encore.

— Il va en éprouver un choc terrible.

— Bien sûr. Et pourtant, Hastings, je ne suis pas certain que son cœur ait jamais été pleinement engagé. Jusqu'ici, nous avons pris Bella Duveen pour une séductrice, et Marthe Daubreuil pour la jeune fille qu'il aimait vraiment. Mais je me demande si nous ne serions pas plus près de la vérité en inversant les rôles. Marthe Daubreuil était très belle. Elle s'est appliquée à fasciner Jack et elle y est parvenue, mais rappelez-vous la curieuse répugnance de celui-ci à rompre avec l'autre jeune fille. Et voyez comment il a préféré risquer la guillotine plutôt que de l'accuser. J'ai dans l'idée que lorsqu'il apprendra la vérité, il sera horrifié et révolté, et que cet amour illusoire s'évanouira assez vite.

— Et que devient Giraud ?

— Ah, celui-là ! Il a piqué une crise de nerfs qui l'a obligé à rentrer à Paris.

Nous échangeâmes un sourire complice.

Poirot se révéla bon prophète. Quand le médecin déclara que Jack Renauld était suffisamment remis pour entendre toute la vérité, ce fut Poirot qui se chargea de la lui apprendre. Le choc fut en effet terrible, mais Jack s'en remit mieux que je ne l'aurais cru. Le dévouement de sa mère lui fut d'un grand secours dans ces jours difficiles, car Mme Renauld et son fils étaient devenus inséparables.

Il lui restait à subir une dernière épreuve. Poirot avait appris à Mme Renauld qu'il connaissait son secret et l'avait vivement incitée à ne pas laisser plus longtemps Jack dans l'ignorance du passé de son père.

— Madame, il n'est jamais bon de cacher la vérité ! Soyez courageuse et expliquez-lui tout.

Le cœur lourd, Mme Renauld finit par y consentir, et elle révéla à Jack que son père, l'homme qu'elle avait aimé, fuyait la justice depuis des années. Poirot répondit à la question du jeune homme avant même qu'il l'eût posée :

— Rassurez-vous, monsieur Jack. Je ne suis pas tenu de mettre la police dans la confidence. Ce n'est pas pour elle que j'ai travaillé dans cette affaire, c'est pour votre père. La justice a fini par le rattraper, mais nul n'a besoin de savoir que Georges Conneau et lui étaient une seule et même personne.

Certains points demeurèrent bien entendu assez obscurs pour la police, mais Poirot fournit à chaque fois des explications si plausibles qu'il mit un terme à toutes les questions.

Peu de temps après notre retour à Londres, je remarquai un magnifique chien de chasse en porcelaine sur sa cheminée. Poirot répondit par un hochement de tête à mon regard interrogateur :

— Mais oui ! J'ai gagné mes cinq cents francs ! N'est-ce pas qu'il est beau ? Je l'ai baptisé Giraud !

Quelques jours plus tard, Jack Renauld vint nous rendre visite, l'air résolu.

— Monsieur Poirot, je suis venu prendre congé de vous. Je m'embarque dans quelques jours pour l'Amérique du Sud. Mon père gérait de puissants intérêts sur tout ce continent, et je vais recommencer une nouvelle vie là-bas.

— Vous partez seul, monsieur Jack ?

— Ma mère m'accompagne, et je garde Stonor comme secrétaire. Il aime les contrées lointaines.

— Vous n'emmenez personne d'autre ?

Jack rougit.

— Vous voulez parler de...

— D'une jeune fille qui vous aime si tendrement qu'elle était prête à sacrifier sa vie pour vous.

— Comment pourrais-je lui demander quoi que ce soit ? dit le jeune homme d'une voix sourde. Après tout ce qui s'est passé, comment pourrais-je aller la trouver et... Bon sang, quelle histoire boiteuse pourrais-je bien lui raconter ?

— Les femmes ont l'art de trouver de merveilleuses béquilles aux histoires de ce genre.

— Peut-être, mais... Quel imbécile j'ai été !

— Nous le sommes tous, à un moment ou à un autre, observa Poirot avec philosophie.

Le visage de Jack s'était durci.

— Il y a encore autre chose. Je suis le fils de mon père. Sachant cela, qui accepterait de m'épouser ?

— Vous dites que vous êtes le fils de votre père.

Hastings ici présent vous confirmera que je crois à l'hérédité...

— Alors, vous voyez !

— Une minute. Je connais aussi une femme, une femme d'un très grand courage, capable d'un amour immense et d'une abnégation sans limites...

Le jeune homme leva les yeux et son regard s'adoucit.

— Ma mère !

— Oui. Vous êtes autant son fils que le fils de votre père. Allez trouver Mlle Bella. Dites-lui la vérité. Ne lui cachez rien, et vous verrez ce qu'elle vous répondra !

Jack hésitait encore.

— Allez la trouver non plus comme un gamin, mais comme un homme. Un homme conscient du poids du Passé et du Présent, mais qui aspire à une vie nouvelle et très belle. Demandez-lui de la partager avec vous. Peut-être ne l'avez-vous pas compris encore, mais votre amour réciproque est passé par l'épreuve du feu et il a résisté. Chacun de vous n'était-il pas prêt à donner sa vie pour l'autre ?

Et qu'est-il advenu du capitaine Hastings, l'humble chroniqueur de cette histoire ?

Il est question qu'il aille rejoindre les Renauld dans leur ranch au-delà des mers, mais pour terminer ce récit, je préfère revenir à un certain matin dans le jardin de la villa Geneviève.

— Je ne peux pas vous appeler Bella, dis-je, puisque ce n'est pas votre nom. Dulcie me paraît bizarre, je n'y suis pas habitué. Je vous appellerai donc Cendrillon. Souvenez-vous que Cendrillon a épousé le Prince... Je ne suis pas un Prince, mais...

Elle m'interrompit :

— Je suis sûre que Cendrillon l'avait prévenu. Elle ne pouvait pas lui promettre de devenir une princesse. Ce n'était jamais qu'une petite souillon, après tout...

— Maintenant, c'est au Prince de l'interrompre, dis-je. Et savez-vous ce qu'il lui a répondu ?
— Non ?
— Le Prince a dit : « Au diable ! » et il l'a embrassée.
Et j'ai joint le geste à la parole.

Composition réalisée par JOUVE

IMPRIMÉ EN FRANCE PAR BRODARD ET TAUPIN
La Flèche (Sarthe).
Imp. : 28996 – Edit. : 57148 - 02/2005
ISBN : 2 - 7024 - 2258 - 6
Édition : 13